值班老总读报

河北日报报业集团 编

学习出版社

图书在版编目（CIP）数据

值班老总读报 / 河北日报报业集团编. -- 北京：
学习出版社，2023.6
ISBN 978-7-5147-1186-8

I. ①值… II. ①河… III. ①评论性新闻—作品集—
中国—当代 IV. ①I253

中国版本图书馆CIP数据核字(2022)第207862号

值班老总读报
ZHIBAN LAOZONG DUBAO

河北日报报业集团　编

责任编辑：李　岩　李紫薇
技术编辑：刘　硕
装帧设计：壹读闻话

出版发行：学习出版社
　　　　　北京市崇外大街11号新成文化大厦B座11层（100062）
　　　　　010-66063020　010-66061634　010-66061646
网　　址：http://www.xuexiph.cn
经　　销：新华书店
印　　刷：北京顶佳世纪印刷有限公司

开　　本：710毫米×1000毫米　1/16
印　　张：30.75
字　　数：369千字
版次印次：2023年6月第1版　2023年6月第1次印刷

书　　号：ISBN 978-7-5147-1186-8
定　　价：99.00元

如有印装错误请与本社联系调换，电话：010-67081356

值班老总读报 **本书编委会**

主　编：桑献凯　王洪峰

副主编：李恕佳　王　宁　赵　兵　曹阳葵　贾　伟

编　委：郝彦鹏　安人和　刘　燕　周荣丽

编　辑：李晓宁　张　晶　贾晓煊　司一涵　刘　冉

　　　　许佳奇　吴晓萌　李佳泽　李东宇　霍艳恩

　　　　王木者　戎晓杰　王　楠　殷雪迪

前　言

来自深夜的思考，解读新闻背后的新闻。

为深入贯彻落实习近平总书记关于媒体融合发展的重要论述，2020年1月1日，由河北日报报业集团倾力打造的一档全新短视频栏目《值班老总读报》正式上线，与广大读者和网友见面。该短视频栏目由河北日报值班副总编辑轮流担任主播，将平面媒体上的重点新闻转换成可视化、分析解读类内容，充分发挥党报在内容建设上的权威、深度等优势，让党报声音走出"纸"的束缚，在新闻舆论主战场传得更广、唱得更响。

《值班老总读报》每期节目同时在河北日报报网端微等自有平台、新华社客户端等央媒平台以及抖音号、今日头条号等平台发布。截至目前，《值班老总读报》共播出400余期，平均每期全网播放量超过400万次，总播放量超过50亿次，在放大主流声音、引导公众舆论等方面发挥了积极作用，受到各界广泛关注和好评。

本书精选《值班老总读报》2020年和2021年播出的部分节目的文稿由学习出版社结集出版，并附上节目二维码。透过这些作品，不仅可以对这个创新的栏目有一个更为深入和全面的了解，而且品味这些新闻评论在全媒体时代创新探索的具体样本和果实，相信对读者会有所裨益。

编辑出版疏漏之处，敬请指正。

目　录

值班老总读报

值班老总读报

值班老总读报

值班老总读报

中国力量　河北元素

河北日报副总编辑　王　宁

一元复始，万象更新。祝大家新年快乐！

新年第一天，河北日报报业集团"上新"了一个短视频栏目：《值班老总读报》。我们将用3分钟左右的时间，带您快速浏览当天河北日报的重点稿件，并就大家关心的热点新闻进行分析点评，期待您每个工作日的上午8点半来准时"打卡"。

毫无疑问，包括《河北日报》在内的全国各大报纸的"今日头条"，都是习近平总书记饱含深情的新年贺词。它在无数人心中产生了强烈共鸣，而更令我们深感自豪的是贺词中那些闪闪发光的"河北元素"。

谈到2019年我国取得的辉煌成就时，习近平总书记用"京津冀协同发展按下快进键"来形容这一重大国家战略取得的新进展。

2019年1月16—18日，习近平总书记把首次地方考察调研放到了京津冀。在协同发展战略实施的关键时刻，吹响下一阶段的进军号。

习近平总书记还用"北京大兴国际机场'凤凰展翅'"来赞美这一

新国门的时代风采。2019年9月25日投运的大兴机场，点燃了京津冀协同发展的新引擎。

新年贺词中提到2019年我国"增设一批自由贸易试验区"，这是新时代推进改革开放的重要战略举措。

2019年8月30日，包括雄安片区、正定片区、曹妃甸片区和大兴机场片区在内的中国（河北）自由贸易试验区正式揭牌，河北改革开放站在了新的历史起点上。

习近平总书记在回顾2019年去过的不少地方时，第一个提到的就是河北雄安新区。他用"雄安新区画卷徐徐铺展"来描绘这座未来之城日新月异的建设步伐。

2019年1月16日，习近平总书记时隔近两年之后再次视察雄安新区，要求新区"要全面贯彻新发展理念，坚持高质量发展要求，努力创造新时代高质量发展的标杆"。

2019年，万众瞩目的雄安，塔吊林立，热火朝天，实现了从以规划为中心向以建设为中心的重大转变。

"万众一心加油干，越是艰险越向前。"2020年曙光初现之际，让我们只争朝夕，不负韶华。

（2020年1月1日刊发）

让农民工不再"忧薪"

河北日报副总编辑　王　宁

春节越来越近了，农民工工资支付迎来高峰期。河北省组织的根治欠薪冬季攻坚行动正在各地扎实展开——2020年1月2日的《河北日报》对此做了报道。

对于辛苦了一年的农民工朋友来说，返乡的列车再拥挤、随身的行囊再沉重，心里也是热的，一家老小就盼着这一年一度团圆的时刻。

但是，在个别地方，还有一些农民工因为还没有拿到辛苦一年挣到的工钱，正奔波在讨薪的路上。

前些日子，张家口蔚县信访局局长李海明"怒斥"欠薪企业负责人、为农民工讨薪的一段视频，引来广大网友怒赞。在"怒斥"之后的第二天，农民工拿到了应得的工资。

李局长担当作为、仗义执言，值得点赞。

但点赞之余，也不妨多一点思考：倘若没有"局长的怒斥"，这些农民工还能及时拿到被拖欠的工资吗？

为农民工讨薪，当然需要更多的"李局长"，但又不能仅靠"局长的怒斥"。根治欠薪顽疾，更应形成法治化、常态化、有执行力的治理机制，这才是为农民工朋友"撑腰"最有效的方式。

前不久，国务院常务会议审议通过了《保障农民工工资支付条例（草案）》，规定对拒不支付拖欠工资的可依法申请强制执行，涉嫌犯罪的移送司法机关处理。

这里，我们要善意地提醒那些恶意欠薪者，恶意欠薪是一种违法犯罪行为，是要判刑、坐牢的。

我们相信，通过司法、执法、仲裁、舆论等各方的共同努力，一定会让农民工朋友永远不再"忧薪"。

（2020 年 1 月 2 日刊发）

高质量发展，心中要有"数"

河北日报副总编辑　王　宁

2020 年 1 月 3 日，《河北日报·数字经济》专刊正式与您见面了，河北日报客户端"数字经济"频道、河北新闻网"数字经济"网站也同步上线。河北省委书记王东峰专门致信祝贺，河北省长许勤就加快建设数字经济强省接受了《河北日报》专访，凸显了省委、省政府对发展河北数字经济的高度重视。

什么是数字经济？有一个很形象的说法：通过 App 打车是数字经济；马路边招手打车是传统经济；招手打车用手机付费，又是数字经济了。

目前，我国数字经济生产总值已占 GDP 的 1/3。全球市值最高的 10 家公司中，有 5 家数字经济公司。

怎样发展数字经济？概括地说就是积极推进"两化一融合"。数字产业化——加快发展 5G、VR、AI 和电子商务、云计算等数字产业；产业数字化——大力推进大数据、物联网等前沿科技的广泛应用；引导数字经济和实体经济深度融合——让信息化、智能化与实体经济产生"化学反应"，助力传统行业转型升级。

发展数字经济，河北有两个得天独厚的优势：

一是基础足够好。河北是经济大省，工业基础雄厚，产业体系完善，正处于实现新旧动能转换的关键时期，对发展数字经济的需求十分旺盛。

二是舞台足够大。京津冀协同发展、雄安新区规划建设、北京冬奥会筹办等重大国家战略、国家大事，为河北加快建设数字经济强省提供了千载难逢的机遇。

重大机遇不容错失。推动河北高质量发展，需要各级政府和各类企业心中有"数"；点亮老百姓的美好生活，也需要你心中有"数"！

（2020 年 1 月 3 日刊发）

慢行交通≠慢速交通

河北日报副总编辑　王　宁

2020年1月2日举行的雄安新区智能基础设施创新成果发布会透露，雄安将打造绿色、智能的高品质慢行交通系统。

据介绍，未来五年雄安新区慢行交通将占出行比例的50%以上，成为未来的主导出行方式。

这里，最引人注目的就是这个"慢"字。

慢行交通真的"慢"吗？其实，"慢行交通"不等于"慢速交通"。我们恐怕都有这样的体验，在城市中心区，如果是高峰时段，骑自行车要明显快于开小汽车，在有的路段甚至比地铁还要快，而且方便易达。

所以，慢行交通并不是真的让交通变慢了，而是通过倡导步行、骑自行车等时速低于15公里的慢速出行方式，减少拥堵、减少排放，从而提高城市道路的运输效率。

"快"与"慢"的背后，是关注车还是关注人的问题。

随着我国汽车保有量不断增加，许多城市出现了交通拥堵、空气污染等问题，这也成为破解"大城市病"的一道难题。

慢行交通不仅是一种绿色交通出行方式，更是实现人与人身心交流、释放城市紧张压力、感受城市精彩生活不可或缺的载体。作为在"一张白纸"上建设的一座新城，雄安更有条件从基础设施到体制机制，秉承"组团发展、职住平衡"的建城理念，打造"全龄友好、四季友好"的慢行交通网络。

城市，让生活更美好。雄安新区已进入大规模建设阶段，日新月异的"未来之城"，欢迎你！

（2020 年 1 月 6 日刊发）

夜话河北两会：这个变化有内涵

河北日报副总编辑　王　宁

　　说到优化营商环境，2020 年政府工作报告有一个明显的变化，那就是字数多了，由 2019 年的 200 多字增加到 500 多字。

　　篇幅扩大的背后，释放出哪些信号呢？主要有两点：一是进一步突出了"法治环境"。"法治是最好的营商环境。"这是习近平总书记在中央全面依法治国委员会第二次会议上作出的重要论断。政府工作报告提出，要认真落实 1 月 1 日起施行的《优化营商环境条例》，着力打造市场化、法治化、国际化营商环境。唯有将各项政策措施落实到法治中，改善营商环境才算"真刀真枪"。二是进一步凸显了"问题导向"。2018 年 7 月 27 日，省委主要领导同志看到西安某运输公司负责人反映河北公路超限运输通行证审批难的来信后，连夜作出批示要求坚决彻查，并举一反三，认真反思为什么会发生这样的事情。

　　应该说，近年来经过坚持不懈的努力，河北营商环境有了很大改善，但还存在"放管服"改革不到位、行政效率和质量亟待提高等问题。对此，政府工作报告瞄准企业"堵点""痛点"，作了许多非常具体的安排。

比如，在省以上开发区普遍推行企业投资项目承诺制试点，企业设立登记1日办结；省、市、县三级服务事项网上可办率达95%以上；全年减税降费1000亿元左右。

营商环境关乎区域竞争力。按照新加坡知名学者郑永年的观点：以中国如今的经济体量而言，"找项目"对经济的牵引力不够用了，更需要各级政府"造环境"的能力来一个大提升。

更大力度优化营商环境，正成为推动河北高质量发展的一个有力抓手。

（2020年1月9日刊发）

夜话河北两会：最美"留痕"是实绩

河北日报副总编辑　王　宁

　　每到岁末年初，各种督察、检查相继展开。但在一些地方的单位，样样都要看记录、查文件、找"留痕"，一旦发现所谓"痕迹断档"或"留痕缺项"，就可能通报甚至问责，让基层干部有苦难言。

　　一些代表委员认为，这种考核办法会导致一种工作倾向，那就是凡事要"留痕"。

　　有的干部下乡，和群众没聊上几句，就忙着拍照合影；有的地方工作还没开展多少，记录本上却有大段铺陈；有的单位经常忙于各种汇报材料，一年光打印费就高达数万元。

　　科学适度的痕迹管理是检验过程真伪、提高工作质量的有效手段。然而，在实际执行过程中却在一些地方和单位跑偏，"痕迹管理"变成了"痕迹主义"，显然背离了初衷。

　　"痕迹主义"表现在基层，根子却是上级部门的官僚主义。上级下基层检查工作，只在会议室翻翻记录本、看看统计数据就打出分数、评出好坏，下级只好投其所好、投机取巧，甚至不惜造假。

值班老总读报

在 1 月 8 日举行的"不忘初心、牢记使命"主题教育总结大会上，习近平总书记指出，要把反对形式主义、官僚主义作为突出要求。不对写读书笔记、心得体会等提出硬性要求。不将有没有领导批示、开会发文发简报、台账记录、工作笔记等作为主题教育各项工作是否落实的标准。把基层干部干事创业的手脚从形式主义的束缚中解脱出来。

社会主义是干出来的，新时代也是干出来的。干出实实在在的业绩，赢得人民群众的口碑，不就是最美的"留痕"吗？

我忽然想起泰戈尔的一句诗："天空没有留下鸟的痕迹，但我已飞过。"

（2020 年 1 月 10 日刊发）

冬奥因你而精彩

河北日报副总编辑　曹阳葵

北国风光，千里冰封，万里雪飘。看滹沱河畔，健儿冰上起舞；塞外群山，少年雪地翱翔，欲与天公试比高。1月13日的《河北日报》刊发了一篇报道，呼唤更多的人参与冰雪运动、关注北京冬奥。文中有这样一句话：在冰面上、在雪地里，孩子们从一串串跟头中爬起来，插上奥林匹克的翅膀，滑向远方。

从"冰雪运动不出山海关"到"3亿人上冰雪"，北京冬奥会，不仅是值得欣赏的体育盛宴，更是全民健身的总动员。冬奥成功的重要标尺，不仅仅是赛会组织的顺畅、运动成绩的辉煌，更重要的是广大人民群众的参与。习近平总书记多次强调："要借筹办北京冬奥会的东风，把我们的冰雪运动普遍开展起来。"

河北省委、省政府把筹办冬奥会作为"三件大事"之一强力推进，全省首届冰雪运动会于2019年12月30日圆满落幕，这是一次全新的创举。预计本雪季河北省将有1700万人参与冰雪运动，为到2022年全省参与冰雪运动达到3000万人的目标奠定坚实基础。

关于奥林匹克价值，有一句名言："重要的是参与，而不是取胜。"让孩子们上冰雪吧，即使不停地跌倒，那也是美丽的跟头，因为从那一刻起，奥林匹克精神将在孩子们心中留下深深的印记。北京冬奥会也会因每一位平凡的你的参与，而变得更加精彩。

（2020 年 1 月 13 日刊发）

听民声惠民生

河北日报副总编辑　曹阳葵

岁末年初，各地陆续谋划公布了一批民生工程，《河北日报》连日来都有报道。

背街小巷照明、农村厕所改造、乡村道路拓宽、社区广场扩建、"三点半"课堂开设……这桩桩件件，看得出来，既细心又暖心。民生工程不再是"面子"上的锦上添花，而是"里子"里的雪中送炭。

报道说，许多民生工程出台前都多次征集群众意见，入选工程都是为了解决广大群众的操心事、烦心事、揪心事。让老百姓"点菜"，政府照单"做菜"，这种做法让民生工程更接地气、更贴民心。

习近平总书记在正定工作期间，骑自行车下乡跑遍了全县每个村庄，深入群众当中拉家常、问寒暖，他还时常在街头"摆桌子"，真真切切听民声。那个时期，正定出台的许多重大决策，都与这些调研有直接关系。

习近平总书记指出："人民群众对美好生活的向往就是我们的奋斗

目标。"如果不真正了解老百姓的向往是什么，那怎么会有一个明确的奋斗目标呢？所以，欲惠民生，先听民声。

（2020 年 1 月 14 日刊发）

送到心里最温暖

河北日报副总编辑　曹阳葵

又到年终岁尾，各地、各部门陆续开始送温暖活动，贫困群众和困难群体由此感受到党和政府的关怀。从报道中也能听得出他们的笑声。

送温暖活动年年有，但怎么送才能送到老百姓的心里、送出对群众的真感情，却是一件需要认真思考的事情。

一桶油、一袋米，不问对象、千篇一律，这是"粗放式"的送温暖；握握手、拍拍照，县乡村干部层层陪同、规定路线走一圈，这是"打卡式"的送温暖。这样的送温暖，不走心、不贴心，虽然带来了有形的慰问品，但未必是老百姓的真需要。

送温暖活动实际上是一种心与心的交流。2012年12月29—30日，习近平总书记踏着残雪、冒着严寒，驱车300多公里来到河北省阜平县骆驼湾村，盘腿坐在炕上，同乡亲们手拉手，仔细询问大家的生产生活状况。人民领袖如此心贴心、面对面地慰问，给乡亲们带来了真温暖，送来了黄土变成金的脱贫信心。

送温暖最重要的是用真心、用真情。只有深入基层与群众心贴心，才能了解到群众真正需要的是什么，才能远离"粗放"和"打卡"的冰凉，送去的温暖才能更实、更细、更精准。

（2020 年 1 月 15 日刊发）

让家与家更近

河北日报副总编辑　曹阳葵

春运，是无数中国人从一个家到另一个家的旅行，这段旅行充满着收获、团圆和喜悦，它关系着亿万人民群众的切身利益，是重要的民生工程，也是周而复始的年度"大考"。

2019年，我国又有多条高铁线路开通，新增运营里程5000多公里，这让城市与城市之间的距离变得更近。但同时也必须看到，交通干线与市区交通的接驳，仍然是春运常见的痛点。春运"最先一公里"和"最后一公里"难题仍然存在。在高铁时代，城市之间的距离很近，但并没有缩短家与家的距离。

究其原因，是城市交通接驳规划设计、车站广场抵离交通分流、地铁公交班次峰谷调度等方面还存在短板，还少一些更有创意、更具人性化的考量。高铁节省出来的时间正在被滞后的交通接驳"吃掉"。

春运高峰即将来临，短时能解决的，快用"精细服务"滴上"高效运转"的润滑油；一时难以办到的，也请好好谋划一下，尽快启动"顶层设计"的路线图。让春运这个新年俗，在新时代焕发新生机。

　　只有这样，在全面建成小康社会之年，回家的路才会更便捷、更温馨、更安全。

（2020 年 1 月 16 日刊发）

打赢阻击战：让大家看到那面红旗

河北日报副总编辑　李恕佳

新冠疫情疫情防控是当前最重要的工作。疫情发生以来，河北省始终把疫情防控和患者救治作为重大政治任务。2020 年 1 月 29 日下午，河北省召开电视电话会议，省委书记王东峰提出"八个坚持、八个到位"明确要求，强调坚定不移推进疫情防控工作升级加力。

1 月 30 日的《河北日报》第 1 版还同时刊发评论员文章：《推进疫情防控工作升级加力，坚决当好首都政治护城河》。

特殊时期如何做好个人防护？《河北日报》第 5 版回答了大家关心的 20 个问题。

1 月 28 日，国家主席习近平会见世卫组织总干事谭德塞。谭德塞表示，中国政府展现出坚定的政治决心，采取了及时有力的举措令世人敬佩。大事难事看担当，关键时刻显初心。危难关头，习近平总书记深厚的人民情怀，强烈的历史担当，给全体党员干部作出了表率，树立了榜样。

1 月 29 日起《河北日报》推出《燕赵战'疫'党旗红》专栏，集中报道基层党组织和党员干部在疫情防控火线上淬炼初心、践行使命的生动实践。

首篇报道讲述了石家庄市第五医院 260 多名党员干部主动请缨，要求到防控最需要的地方去的感人故事。有人说风和日丽的时候，你也许不知道谁是共产党员，但是在困难到来、危险发生的时候，挺身而出的一定是共产党员。

疫情是一场危机，也是一场考验。守初心、担使命，不是用来挂在嘴巴上的，而是真刀真枪干出来的。疫情来了，困难来了，正是党员干部冲锋陷阵的时候，只有冲锋在第一线，才能心里有底，掌握斗争主动权；只有冲锋在第一线，群众才能更安全一点，心里才能更踏实一点。一名党员就是一面旗帜，在这场没有硝烟的战争中，党员干部冲锋在前，让党旗在防控斗争的最前线高高飘扬。

只要能一直看到这一面面旗帜，我相信广大群众就一定能激发出战胜艰难险阻的磅礴力量。

（2020 年 1 月 30 日刊发）

香菜、手擀面里的"信心"

河北日报副总编辑　赵　兵

　　抗击新冠肺炎疫情的前线捷报频传，朋友圈里带着大大"惊叹号"的两条好消息，燃旺着全社会战胜疫情的信心。一条远在湖北：武汉火神山医院火速加神速完工交付使用，1400多名军队医护人员在习近平总书记的一声令下中增兵火神山；另一条近在河北：2月2日上午，河北省首批新型冠状病毒感染肺炎的3位患者，分别从保定、廊坊的医院出院回家。我们感谢白衣天使艰辛奋战所创造的生命奇迹。

　　河北省应对新型冠状病毒感染肺炎疫情工作领导小组会议要求进一步加大全面排查和科学防控力度，严防春节后疫情扩散和蔓延。河北省召开抗击疫情民营企业在行动座谈会上，河北省20位民营企业家代表发出倡议：同舟共济抗疫情，全力打赢组织战。

　　武汉火神山医院投用和河北省3名患者出院，两条好消息，一个关键词那就是"信心"，它极大地鼓舞了人心，坚定了我们打赢这场疫情阻击战的信心。信心是抗击疫情最重要的免疫力，它来自党和政府的有力部署，来自医务工作者的科学救治，来自全社会有力有效的联防联控，更来自我们每一个人的坚定和坚守。

今天我到小区楼下小超市买菜，看到货架上的菜品与平常没有什么不同，两天前紧俏的白萝卜也补了货，而且像香菜、手擀面这样的非必需品供应充足，价格也没涨，这让人们有了一种安全感，感觉生活如常，相信岁月静好。非常时期香菜、手擀面带来的寻常感觉，传递出安宁和美好。我们知道这背后是无数普通人付出的努力，他们在疫情当下坚守着自己的责任和本分，向社会传递出一种信心。在抗击疫情的战斗中，不是所有的人都能上前线，但是所有的人都能成为抗疫阻击战的战士。我们向勇敢的逆行致敬，向平凡的坚守致敬，也向淡定的守护致敬。

一位河北小伙子在送他的护士女友上武汉前线时说，春暖花开，我在站台迎接你凯旋。愿我们每个人都能向周围的人、向身边的人传递出更多这样平实但却坚实的信心，坚持就是胜利，信心汇聚力量，战役有你有我。

（2020 年 2 月 3 日刊发）

"硬核喊话"也柔情

河北日报副总编辑　赵　兵

返程返工高峰，疫情形势依然严峻复杂，在全力支持湖北武汉防控前线的同时，河北省各地党员干部群众坚守三道防线，筑牢拱卫首都安全和人民群众生命健康的钢铁长城。

2020年2月3日是河北省党政机关事业单位春节后上班的第一天，全省疫情防控工作会议以广电网络视频会议的形式在石家庄市召开，对疫情防控和患者救治工作进行再动员、再部署、再落实。同时对深入开展"三创四建"活动等重点工作安排部署。河北省未来3个月蔬菜供应总量可超千万次，除满足本省市场需求外，每天还有4万多吨可销往京津、东北等地。

抗击疫情，许多地方基层干部的"硬核喊话"走红了。俗话说，忠言逆耳、良药苦口。这些话听上去不那么好听，但话糙理不糙。"硬核"里面是一颗柔软的心，出发点是为了督促人们做好防护，平安健康地战胜疫魔。可是很多网友也纷纷吐槽一些暴脾气的干部，口无遮拦的任性谈话，让人听了有点不舒服，入脑了但没有入心，好话还要好好说。

做基层工作，说话是一门学问，疫情当下好的"硬核喊话"，应该是不拼火气、不比调门、不斗狠、不动粗，既能把道理讲得明明白白、理直气壮，又能接地气、冒热气，让人听得进去，听了能照着去做。

硬话软说更能打动人心，你的硬核柔情要让大家都懂。最后我也想替前线的医务工作者喊个话，节约用口罩，弹药保前方，省下 N95，咱也算支前。

（2020 年 2 月 4 日刊发）

这样的暖心"作业"可以抄

河北日报副总编辑　赵　兵

早已壁垒森严，更加众志成城。联防联控，群防群治，《河北日报》推出了"基层防控好做法"系列报道，介绍河北省各地的战疫探索，求关注、求扩散，能让更多的地方学习借鉴到这些好做法。

当前疫情防控正处于关键时期，依法科学有序防控至关重要。习近平总书记主持召开中央全面依法治国委员会第三次会议强调，全面提高依法防控依法治理能力，为疫情防控提供有力法治保障。打好疫情防控阻击战，促进经济社会平稳健康发展，河北省出台30条措施，内容包括服从党中央统一指挥、统一协调、统一调度，全力保障疫情期间物资供给，支持企业复工复产等，同时逐项落实责任到地方、到部门。

近期网友热衷把各地在防控疫情中推出的惠民好做法分享到朋友圈，希望自己所在的地方也能够借鉴推广。大家把这种借鉴的方式叫作"抄作业"。

苏州市出台减免中小企业房租税费、延迟缴纳社会保险等10条惠企措施；北京市规定每户家庭可有1名职工在家照看子女，工资照发；杭州市民通过预约可以申领口罩；等等。这些都是网友希望被抄袭的"作业"。2月5日发布的河北"30条"，惠民含金量也很高，其中规定对承租国有资产类经营用房的餐饮住宿百货业中小企业免收1个月的房租，减半收取2个月的房租。同时鼓励大型商务楼宇、商场、市场运营方适度减免疫情期间租金。

暖心是因为走心。《孟子》中有一句话：人同此心，心同此理。意思是合情合理的事，大家的想法都会相同。非常时期的雪中送炭，之所以受到网友们的热捧，是因为站在了群众的角度，感同身受、设身处地地想问题做决策，由此也真正做到了想民之所想，急民之所急。

暖心还要操心。要想让群众足不出户，干部就要多走两步；要想让企业无忧，政府就要分忧。以辛苦指数换得群众的安宁指数和社会的信心指数，我们期望更多的地方能够互相学习借鉴，共同完成非常时期的"民生作业"。

（2020年2月6日刊发）

用爱接他们回家

河北日报副总编辑　赵　兵

2020 年 2 月 8 日是元宵节，一场疫情阻隔了很多家庭的团圆，我们牵挂奋战在火线上的白衣天使，问候坚守在一线上的平凡勇士，惦念那些被隔离在病房里的兄弟姐妹。我们为在疫病中倒下的同胞点亮心灯，更要深躬致敬，送那些用生命挽救生命的真心英雄安息。

病毒还在顽抗，今天的不团聚是为了明天更好地团聚。众志成城，击退疫魔。待到春风传家训，我们用胜利告慰英灵，拥抱亲人。

习近平总书记应约同美国总统特朗普通电话，强调我们完全有信心、有能力战胜疫情。中国经济长期向好发展的趋势不会改变。

强信心、暖人心、聚民心。河北省委宣传部发出通知，为打赢疫情防控攻坚战提供有力宣传舆论支持。

随着前方医疗救治工作不断取得新的进展，陆续会有更多的新冠病毒感染肺炎患者治愈出院，也会有大批集中医学观察的人员走出隔离区。看着他们踏上回家路的背影，欣喜之余，也有一些担心，他们回归社会的路会平坦吗？他们会被周围的人善待吗？

相信科学，相信爱。就像对待自己的家人一样，对待治愈患者和结束隔离的人员，千万不要让他们在身体的疾病或者隐患解除之后，又遭受心理和精神上的伤害。用爱接他们回家，就是守望相助在当下温暖而实际的注解。

截至2月8日，河北省有3000多名被隔离的密切接触者，还有很多人员或集中或居家接受医学观察，他们积极配合政府的防控措施，体现了社会责任意识，也为抗击疫情做出了自己特殊的贡献，应当受到社会的礼遇和人们的尊重。

非常之时需要非常之爱，我们是生命共同体，善待身边这些同胞，尽己所能地帮助他们，哪怕只是一个友善的微笑或一句暖心的话。当爱和希望比病毒蔓延得更快，生命的春天就一定会如约到来。

（2020年2月8日刊发）

这事儿也需要"排查"

河北日报副总编辑　赵　兵

抖击疫情，经济活力是至关重要的社会"免疫力"。随着更多企业复产复工，经济会从战时休整状态逐渐复苏。克服困难抓复工，竭尽全力保生产，河北在另一个战场展现齐心战疫的力量。

一手打好疫情阻击战，一手推动经济平稳运行，《援企惠企支持企业复产复工》栏目多篇报道反映了各地、各部门出台暖心政策，细化各项服务，帮助企业渡过难关的有关举措。

2月9日《河北日报》的一篇报道为我们讲述了一个刚刚脱贫不久、生活还不算富裕的农民，为抗击疫情捐款捐菜的事。事虽小，却从一个小角度解释了什么叫作万众一心。300块钱和3000多斤萝卜算不上什么，但是他们却是有情有义的脱贫群众。在国家有困难的时候，用这种特殊的方式表达对党和政府的感恩之情。

在为这种义举感动的同时，也提示了我们另一个问题，疫情当下那些贫困群众怎么样了？他们的生活本就很困难，非常时期可能困难会更多，小到口罩有没有、柴米油盐够不够，大到这期间生病怎么办？

残疾人、困难儿童有没有人照顾，有没有因感染疫病或者生产受到影响而致贫返贫的情况？

我们希望基层的党员干部、驻村干部做好疫情排查的同时，能够再辛苦一点，再加一项工作，就是对贫困群众的情况也做一下排查，并且及时给予帮助。

河北省下发通知，要求各地采取措施保障困难群众的基本生活。我们希望各地把这项工作做得更细、更实，为需要帮助的困难群众雪中送炭。

全面建成小康社会一个都不能少，抗击疫情同样也是一个都不能少。

（2020 年 2 月 9 日刊发）

学法守法战"魔鬼"

河北日报副总编辑　李恕佳

挖沟断交是犯法，殴打防疫人员是犯法，防控病魔，学法守法。习近平总书记强调，疫情防控越是到最吃劲的时候，越要坚持依法防控。总书记还要求，加大对危害疫情防控行为的执法司法力度。

但是，疫情当前，个别人不听劝、不负责、不守法，拿自己的无知和自私给别人挖大坑。这种人虽然是极少数，但对大多数的危害却不小。网友称其为"晋江毒王"，他谎称从菲律宾归来，一人导致4000余人被隔离、8名接触者确诊。2020年2月7日，邢台市确诊一例故意隐瞒事实病例。内丘县人刘某某及其家人一直坚持否认其武汉市居住史，经医护人员反复追问方才承认，其密切接触人员77人。

网友感叹："一人说谎，不知道有多少人遭殃。"

如果说疫情初期，一些人因为不了解和潜伏期等原因，对自己的接触和传染情况难以控制，还是可以理解的。但是到了现在，防控宣传铺天盖地，还有人刻意隐瞒甚至故意误导防疫人员，破坏防控工作，那就真的无法原谅了。这不仅无情无理，更是犯罪，是涉嫌危害公共安全的"玩火"行为。

　　谎话骗得过医生和防疫人员，骗得过病毒吗？自己不发病就万事大吉，那家人呢？被蒙在鼓里的接触者、医务人员，还有更多社会成员呢？这么多人的安全和健康，就因为一个人的自私、轻慢，被置于巨大风险之中，这个责任"说谎者"负不起！

　　蝼蚁之穴可毁千里之堤，莫害了自己害小家、害了小家害大家。故意隐瞒就是破坏疫情防控，危害公共安全涉嫌犯罪。"魔鬼"当前，学法守法，法不容情。

（2020 年 2 月 10 日刊发）

把温暖送到前线

河北日报副总编辑　李恕佳

　　明知前方凶险，你却毅然前行。在与病毒斗争这场人民战争中，我们每个人都承受着压力，以不同的方式投入了战斗。奋战在一线的战士，承受的压力尤其巨大，面临的风险可想而知。在隔离病房、交通卡口，在乡村、在社区，他们以实际行动诠释着奉献、书写着担当。

　　面对奋不顾身、身心疲惫的前线战士，身在后方的我们除了鼓劲加油，还要送去我们的关爱和温暖。为小伙伴们准备的 10 只口罩丢了 1 只，护士小姐姐"哇哇"大哭。我们能不能加强统筹，把防护物资配备给感染风险最大的一线战士？让他们不再流汗又流泪。钢铁战士虽然有钢铁般的意志和毅力，但他们也是血肉之躯。53 岁的香河县民警李向国从除夕上岗，十几天连轴转，2020 年 2 月 6 日因脑溢血倒在了岗位上。我们能不能合理安排，给他们留出休息的时间？让他们不再流汗又流血。

　　可喜的是，衡水市建立应急轮换机制，综合考虑身体状况、家庭需求、援助时长等，医护人员及时轮换调整。更令人暖心的是，衡水市要求医疗队队员派出单位确定至少一名班子成员，及时上门走访，帮助解决队员个人及家庭遇到的急事、大事、难事。

习近平总书记强调，疫情防控是全方位的工作，各项工作都要为打赢疫情防控阻击战提供支持。那些奋战在抗疫一线的战士，让我们给他们以丰富的物质支持和满满的精神鼓励。你为我们战病魔，我为你们送温暖。

（2020 年 2 月 11 日刊发）

一瓶消毒水胜过一沓报表

河北日报副总编辑　李恕佳

关键时期、攻坚阶段，基层干部奋战在一线。他们"5+2""白＋黑"，吃不好、睡不着。可就在这最吃劲的时候，一些形式主义、官僚主义却跑出来给一线干部添乱、添堵。有基层干部反映，就算变身"千手观音"，也做不完各路"菩萨"发来的作业。

比如，"明明是同一件事，却有六七个部门要求报表""有关无关的单位一天发十几个文件，却无一解决一个口罩、一瓶消毒水""走访花了 6 个小时，填表却要两个小时"……只见形式、不出主意，空喊口号、不见落实，这样的"表格防疫"，既防控不了疫情，也安定不了人心。只会让防控工作陷入数字"迷宫"和材料"围城"之中，增加不必要的消耗和折腾，加重基层干部的额外负担，浪费一线宝贵的人力、物力和时间。

每一种应付、每一次拖延、每一个表面文章，都可能以生命为代价。习近平总书记强调："要坚决反对形式主义、官僚主义，让基层干部把更多精力投入到疫情防控第一线。"对于基层来说，一线需要的是口罩，而不是口号；需要的是消毒水，而不是报表。扫除"表格防疫"，不妨让基层给上级布置作业，解决基层最紧迫、最现实的问题。比如，基层根据实际情况列出需求清单，上级按照清单去解决痛点、难点。

　　只要我们上下一心出实招、求实效，苦干加实干，就没有战胜不了的困难！

（2020 年 2 月 12 日刊发）

服务上门才能足不出户

河北日报副总编辑　李恕佳

　　体育战疫系列短视频，这几天火了。河北省体育局组织大咖创作的这套居家健身法，河北日报客户端一推出就受到网友的热捧。还有更新鲜的，足不出户能不能打官司？秦皇岛市北戴河区法院创办微信法庭，成功审理了一宗民事纠纷。空中课堂，让学生们在家停学不停课；在线门诊，解决了到医院就医发生交叉感染的问题……疫情汹汹，互联网大显神通，线上服务及时跟进，创新不断。

　　但是，随着防控大网横向到边、纵向到底，越织越密，城市、乡村进一步采取封闭管理，怎样满足居民日常生活需要的问题就摆在我们面前。

　　一些商超闻风而动，把柴米油盐送到社区门口；单位的食堂肩负起统一采购生活必需品的任务。我老家的亲戚打来电话说，村民需要购买什么写一个清单，交给村干部统一购买，第二天就能送到家门口。

　　群众少出门，服务工作就得跟进到位。孤寡老人和残疾人的生活有什么困难？三无小区的生活怎么安排？不会网络的人就要多出门吗？

习近平总书记说："现在，最关键的问题就是把落实工作抓实抓细。"生活服务怎样抓实抓细同样关系人心稳定，关系防控大局。一张张嘴要吃要喝，只有线上线下同时发力，大家才能安安心心少出门、不出门，为阻断病毒传播作贡献。

（2020 年 2 月 13 日刊发）

莫把无知当时髦

河北日报副总编辑　李恕佳

有人把无知当勇敢，有人把野蛮当时髦。虽然这种人是少数，但他们却给大多数人带来了难以想象的灾难。

这里无奇不有，豪猪、穿山甲、菜花蛇、孔雀、鳄鱼、竹鼠……武汉华南海鲜批发市场挂的是海鲜买卖的招牌，却长期售卖野生动物。科学家们正是从这里检测出了新冠病毒。

有需求就有买卖，贪吃是野生动物猎捕、贩卖这个庞大产业链的源头。找野味、吃野味对于一些人是一种饮食习惯，另一些人则是图新鲜，满足猎奇心理。还有一些人把吃野味当作奢侈享受，甚至用来炫富，但更多的却是因为认识误区，觉得吃野味有营养，可以滋补、强身。

殊不知，研究表明，世界各地出现的新发传染病，亨德拉、尼帕、埃博拉、中东呼吸综合征等，都与野生动物有关。统计发现，超过70%的新发传染病来源于野生动物。

病从口入。防止传染病，首先从不吃野生动物开始。尊重野生动物的生命和它们的栖息地。它们和我们是同一个地球村里的居民。埃尔伯特·士威兹说："只有当人类可以慈悲关怀一切生灵，才可以真正体会安宁。"

2020年2月4日，河北省10部门启动联合双打行动，严厉查处野生动物违规交易6类行为，覆盖猎捕、交易、利用、运输、携带、食用全链条、各环节。

吃野生动物，涉嫌违法犯罪！害人害己！

（2020年2月14日刊发）

想念那些熟悉的身影

河北日报副总编辑　李恕佳

这两天下夜班，路上没看见那熟悉的红马甲。往常走在凌晨四五点钟的街道上，总能看见环卫工人那忙碌的身影。是作业时间调整了，还是现在人手不够？

来自外地外乡的打工者、农民工为我们城市的正常运转付出了辛勤的劳动，快递、餐饮、保安、商超、家政都离不开他们的劳动和奉献，重点工程建设、企业复工复产更离不开他们的智慧和奋斗。然而，他们当中有一些人现在却进街道难、进小区难。殊不知缺少他们的城市会失去往日的生机和活力，缺少他们的企业会失去订单，甚至失去市场。

中央指出，对偏颇和极端做法要及时纠正，不搞简单化，一关了之、一停了之，尽可能减少疫情防控对群众生产生活的影响。一手抓精准防控，一手抓经济社会发展，实现两手抓两不误就要开动脑筋。

务工人员出门难怎么办？临西县为老乡们免费体检，合格者颁发健康证，出门就有了通行证。职能部门要求对员工一天两次测量体温，河北永兴包装公司翻番加码，一天测量4次，上岗就有了上岗证。"一刀切"最简单、最省事，是懒人的办法。一关了之、一停了之，不是办法。

在精准防控的同时，非疫情防控重点地区正在加快复工复产。只有复工复产，才能为打赢疫情防控阻击战提供充足的武器和弹药。相信街道、社区、企业和用工单位都会激发出更多的智慧，想出两手抓两不误的好办法！

（2020 年 2 月 15 日刊发）

你长大的样子，真好！

河北日报副总编辑　赵　兵

2020 年 2 月 18 日，《河北日报》《战斗在最前线》专栏连线的是河北支援湖北医疗队里一位"90 后"男护士。他叫郑学晨，在武汉洪山体育馆的方舱医院里已经工作十多天了。他讲述了和他一样来自黄骅市人民医院的几位小伙伴，在这里共同战斗的很多故事，让人感动而难忘。

有一天下夜班，他走在武汉的街头，望向夜空，繁星点点，突然想起了两年前病逝的母亲，当时他就想，"妈妈看到我这样勇敢，一定会为我骄傲吧。"

长大的标志是懂得了责任，成人的标志是扛起了担当。在这次抗击疫情的人民战争中，"90 后""00 后"年轻但却坚定的身影，汇聚成了青春的洪流，成为战疫的青春力量。

多少父母眼中的孩子在这场战斗中学着父辈的样子，顶住了压力、扛起了责任、舍弃了小我、成就了大我，而这又是多少父母在这场磨难中奉若珍宝的收获。

举国战疫之时，"90 后""00 后"瞬间绽放出的光华，正是源自他们基因里的向上精神、血脉里的家国情怀。他们用行动书写了最美的青春，证明了他们是能够担当起民族大任的一代新人。

让上一代放心，让下一代安心，这种信念和责任的薪火相传，就是社会的信心、国家的信心。

（2020 年 2 月 18 日刊发）

"民间高手"也是"硬核力量"

河北日报副总编辑　赵　兵

透明塑料膜加上拉链胶带，花上十几块钱，就能将车辆前后排隔离，既能正常运营又保证了司乘双方的安全。这些出租车、网约车上的简易"安全舱"，得到专家的肯定，受到乘客的欢迎，高手果然在民间，办法总比困难多。

在这场没有硝烟的战斗打响后，基层干部群众发挥聪明才智，创造了很多"土战法"，实用、好用、管用，为防控疫情和复工复产作出了贡献。

从大喇叭、无人机的"硬核喊话"，到宅家办公、远程服务的创意无限，再到无接触配送、共享员工等新的营销、生产方式，战时从普通群众中迸发出来的创造力，成为战斗力，成为打赢这场战役的重要力量。这其中的很多做法，很有可能在疫情过后还会成为促进经济发展、推动社会进步的宝贵创举。

兵民是胜利之本。打赢疫情防控的人民战争、总体战、阻击战，需要紧紧依靠人民。寻常百姓中蕴藏着非常的智慧和能量，也是我们制胜的重要法宝。

　　尊重群众的首创精神，用好百姓的发明创造，让更多的"民间高手"成为疫情阻击战和经济保卫战的"硬核力量"。

（2020 年 2 月 21 日刊发）

荆楚—燕赵，明月何曾是两乡

河北日报副总编辑　王　宁

53岁的老童不幸感染新冠肺炎，但这位武汉人却把微博名字改成"幸运的老童"。他在病房里用手机敲字、拍照，记录给他带来幸运的人——河北支援湖北医疗队中的十几位护士姑娘。河北日报全媒体推出的新闻作品《谢谢你们，河北来的"神仙妹妹"》，让众多网友泪目。

2020年春节从大年初二到2月24日，河北省已经派出9批医疗队驰援湖北，医务人员总数达到1067名。河北日报的报、网、端、微，通过连线采访的方式做了大量报道。

那么，地处抗疫最前线的兄弟省报——《湖北日报》是如何报道来自河北的这些白衣战士呢？正巧，今天，我的老朋友——《湖北日报》副总编辑胡汉昌也值夜班，现在就请他通过电话连线为我们读报。

【《河北日报》的读者朋友，大家好！我是湖北日报副总编辑胡汉昌。

截至2月20日，全国共组派277支医疗队、33759名医务人员支援湖北，和我们共同战"疫"。这些白衣天使都是湖北人民的大恩人，我们永远铭记在心。

对河北医疗队，湖北日报全媒体也做了许多报道。我印象最深的有这样几篇：

一是《湖北日报》的通讯《风雨同"舱"，共谱"冀鄂一家亲"》，讲述的是河北医疗队在武汉江岸方舱医院8天8夜的战疫故事。再就是《湖北日报》的《与时间赛跑找寻病毒铁证》，介绍了河北省疾控中心应急检测队在对口支援的神农架林区克服重重困难，为疑似病例进行病毒核酸检测，争取早诊早治，为患者赢得更多康复机会的事迹。

我们全媒集团旗下《楚天都市报》的报道《用热干面做成炸酱面》，说的是武汉市武昌区一家酒店的工作人员，了解到入住的138名河北医疗队员不习惯南方以米饭为主的饮食后，大家想方设法，做出独特的"热干面版"炸酱面，以表达湖北人民对河北医疗队感激之情。

很早就听说过"燕赵自古多慷慨悲歌之士"。危难之际，我真切地感受到了河北人民的英勇侠义、无私忘我，感受到了燕赵精神的淳朴厚重、慷慨豪迈。

冀鄂一家亲，心手永相牵。今天，我们共同战斗；明天，战疫全胜后，诚挚邀请河北的白衣战士再来武汉，我们一起赏樱花、游东湖，极目楚天舒！】

荆楚大地，燕赵大地——青山一道同云雨，明月何曾是两乡。一场突如其来的疫情，一场与子同袍的战争，让我们深刻理解了什么是"一盘棋""一家亲"，真正读懂了什么是守望相助、同舟共济。

在湖北前方英勇奋战的燕赵白衣战士们，家乡父老牵挂着你们！你们一定要好好保护自己，一定要平安归来！

河北支援湖北第五批医疗队队长、河北医科大学第三医院副院长、武汉江岸方舱医院副院长王飞在接受《河北日报》记者连线采访时说：

"疫情不止，我们不撤。疫情消散，我一定带着咱们的白衣战士，平安回家，请家乡人民放心。"

待到神女无恙、勇士凯旋，我们一定和白衣战士一起、和《湖北日报》的同行们一起，痛饮胜利的美酒，一起吃上一碗"炸酱面版"的热干面。

这一天，我相信已经不远了！

（2020 年 2 月 24 日刊发）

牢记荷花定律，警惕"思想拐点"

河北日报副总编辑　王　宁

新冠肺炎疫情暴发以来，很多人养成了一个习惯，每天一早醒来，第一件事就是打开手机查看病例通报。大家关心的问题只有一个：疫情拐点何时到来？

2020年2月23日0—24时，河北新冠肺炎确诊病例首次出现"零增长"。这实在是一个大家盼望已久的好消息，但"零增长"绝不意味着疫情已到"拐点"。

2月23日，中央召开了一次非常重要的会议。主题是统筹推进新冠肺炎疫情防控和经济社会发展工作。针对当前疫情形势，习近平总书记强调，必须高度警惕麻痹思想、厌战情绪、侥幸心理、松劲心态，继续毫不放松抓紧、抓牢、抓细各项防控工作，不获全胜决不轻言成功。

近日记者采访发现，随着企事业单位复工复产，城市运行渐归常态，少数人在思想上悄悄迎来了"拐点"，出现了"松一松"的念头。一些人出门不戴口罩了，有人开始打听"啥时候聚聚"了；一些村民开始串门，有的小区不再测温。因为嫌麻烦，个别地方甚至发生强行冲卡等过激行为、违法行为。

与病毒较量，绝不可掉以轻心。如果我们在盲目自信中退让阵地，这个还在四处潜藏、性情古怪的"魔鬼"，随时可能伺机反扑，杀个回马枪。

有这样一个定律：一个荷花池，第一天荷花开放的很少，之后每一天，荷花都会以前一天两倍的数量开放，到第30天开满了整个池塘。那么池塘中荷花开到一半的时候，是第几天？很多人的答案是第15天。其实是第29天。

这就是著名的荷花定律，也叫30天定律。它告诉我们一个深刻的道理：越到最后，越是关键；越接近胜利，越必须坚持。

只有时刻警惕"思想拐点"，才能真正迎来疫情拐点！

（2020 年 2 月 25 日刊发）

守护医者仁心：在战时，也在平时

河北日报副总编辑　王　宁

前方，白衣战士英勇奋战；后方，关爱医者暖流涌动。

近日《河北日报》有很多这样的报道：河北省规定今年的职称申报和聘用工作，将对疫情防控一线的医务人员实行政策倾斜；全省155个旅游景区、滑雪场向全国医务人员免费开放一年；石家庄市减免赴湖北医疗援助人员本采暖季供暖费……

一位医生在转发相关新闻时感慨：好久没有这种被"宠"着的感觉了。有媒体评论说，想想那些献出生命的白衣战士，如果这也叫"宠"着，只能说平时我们对这个群体的关怀太少了。

前几天，一条武汉市第七医院某患者严厉训斥并频繁打断医务人员解释的视频在网络上发酵，让人愤怒，更让人痛心。这次抗击疫情无疑也是一次生动的尊医重卫教育。它让我们更懂得生命的可贵，更理解医者的仁心，也更明白了一个常识：善待医务人员，就是善待生命；尊重医务人员，就是尊重生命。

其实，医务人员需要的并不是特殊待遇。他们需要的只是一份平等的理解、一份日常的尊重、一份真心的关爱。

守护医者仁心，在战时，也在平时。让尊医重卫真正成为社会风尚和制度安排，才是对白衣战士们最好的回报。将战时的爱如潮涌化作平日里的涓涓暖流，那些颂扬医务人员的新闻报道和诗词歌赋才更有意义。

愿医者的仁心点亮更多的人心！愿对医者关爱，不止在今天，还在未来生命中的每一天！

（2020 年 2 月 26 日刊发）

给河北小伙点赞！有一种隔离，叫作责任与担当

河北日报副总编辑　王　宁

河北的一位大学生这两天刷屏了。

武汉学院会计专业大三学生郭岳春节前回沧州老家后，被确诊为新冠肺炎患者。但他回家后做了38天教科书式"硬核隔离"，没有传染任何人。治愈出院后，他还给一名新冠肺炎患者捐献血浆。目前，他仍独自住在家中车库里，打算再住满一个14天。他说："这样更安全一些，也不会给家人和周围人带去麻烦。"

大学生郭岳的做法有3点值得称道。

首先，他在思想上高度重视，全程自我防护。出发时虽无明显感染症状，但他还是戴了3层口罩和手套，行程中没摘下口罩和手套，没与任何人交谈。其次，在行动上高度自觉，主动自我隔离。他提前打电话让接机的父亲带上酒精，给自己全身和行李消毒，回家后把自己隔离在卧室，没有密切接触他人。最后，对社会高度负责，及时上报信息。回到家后，他主动联系社区说明情况，为当地疫情防控工作争取了主动。

有一种隔离，叫作责任；有一种责任，叫作担当。我们要给这位河北小伙点个赞！

疫情发生以来，各地发生过不少因隐瞒个人行程、不及时隔离导致疫情扩散的情况，最终损人又害己，当地也为弥补这些漏洞付出了更大代价。比如，邢台市内丘县的一位患者，经反复询问仍刻意隐瞒病史，最终因新冠肺炎并发多器官衰竭死亡，并导致 77 名密切接触者被集中隔离。

当前，防疫形势明显好转。只要每个人都自觉履行自己的那份责任，持之以恒做好个人防护，我们就能早日摘下戴了一个多月的口罩，自由畅快地呼吸久违了的新鲜空气。

（2020 年 3 月 2 日刊发）

艰难时刻，方显营商环境

河北日报副总编辑　王　宁

如何统筹打好疫情防控和复工复产两场硬仗？2020年2月29日，《河北日报》第1版刊发的通讯《两手抓　两手硬　两手赢》，介绍了"中国羊绒之都"清河县的做法，值得一读。

清河县是世界最大的羊绒加工基地和羊绒制品集散地。1月26日，该县确诊了邢台市首例新冠肺炎患者，疫情防控压力不小。员工不足、资金紧张、产业链受阻……复工复产困难更是不少。

但截至3月3日，全县规上工业企业复工率达84.48%，规上民生企业复工率达100%；政府及时推出"屏对屏""网上签"的招商引资新模式，帮助企业与北京、杭州等地的8个项目方顺利签约。

清河为什么能？改革开放初期，清河从一个资源贫乏的落后小县发展成为经济强县，靠的就是敢闯敢干的市场意识和"人无我有"的营商环境。

面对这次疫情冲击，清河县的两个做法，让人们清楚地看到了清河营商环境的优秀底色。

一是"抢人复工"。

早在 2 月 15 日，在严密防控的前提下，清河就派出专车不远千里从辽宁接回 26 名企业管理人员和技师。这个"神操作"河北首创，与浙江、广东同步。目前，清河已安排 192 个车次，接回员工 3121 人。

二是"马上就办"。

政府部门不是"坐等"，而是主动对接、上门服务。企业缺资金，马上帮你去跑；企业缺口罩，马上帮你去找；企业缺原料，马上帮你联系。截至 3 月 3 日，已帮助企业落实资金 9729 万元，筹集口罩 10 多万只。

疫情，是对营商环境的一次"大考"。如果说疫情防控的主力军是医护人员，那么经济发展的主力军就是企业。都说患难见真情，这个时候为企业出实招、办实事，才说明营商环境真正过硬。

（2020 年 3 月 3 日刊发）

说星星很亮的人，没看过护士的眼睛

河北日报副总编辑　王　宁

　　近日，一位新冠肺炎患者治愈出院的视频让网友们很感动。他对在场的人说了这样一句话："说星星很亮的人，是因为没有看过护士的眼睛！"

　　疫情发生以来，河北日报全媒体报道了大量战疫一线护士的事迹。透过这些报道，我们仿佛看到了护士们那天使般的眼神——明亮又美丽、温柔又勇敢。

　　大家一定记得 2020 年央视元宵晚会上，被称为"引领这个春天最时尚发型"的河北省中医院护士肖思孟。2 月 9 日，进入武汉市第七医院上班的第 13 天，她发现一位神志不清的患者总咬舌头，很容易窒息。小肖就在床边守护了一整夜，直到患者情绪平稳。

　　在武汉市第七医院重症病区，衡水市第二人民医院主管护师王艳磊护理的一位患者突然呼吸困难，王艳磊决定为他进行开放式吸痰。尽管这样操作有被感染的风险，但他毅然俯下身去。患者情况稳定了，王艳磊的汗水也浸湿了防护衣。

　　一张由患者"偷拍"的照片，主角是在武昌方舱医院工作的邢台市开发区医院内科护士陈丽。一天下夜班前，她看到一位患者洗手方法不对，就走上前去耐心指导。很多患者也要过来学，她赶紧说："大家别急，我会一张床一张床地教，教完再下班。"

"中国护士让爱不留空白！"前几天，世界卫生组织总干事谭德塞在社交媒体上这样给她们点赞。

2020 年，是国际护士和助产士年，也是现代护理事业创始人南丁格尔诞辰 200 周年。日前举行的国务院联防联控机制新闻发布会上，国家卫健委有关负责人说，目前全国有 2.86 万名护士驰援湖北，她们与医生一道，为促进患者康复、提高治愈率作出了积极贡献，是新时代"最可爱的人"。

有人说，咱们欠护士们一个热搜。我们不如对她们多一些理解和尊重吧，有关部门不如在待遇、编制等方面为她们多办些实事吧。这才是对这个群体最大的关爱。

（2020 年 3 月 4 日刊发）

这些平凡人，都是活雷锋

河北日报副总编辑　王　宁

今天是 3 月 5 日，是毛泽东同志"向雷锋同志学习"题词发表 57 周年的日子。

在这场与疫情较量的人民战争中迎来"学雷锋日"，让人不禁想起带给我们更多感动的平凡的人们。"义务司机""匿名捐款""爱心盒饭"……《河北日报》几乎每天都在报道的这些平凡善举，宛如一阵阵和煦的春风吹拂大地，让人心生暖意。

我们感谢这些平凡的人——并没有人派他们去做什么，是他们看到有些事需要有人做，就主动来帮忙。在唐山市古冶区，80 多辆私家车组成"义务接送天使"爱心车队，每天免费接送定点医院的医生、护士，成为往返医院与社区的"摆渡人"。

我们感谢这些平凡的人——有的事情原本不在他们的职责范围内，但了解到有些问题一时难以解决，他们就千方百计去想办法。石家庄市市民王增强把自己从网上"抢"来的 35 个 N95 口罩和酒精、手套等防护物品，塞到一线执勤民警的手里。他说："收下吧，这些口罩是我一个个攒的。"

我们感谢这些平凡的人——有些人自己并不富裕，但当他们得知有更多困难群众需要帮助时，就毫不犹豫地倾其所有。在衡水市景县，蔬菜种植大户彭东推掉订单，设立"免费发放点"，把24棚新鲜蔬菜全部分给了因为疫情而买不到菜的群众。

面对这场突发疫情，无数平凡人心底蕴藏的"真善美"再次迸发，他们尽自己所能去温暖他人。我们或许不知道他们的名字，但我们知道，他们都是"活雷锋"。

习近平总书记说："雷锋是时代的楷模，雷锋精神是永恒的。"积小善为大善，善莫大焉。

岁月匆匆流逝，雷锋从未走远，助人为乐的故事也将永远继续下去。用爱去帮助身边每一个需要帮助的人，每一个平凡的你我，都应该做一个"活雷锋"！

（2020 年 3 月 5 日刊发）

防疫"逼"出的好习惯应成新常态！

河北日报副总编辑　王　宁

　　昨天和一个朋友通电话。谈起一个多月来生活的变化，他深有感触地说，突如其来的疫情给百姓生活带来了很大影响，但也有一些意想不到的"小收获"。比如，他儿子平常怎么教育也没养成饭前洗手的习惯。现在被疫情"逼"着，洗得可勤了。

　　进门先洗手、家里勤通风、出门戴口罩、打喷嚏掩鼻口……随着疫情防控阻击战持续深入，越来越多的人开始养成健康文明的生活习惯。

　　其实，这些好习惯不都是政府倡导了很久却一直没有真正做到的事情吗？

　　好习惯常常是被"逼"出来的，而坏习惯往往才是长期养成的。一个多月来，卫生习惯的迅速改变，来自疫情的巨大压力，也得益于高强度的宣传引导。由此可见，许多好习惯不是做不到，而是是否真下决心去做。

　　防疫"逼"出了好习惯，也"逼"出了好做法。

在不少地方，办事程序大大简化了。数据跑路加快取代了群众跑腿，"不见面"就能把事办成。

在很多单位，"文山会海"明显减少了。不必要的会不开了，长会变短了，无纸化办公替代了一摞一摞的文件……结果呢？工作不但没耽误，效率反而提高了。

这些好做法，不也正是平时简政放权、整顿作风要追求的目标吗？

好习惯养成难，保持更难；好做法来之不易，坚持更不易。

令人担心的是，随着疫情退去、时过境迁，一些人是否会"好了伤疤忘了疼"？一些地方、单位的办事效率、文风会风是否会故态复萌？

经此一"疫"，希望人人都从我做起，把好习惯保持下来；每个单位都从自身做起，把好做法坚持下去。到那时，我们就可以说不但打赢了疫情防控的战争，还收获了破除陈规陋习的战果。

（2020 年 3 月 6 日刊发）

战疫英雄榜，终究有多长？

河北日报副总编辑　曹阳葵

在这个艰难时刻，武汉的樱花开了。但许多人都说，此时最美的并不是武汉的樱花。

从那个万千战士告别团圆、奔赴战场的除夕夜开始，一句句豪迈的话语、一幕幕感人的瞬间、一个个温暖的故事，就一直萦绕着我们，给你我迎战的勇气和向上的力量。

"抗日战争时军人是战士，今天我就是战士""我不想哭，一哭护目镜就花了，就干不了事情了""穿上防护服，我就不是孩子了"……洁白美丽的防护服，连同包裹着的那一颗颗圣洁勇敢的心，才是这个春天里最美的花。

我要自己做一个英雄榜，为他们都配上最酷的图片，一袭白装，英姿飒爽，一个个原本平凡的名字在战袍上熠熠发光：康丽媛、陈国燕、莫世娇、高娟、孙芳芳、李鑫丽、宋宁、赵京梅、王慧娟、王东昌、崔锦华、刘玉红、郭珊珊、陈静、朱桂军、代金占、郭文昊、杨贵宾、杨楠、赵红芳……

英雄不只在病房、在方舱，他们还在山路上——他们是摩托车骑手，车上载的是香蕉，香蕉的最终目的地是武汉；英雄还战斗在社区，战斗在天上——我是南航 CZ634 航班，请求塔台允许降落，本次航班一名乘客也没有。

英雄不是从天而降，只是有人在危急时刻挺身而出。我想，我的战疫英雄榜会很长很长，所有参加了这场人民战争的 14 亿多中国人都应该榜上有名。

（2020 年 3 月 9 日刊发）

筑起心中的"方舱"

河北日报副总编辑　曹阳葵

2020 年 3 月 10 日，武汉 14 所方舱医院全部休舱。

患者们说："我已出舱，感觉良好"；白衣战士们说："我们的任务就是让方舱倒闭"；网友们说："祝关舱大吉，永不复工"。

新冠肺炎疫情发生后，在武汉，一座座体育馆、展览馆、美术馆和学校，一夜之间被改造成方舱医院，成为 1.2 万多名轻症患者的"生命之舟"。这里还以超级透明的姿态向全世界开放。由此，我们在看到控制传染、救治病患的同时，还见证了一幕幕温馨的场景：从"方舱影帝"到集体生日，从清澈的蓝莲花到火红的萨日朗。

之所以说疫情突如其来，最终的原因还是我们准备不足。疫情是一次考试，"考"出了我们公共卫生安全的短板，"试"出了我们应急管理能力的不足。

没有人喜欢灾难，但准备不足，灾难就会"喜欢"你。灾难面前，我们应该做到的，就是做好各种应对准备，让整个社会和生活具有更加强大的应变能力和弹性伸缩空间。

"宁可备而不用，不能用而不备。"武汉的方舱虽然休舱了，但我们心中的"方舱"必须筑造起来，防范化解风险的意识和能力必须再强化、再提高。

更加有效的疾病预防控制体系如何建立？重大疫情防控救治体系如何变革？应急物资保障体系如何完善？社区应急管理如何更加高效？这是疫情留给我们的一串串问号，但是忧患远不止这些。

强化危机意识，未雨绸缪，精准研判，妥善应对各个领域可能出现的风险挑战，是需要我们做好的一道必答题。

（2020 年 3 月 11 日刊发）

妈妈去帮"热干面",家中"神兽"谁来管

河北日报副总编辑　曹阳葵

　　在武汉抗击疫情的战场,许多白衣战士写在防护服上的"硬核叮嘱"近日刷屏:父母你管,"神兽"你管,我去管"热干面";罗紫菡同学:希望你好好学习,认真写字,妈妈打完"怪兽"就回家;合肥45中陈彦然,在家好好写作业哦……

　　白衣战士是逆行的英雄、是最美的天使,同时也为人父母、为人儿女,和我们一样,也有着许许多多的"忘不了""舍不得"和"放不下"。

　　出征时每个人都说没有困难,其实家家都有本难念的经。近日,各地陆续出台一系列政策措施,在保障生活物资、提高工资待遇、优先评定职称等方面都有"大手笔"。但"神兽"网课上得怎么样、沉迷游戏怎么办、想妈妈了怎么办、不跟奶奶一起睡怎么办……这点点滴滴的"小问题",可能才是许多白衣战士心底最柔软的"大牵挂"。

　　江苏28所高校的3700多名大学生志愿者组成了"最强家教团",

为 1280 名支援湖北医务人员子女提供公益家教，许多大学生为辅导高三学子，又重新刷起高考题。

支援湖北的天津医科大学总医院护士李雨丝家里，2 月 18 日来了两位"临时妈妈"——刘丹和裴士艳，她们和孩子一起过生日、做游戏。

他们的志愿行动，解除了后顾之忧，让征战疆场的天使们点赞。关心关爱前线战士，绝不能停在文件里，也不能千篇一律。

"我是个临时工，但我一样是战士""希望胜利后国家给分配一个男朋友""想明年带我老娘再来看樱花"……还有许许多多、大大小小写在战袍上的心愿，我们一定要看得见。

（2020 年 3 月 13 日刊发）

我的朋友圈鲜花绽放

河北日报副总编辑　曹阳葵

在我的朋友圈，这些天鲜花绽放。圣洁高雅的玉兰、娇艳欲滴的木棉、色彩斑斓的山桃、亭亭玉立的水仙，有的独傲枝头，有的成方连片，他们还配上文字：加油，中国！加油，春天！

平日里这一幅幅不起眼的小小的图片，此时都成了战疫的力量，虽然微小、虽然平凡，但开得倔强、开得灿烂。大家彼此鼓励着，在这特殊时刻传递着对春天的渴望和必胜的信心，每一朵花儿都开成了"白杨礼赞"，给人以向上的勇气去拥抱春天。

我们和武汉的樱花相遇在云端。那雪白的花瓣上略带丝丝粉红，花蕊金丝般簇拥在一起，微风吹过，携手相牵。树下虽无人喝彩，但依然怒放，那么坚韧、那么璀璨。赏花人发着弹幕："还是以前的样子，对，是春天。"

为了迎接春天，驾着七彩祥云的大英雄们，与病毒鏖战；为了迎接春天，企业转产，千里驰援；为了迎接春天，孩子说不想爸爸，却整日在阳台遥望武汉。

你看，我们的队伍即将凯旋。让我们夹道迎接，一起大声喊出 4.2 万名英雄的名字，向缔造这个春天的天使们道一声："一路辛苦，一生平安。"

凯旋的日子，才是真正的春天。

（2020 年 3 月 15 日刊发）

10 只口罩背后，是寒门女孩的善良

河北日报副总编辑　王　宁

10 只普通的外科口罩，一封千里之外的来信，一个 11 岁的河北寒门女孩，感动了她从未到过的一座城市——武汉。

2020 年 3 月 12 日，武汉市洪山区防疫指挥部收到一个薄薄的包裹，里面装着叠得整整齐齐的 10 只独立包装口罩和一封手写的信。信刚看到一半，在场的工作人员便热泪盈眶。

捐赠这 10 只口罩的是河北省邢台县西黄镇旮旯村中心小学四年级的学生贾昊倩。看到《河北日报》的这篇报道，我眼角泛酸，心生暖意，更心生敬意。

让我心生敬意的，是她小小年纪就知道感恩、懂得回报。她在信中说，"爸爸、妈妈、弟弟都是重度残疾人，我们家享受国家低保补贴，我就是国家的孩子。当国家有难，外国朋友都捐赠钱物，更何况一个受惠于国家的家庭？"

让我心生敬意的，是她小小年纪就有发自内心帮助别人的强烈愿望。当亲戚帮忙好不容易在网上买来 10 只口罩，她哭着说，"10 只太少了，我都不好意思。"

让我心生敬意的，是她小小年纪就有不达目的不罢休的执着。为了把这 10 只口罩顺利寄往武汉，从村里到镇上，10 公里的路程，她来回跑了 3 趟。

这个春天里最美的故事刷爆了朋友圈。与最初医护人员逆行引发的感动不同，上一次我们刷的是勇敢，这一次我们刷的是善良。《鼠疫》这本书的作者——法国哲学家阿尔贝·加缪说，面对瘟疫时，人类身上高尚的闪光点总会比歧视和冷漠更多。

疫情是一面镜子，既照出了个别人的自私，又更让人真切地看到了人性中最美的品质——善良。尤其是在这些正在成长的孩子们身上，这种品质比金子还要珍贵。

我并非刻意拔高一个 11 岁孩子的思想境界，我坚信的是：心存善良，生命美好；有爱相伴，人间值得！

（2020 年 3 月 18 日刊发）

迎接英雄回家，什么才是最高礼遇

河北日报副总编辑　王　宁

这两天最让我们高兴的事，就是包括河北支援湖北医疗队在内的全国各地的战疫英雄陆续回家了。白衣战士受到了最高规格的欢迎，当地机场以最高礼遇"过水门"为英雄们洗尘。

最高礼遇迎接我们的英雄回家，是必需的！无论怎样隆重的仪式，无论多么美好的赞语，都不过分！

我们怎能忘记，除夕之夜、大年初一、元宵佳节……你们匆匆离家、逆行驰援。如今，中国走出了疫情肆虐的至暗时刻，迎来了鲜花盛开的明媚春光。

感谢你们，为武汉、为湖北、为中国，拼过命！

习近平总书记说，你们是"新时代最可爱的人"，是"最大的功臣"，"党和人民要给你们记头功"。

英雄可以无悔，社会必须有情。

抗疫期间，国家和各地都出台了关爱一线医护人员的优待、奖励措施。如何确保这些暖心政策一一落实？领导补助高过一线人员的乱象，怎么保证不再发生？这些都需要一项一项盯着办、一个一个解决好，一定不能打折扣。

江苏对表现突出、被授予全国先进的医护人员直接认定高级职称；珠海将支援湖北的合同制医生护士全部转为编制人员……这样的"作业"，各地可以抄。

英雄回家意味着挥别战场、回归平常。战时形成的温暖和谐医患关系，怎样才能延续？战疫激发的尊医爱医热情，如何长久保持？医改滞后和资源不足激发的矛盾，还会不会让医护人员成为"背锅侠"？这些深层次问题应尽快得到解决。

2020年2月26日，我在《读报》栏目中曾呼吁：守护医者仁心，在战时也在平时。今天，当英雄回家，我更期盼用制度的完善、环境的优化，让医者这份职业更有安全感、成就感和荣誉感。

唯有如此，才能不负白衣战士的舍命出征，才是迎接英雄回家的最高礼遇！

（2020 年 3 月 20 日刊发）

新基建，新在哪儿？

河北日报副总编辑　王　宁

近两个月的疫情防控，消费和出口都受到了影响，投资这驾马车必然被寄予厚望。河北哪些投资领域更值得关注呢？

据《河北日报·数字经济》专刊报道，河北省 2020—2021 年两年新型基础设施拟开工和在建项目 140 余个，总投资达 1744 亿元，2020 年计划完成投资近 320 亿元。

人们注意到，20 天来，中央高层会议四次部署加快新型基础设施建设，"新基建"成了当前经济领域的一大热词。

新基建，新在哪儿？

从内涵上看，"老基建"指的是"修桥铺路盖房子"等传统市政公用工程和生活服务设施的建设。其实，"新基建"也不是一个新鲜出炉的概念。早在 2018 年年底，中央经济工作会议就明确了 5G、人工智能、工业互联网等新型基础设施建设的定位。

新基建，需要新观念。

一方面，"新基建"既是基础设施建设，更是创新产业发展。

疫情防控中，在线办公、远程医疗、个人健康码等数字工具广泛应用，数字"基础设施"功能凸显。与传统基础设施相比，以5G、数据中心等为代表的新型基础设施建设本身就是新一代信息技术产业，更是孕育创新的"土壤"。总的来说，"新基建"既是数字河北的基础设施，更是数字河北的支柱产业。

另一方面，"新基建"既可以拉动投资，更能为发展质量赋能。

网络铺设、算力打造等必然会带动很多直接投资，但"新基建"更多的是通过互联网应用为实体经济高质量发展提供新动能。马云说过一句话，"未来，只分使用互联网技术的实体经济和不使用互联网技术的实体经济，使用互联网技术的实体经济肯定生存能力更强，生存率更高"。

可以预期，"新基建"将是未来河北发展的新蓝海。

（2020年3月22日刊发）

畅通"务工路"才能畅通"小康路"

河北日报副总编辑　李恕佳

前两天老母亲生病，家政公司介绍平山的小贾到家里帮忙照料。小贾说，年前她老公从上海一家公司回来，在家"窝"着有两个月了，一直没找到工作。

小贾家遇到的问题，不是个例。往年这个时候，绝大多数农民工早已复工上岗。2020年，疫情打破了惯例。国务院联防联控机制发布会近日公布的数据显示，还有近一半的返乡农民工没有返城复工。

2020年是全面建成小康社会的收官之年。小康不小康，关键看老乡。每一个务工者背后，都是一个家庭的生计和希望。据国务院扶贫办统计，2019年，全国有2729万建档立卡贫困劳动力在外务工，务工收入占家庭总收入的2/3左右。帮助返乡农民工尽快就业、复工，关系防止因疫失业返贫，关系全面小康成色。

"专场网络招聘会""点对点接送""复工直通车"……这段时间，为帮助农民工就业、复工，河北各市、县（区）八仙过海，各显神通，《河北日报》对各地的创新举措、典型做法进行了突出报道。同时也要看到，疫情导致的务工"梗阻"还没有完全打通，办法还可以更多一点，在力度上、精度上还要下更大的功夫。

目前，企业复工复产加速推进，用工需求快速增加，一些地方和企业出现了招工难、用工荒。这种情况下，帮助农民工就业、复工，一项基础性工作就是解决好信息不对称问题。可以充分利用大数据、云计算、新媒体等现代信息技术，摸清农民工和企业双方的需求，大范围收集、发布用工信息，帮助双方实现有效对接。

河北省出台《关于进一步做好稳就业工作的实施意见》，提出实施百万农民工大培训计划。为加强农民工等重点群体就业服务，3月20日至6月30日，河北省在河北人才网开展"百日服务攻坚、千万岗位推送"大型网络招聘专项行动。期待更多的农民工兄弟能尽快就业、复工，在畅通的"务工路"上奔向全面小康。

（2020年3月24日刊发）

高效协同复工　京津冀为什么能？

河北日报副总编辑　李恕佳

京津冀如同一朵花上的花瓣，瓣瓣不同，却瓣瓣同心。

当不少地方的企业因为疫情突发导致产业链中断难以复工复产时，京津冀三省市的上下游企业，相互支持、精准施策，实现了协同复工，绽放出"瓣瓣同心"的光彩。

《河北日报》刊发通讯《京津冀产业链协同复工忙》，不仅体现了京津冀协同发展取得的巨大成果，更展示了协同发展的美好未来。

记者采访发现，不少河北企业与京津企业相互带动、推动，实现了精准、快速复工复产。比如，以北汽福田、北京现代为龙头，带动河北33家配套企业复工复产；生产N95口罩的河北荣翔医疗器械有限公司复工不久，关键原材料熔喷布告急，天津泰达闻讯第一时间发来1吨熔喷布。

高效协同复工，京津冀为什么能？原因主要有两个。

一是协同发展6年来，一些产业链实现了区域内布局，"你中有我，我中有你"。

产业链当然可以全国甚至全球布局，但受交通、商务、管理等因素影响，在一定区域内推进全产业链布局，效率更高，相关企业抱团取暖、抵御风险能力也更强。京津冀产业链协同复工，就明显得益于这一点。

二是三地"命运共同体"意识得到了极大强化，"在对接京津、服务京津中加快发展自己"，已经成为河北全省上下的普遍共识。比如，接到北京奔驰线束库存告急的通知后，三河市克服各种困难，帮助莱尼线束公司紧急复工，最后实现了双赢。这样的例子，在河北并不少见。

协同是抗风险的"硬核力量"——面对突如其来的疫情，京津冀三地跑出了协同复工"加速度"；协同是发展的强劲势能——京津冀协同发展"按下快进键"，河北也将跑出高质量发展"加速度"。

（2020 年 3 月 28 日刊发）

消费热起来：强信心　莫"轻心"

河北日报副总编辑　李恕佳

近日，河北日报报网端微有这样一组报道惹人注意——河北好几个市的领导干部走上街头，下餐馆、逛超市，鼓励、引导广大市民恢复日常消费。

领导干部率先上街消费，传递出做好疫情防控工作的信心，也传递出加快恢复正常生产生活秩序的鲜明信号。

在这些报道中，《河北日报》刊发的《邢台市集中开展提振消费信心"十个一"活动》值得一提。

"十个一"里的"十"，是指十个方面的消费。其中，有日常消费，也有贵重物品消费；有物质消费，也有文化消费；有线上消费，也有线下消费。这是在告诉人们，日常消费不但要恢复，而且要全面恢复。"十个一"里的"一"，指的是"一次"，提示了消费要理性、有序。

既全面加快又理性、有序，这正是当前恢复消费的正确"打开方式"。

疫情防控期间，正常消费被按下"暂停键"，对人们的生活和经济社会发展造成不小的冲击。目前，随着疫情防控形势持续向好，全面恢复正常生产生活秩序势在必行。国家已经出台 19 条措施促进消费扩容提质；河北各地开放堂食、开展促销活动，多措并举激发消费热起来……

涮一次火锅、做一回美容美发，对个人来说，是期盼了两个多月的"人间烟火"；对经济发展来说，是实实在在的消费拉动。每一个人都主动恢复正常消费，我们才能尽快迎来"岁月静好"，也才能把被抑制的消费释放出来，把被疫情耽误的时光夺回来。

同时也要看到，境外疫情输入压力持续加大。防控不能麻痹大意，商家要合规经营，把好防控关；消费者外出消费不要忘记戴口罩、测体温、保持安全距离、自觉登记……

人间烟火气，最抚凡人心。期待排队买奶茶、去"网红餐厅"打卡、到电影院看大片的日子早一点归来，期待愿消费、敢消费、能消费为经济社会发展注入更多活力。

（2020 年 3 月 30 日刊发）

"云招商"，办好不落幕的投洽会

河北日报副总编辑　李恕佳

网络一线牵，天涯若比邻。

河北省举办了 3 次"网上投洽会"，仅在河北省招商引资重大项目（云）签约仪式上，就有 60 个大项目签约，总投资 1391 亿元。从过去的"面对面""手牵手"，变成"屏对屏""线连线"，推动招商引资和项目签约"不掉线"。3 月以来，还有 10 个市组织了多场网上投洽会、签约会，涉及外资 19.48 亿美元。"云招商"正成为抵御疫情冲击的有力举措。

受疫情影响，传统招商引资方式"断线""掉线"，"云招商"却充分显示出成本低、效率高、"无边界""全天候"等显著优势。

在疫情冲击、提高招商效率因素的叠加促进下，"云招商"似乎是一种应急手段，是被疫情倒逼出来的。但实际上，"云招商"不过是网上招商的 2.0 版。随着数字经济和数字化治理的快速发展，即便没有疫情发生，"云招商"也将成为招商引资的常态化形式。

经此一"疫"，今后区域招商引资的竞争将在很大程度上表现为"云招商"质量和水平的竞争。甚至可以说，未来哪里的招商引资能更好地走上"云端"，哪里开放发展的质量、效率就可能更高。

怎样办好永不落幕的空中招商会？这考验着各地的数字化意识，更考验着各地的数字化能力。比如，如何破解互联互通难、数据共享难、业务协同难；数字服务能否迅速实现智能升级？……这些问题都需要回答好、解决好。

习近平总书记明确指出："要继续优化营商环境，做好招商、安商、稳商工作。"以这次疫情为契机，更好站在"云端"招商，用高质量数字化服务安商、稳商，是优化营商环境的内在要求，也是聚合高质量发展能量的必然选择。

（2020 年 4 月 1 日刊发）

精准防贫托起"稳稳的幸福"

河北日报副总编辑　李恕佳

2020年2月29日，阜平、涞源等13个县和涿鹿县赵家蓬区退出贫困县序列。至此，河北省的贫困县全部"摘帽"。

"摘帽"不是终点，而是新的起点。今后，扶贫工作需要"精准脱贫"和"精准防贫"双轮驱动，杜绝"一边扶贫、一边返贫"。

怎样防止返贫？近年来，河北省各地积极探索，涌现出不少好做法、好经验。这当中，邯郸市的做法尤其值得点赞。

2020年3月，邯郸市率先出台了市级精准防贫办法，这个办法的一个亮点，就是建立帮扶对象动态监测、识别、确认体系。

世界银行曾指出，贫困除了指收入水平较低外，还包括外部冲击造成的贫困脆弱性。个人或家庭所处环境中始终存在各种风险，自然灾害、健康打击、失业等，都会降低收入水平，让个人或家庭陷入贫困，这就是贫困脆弱性。现实当中，刚刚脱贫的人口抵御风险能力往往很弱，非常容易因病、因学、因意外事故、因产业风险等返贫。防贫，重点是防止这一部分人口返贫，最有效的办法，就是针对导致贫困脆弱性的因素，进行有效的事前干预，做到"防贫于未然"。

从这个角度看，动态监测体系是邯郸市整个精准防贫办法的支撑，也是精准防贫的基础、高效防贫的保障。比如，在魏县就有952人在因病、因学、因灾濒临返贫前，被准确"预警"，先期得到救助。

河北省出台防止致贫返贫推进方案，方案提出，实施七项举措兜住防致贫返贫底线。不返贫才是真脱贫，扶上马更要送一程。创新手段、健全机制，精准预警、事先干预……期待各地都能用精准防贫巩固脱贫成果，托起群众"稳稳的幸福"。

（2020年4月3日刊发）

你为湖北拼命，我为湖北拼单

河北日报副总编辑　曹阳葵

"小龙虾安排上！河北新闻网邀您一起为鄂拼单！""一个脐橙名叫'伦晚'，她长在屈原的故乡"……2020 年 3 月 31 日，《楚天都市报》发起"为鄂拼单"——湖北农副产品推荐月活动，河北新闻网第一时间响应，为"荆楚味道"大声"吆喝"。

"为湖北，胖三斤""吃了十年东北稻，今日改食湖北米""你为湖北拼命，我为湖北拼单"……河北网友爱如潮水、霸气刷屏。

潜江小龙虾、恩施玉露茶、洪湖莲藕、随州香菇、荆州鱼糕……几天来，"舌尖上的湖北"填满了河北人的购物车，别样的"千里驰援"多了几分诙谐与轻松。一行弹幕飞过："10 斤白菜薹已下单，却不知道怎么吃，请大侠赐教。"又一行弹幕飞过："早吃莲藕晚吃虾，饭后一杯玉露茶，河北人秒变湖北伢。"

战疫时刻，"有啥给啥""要啥给啥"；为鄂拼单，"有啥买啥""买啥吃啥"。河北人民对湖北人民的关爱和支持在不断延续、不断升华："热干面病了"，拼命救他；"热干面醒了"，还要继续拼单让他站起来，让他跑起来。

　　河北网友留言说，"热干面已安排""莲藕香菇炖鱼糕，这才是今年的网红大锅菜"。湖北加油、武汉加油，不是一句空洞的口号，它一定由无数哪怕微小的爱组成。我们拼单，不仅让"热干面"温暖我们的胃，更要让来自燕赵大地的爱温暖湖北人民的心。

（2020 年 4 月 10 日刊发）

让快递小哥进小区，是时候了！

河北日报副总编辑　王　宁

疫情防控形势持续向好，你订的快递和外卖可以进小区了吗？

2020 年 4 月 13 日的《河北日报》刊登记者观察《快递小哥"进门难" 何时不再"摆地摊"》，反映了在河北许多城市快递和外卖人员至今被小区物业拒之门外，于是很多小区门外都出现了快递小哥"摆地摊"、人群扎堆取快件的景象。

疫情防控吃紧时，小区实行封闭管理很有必要。但在目前情况下，低风险地区如果还不让快递小哥进小区，就显得不合时宜了。其一，取件高峰时会造成社区出入口人员聚集、车辆拥堵，反而增加了交叉感染的风险；其二，不少人白天上班无法及时取件，有的家中只有老人孩子，上下楼取件很不方便。

允许快递进小区，是很多市民的迫切愿望，也是快递小哥的呼声。

经常给我送件的京东快递员小杨说："原来一天可以派件 200 多单，现在也就 100 单左右。收件人穿衣服戴口罩下楼走到门口，往往需要 10—20 分钟，过去一上午能送三四个小区，现在也就送两个小区，收入也自然减少了。"

疫情防控进入常态化，社区仍然是重要防线，不可松懈，但防控工作需要更加精准化人性化。收放自如、进退裕如，也是一种能力。

全国很多省市早已探索打通快递进小区的"最后一百米"。比如，北京市不少小区只要快递员接受体温检测并登记就可以进入，杭州市快递员只要凭手机健康绿码就可以进小区了。

与此同时，让多数小区现有的智能快递柜派上用场，让更多小区实现"人对箱"无接触投递，显然比"人对人""面对面"配送更方便快捷、更安全高效、更值得提倡。

4月7日，中央应对新冠肺炎疫情工作领导小组印发指导意见，明确提出要允许快递人员进入社区配送。

我想，眼下对于河北很多城市而言，尽快完善物业管理措施，尽早让快递小哥进入小区，是时候提上日程了！

（2020 年 4 月 13 日刊发）

电商直播，"新消费"的新风口

河北日报副总编辑　王　宁

拉动经济增长，除了"新基建"，还有"新消费"。作为新型消费模式，电商直播领域三大变化尤其值得关注。

第一，直播体量全面爆发式增长。

一改经典商业模式的附属和陪衬，抗疫激发的电商直播彻底火了，几乎覆盖所有领域。2020年4月1日，淘宝头部主播直播卖火箭（准确地说是快舟一号的火箭发射服务），原价4500万元，优惠价4000万元，居然被秒抢。

第二，直播助农开始成为主流。

一改过去"小打小闹"尝鲜式带货，"媒体＋直播＋公益"已成为农产品销售的新平台。央视"段子手"朱广权和"带货一哥"的组合，网民观看次数达1.22亿，累计卖出4014万元的湖北特产。

第三，直播领域政府全面入场。

近日，广州市宣布2020直播带货年全面启动，倾全市之力打造中国直播电商之都。浙江省与阿里巴巴合作，3年内在全省知名产业带建

立 100 个直播基地；通过 C2M（也就是客户对工厂）计划，打造 100
个销售过亿的超级工厂。

中国产业集聚专家杨建国认为，"全民直播元年"已不足以形容
开年以来电商直播的吸引力和破圈力。2020 年，应该被称为电商直播
"全面上位之年"。

经过四五年的摸爬滚打，电商直播与产业企业的融合越来越深，
具备了大面积推广的基础和条件。疫情势必加速企业选择电商直播的
进程，倒逼生产和商业模式重构，使供给侧与需求侧的连接更紧密、
更快捷，互动性更强。有研究机构预计，随着 5G 时代的快速到来，
2020 年，电商直播将拥有万亿元级的市场规模。

河北是制造业大省，也是农产品大省，还是文化旅游大省。如
何抓住电商直播这个"新消费"的新风口，是政府和企业不能回避的
考题。

（2020 年 4 月 15 日刊发）

餐饮业复苏，没有套路只有真功夫

河北日报副总编辑　王　宁

4月15日晚，石家庄2020年夜经济正式启动。久违了的人间烟火，传递的是生活的温馨，提振的是消费的信心。

对餐饮业来说，过去几个月的日子不好过。疫情带来的寒冬还没有过去，有关行业复苏的两件事，成了近来舆论的热点。

一是"发券促销"。包括石家庄、秦皇岛在内的全国多个城市纷纷发放消费券，鼓励市民下馆子，提振餐饮人气。二是"涨价自救"。一波"涨价—道歉—恢复原价"的操作，让知名餐饮企业海底捞和西贝成为了"话题王"。

说到消费券，我觉得这个相对合理。但财政拿钱补贴餐饮业只是权宜之计，非长远之策。至于菜品涨价，只要合法合规，属于市场行为，消费者完全可以用"脚"投票。但涨价后又道歉又促销这番折腾，给人的感觉更像是一次"零成本"维持热度的营销策划。

加快餐饮业复苏，需要多方合力。各级政府在税收、金融、房租等方面都出台了一系列支持政策。憋了好久的消费者，在安全卫生和财务自由的前提下，下馆子时不妨多吃一点、吃好一点，既品尝了美食，又能为餐饮门店送一点温暖。

我一直认为，餐饮业是一个充分竞争的行业。餐饮企业要走出困境，别老在价格上打转转，更不该在套路中打主意。干，才是硬道理。

怎么干呢？

海底捞和西贝在创业之初，不正是凭着一股不服输的打拼劲头，凭着优质菜品和暖心服务，才迅速成长壮大的吗？当初怎么"火"起来，今天就该怎么"站"起来。

经历了彷徨和迷茫，更多的餐饮人"危"中见"机"，走上了自救之路。他们打开了新思路、等来了新机会、找到了新业态。

本土品牌如眉州东坡，通过重构产业链，开发新品类，不仅活了下来，而且还开拓了新市场。外来品牌如肯德基、麦当劳疫情下坚持营业，不仅推出了半价套餐，还创造了"无接触点"取餐，让消费者吃得更健康、更安全。

餐饮业复苏，没有套路只有真功夫。疫情终会过去，当城市恢复往日的喧闹与生机，那些经受住了严冬考验、生存下来并重新出发的餐饮企业，必将迎来属于他们的春暖花开！

（2020 年 4 月 17 日刊发）

让健康码"健康长寿"

河北日报副总编辑　曹阳葵

为抗击新冠肺炎疫情，全国许多地方推出了健康码。这个数字通行证，多场景应用，动态认证，方便快捷。河北更是统筹规范全省"健康通行码"建设，解决了跨区域"漫游"问题。4月19日传来消息，京津冀健康码实现互认，这将更加有力地推动区域联防联控和复工复产。

健康码因疫情而生，但疫情终将过去。后战疫时代，健康码何去何从？是退出历史舞台、成为难忘记忆，还是完善升级、持续发挥作用？

当今时代，数字化浪潮奔腾激荡。疫情防控，让亿万群众有了自己的健康码，人们在特殊时期见证了数字的神奇。

在邯郸，健康码已经和"健康邯郸"App绑定，可以在线预约挂号、智能导诊、就诊取药、费用结算。

在杭州，"健康码"将与电子健康卡、电子社保卡互联互通，一码通行的"健康杭州"公共服务平台呼之欲出。

在广州，"穗康码"成为市民的实名电子身份证明，将在地铁、公交等领域广泛使用。

挖掘数据价值，拓展应用场景，是充分发挥健康码作用的打开方式，也是危中求机、化危为机的必然选择。如果疫情一过就弃之不用，势必造成人力、财力的巨大浪费，也让数字化、智能化进程受到影响。

"健康长寿"的健康码，能够更好地守护公众和社会的"健康"。在战疫过程中，许多领域都有先进技术、创新方法被应急使用，收到很好的成效。愿它们和我们在这个春天里一起萌生的数字化思维，也能够"漫游"而且长久。

（2020 年 4 月 20 日刊发）

攻克千载难题的河北力量

河北日报副总编辑　曹阳葵

从 2020 年 4 月 21 日河北省政府新闻办举行的新闻发布会上传来好消息：在 2019 年国家扶贫成效考核中，河北省再次进入"好"的行列。全省 7746 个贫困村全部出列，62 个贫困县全部摘帽，河北历史上首次消除了区域性整体贫困。

成绩可喜可贺，成绩来之不易。是什么力量，给了我们决战决胜的信心？给了我们攻克千载难题的勇气？

是思想引领的力量、党的领导的力量。党的十八大以来，习近平总书记先后 7 次视察河北，他走村串户、嘘寒问暖，每次都对脱贫攻坚工作作出重要指示。习近平总书记强调，大家一起来努力，让乡亲们都能快点脱贫致富奔小康。全省上下牢记总书记嘱托，尽锐出战，攻坚号子响起来，五级书记动起来，一批批项目干起来，广大党员干部群众奋力书写中国脱贫故事的河北篇章。

是"一把钥匙开一把锁"的智慧力量。贫有百种，困有千样，全省上下一齐开动脑筋，下"绣花"功夫，做"精准"文章。各地找准症结、精准发力，有针对性地采取产业扶贫、就业扶贫、科技扶贫等措施，提高了贫困地区和贫困群众可持续发展的能力。

是百川成海的群众力量，"只要有信心，黄土变成金"，一句话唤起群众千百万、同心干。近年来，河北省不断出台政策措施，加强开发式扶贫与保障性扶贫统筹衔接，加强职业教育和技能培训，增强贫困群众"我要富"的内生动力，让他们的手动起来、心也热起来。

脱贫摘帽不是终点，而是新生活、新奋斗的起点。让我们勠力同心加油干，越是艰险越向前，全力冲刺，跑好全面建成小康社会的"最后一公里"。

（2020 年 4 月 22 日刊发）

战疫，就是一堂公开课

河北日报副总编辑　曹阳葵

在经历了"超长待机"的寒假后，"神兽"们开始分批"归笼"。4月23日，河北省高三年级开学复课，50万莘莘学子再次回到他们魂牵梦绕的课堂。

孩子们说，这是一个充满泪水的寒假。"90后医生甘如意最让我感动，在家休假的她，单车骑行4天3夜赶回武汉。她说，我的岗位在那里。""把自家产的蔬菜满满装一车，千里驰援湖北的山东小伙最让我感动。他说，我得跑快点，晚了蔬菜就不新鲜了。""那个小女孩治愈出院时深深的鞠躬让我最感动。她对医护人员说，我替武汉谢谢你们。"

孩子们说，这是一个发现英雄的寒假。"每一位白衣战士都是英雄，他们舍生忘死，平凡而伟大。这里边也有我的妈妈。""火神山、雷神山是两座英雄山，我制作了动漫《两座神山的对话》，大家要不要欣赏一下？""我觉得最高礼遇接英雄回家太酷了，我也想当这样的英雄。"

孩子们说，这是一个感知家国的寒假。"把生命看得比什么都重要，有幸生活在这样的国家，这人间值得。""我好像一下子对制度自信、文化自信有了更深的理解，这可是知识点呀。""国家强大才能抵御各种风险，我一定好好学习，为国家更加强大作贡献。"

孩子们宅在家里静待春暖花开，他们看到了坚强的国家、看到了人间的大爱，他们自身也在静悄悄地收获着、成长着……在 4 月 23 日河北日报客户端与河北省教育厅联合推出的特别节目《开学第一课》中，河北省支援湖北第一批、第二批医疗队队长袁雅冬深情寄语青年学生：经历战疫的一代年轻人，要把这次磨砺当成一笔宝贵的财富，不断锤炼自己，不负韶华、不负时代、不负家国。

（2020 年 4 月 24 日刊发）

"心仪"的力量

河北日报副总编辑　曹阳蔡

在贫困中坚信奋斗的价值，在逆境中磨砺向上的力量。2018年，她写下了打动人心的《感谢贫穷》，引发社会广泛关注。2020年新冠肺炎疫情期间，她在家乡成为一名大学生志愿者，再一次走进人们视线。

她，就是河北枣强女孩王心仪，北京大学中文系二年级学生。如果说，两年前的王心仪给我们带来的是执着奋斗的励志故事，那么，两年后戴上小红帽的她，给我们带来更多的则是关于青春与社会、梦想与担当的思考。

贫困女生、北大女孩、抗疫大学生志愿者，时间在变、身份和角色在变，但王心仪内心深处的坚守一直没有变。初而以奋斗追逐梦想、改变小我命运，继而以个人力量助力社会、与家国同频共振，这是这个时代该有的青春的样子，是一种激扬澎湃的力量，是一种令人心仪的力量。

18岁的王心仪，很坚强、很乐观，如同一缕阳光，温暖而坚定，不断地激励困境中的人们，要像种子一样，突破厚实的土壤，在面对困难时要正视它们、克服它们、战胜它们。20 岁的王心仪，内心世界更开阔，她本身就是一团火，用自己的行动告诉他人，"个人和国家的命运是深深相连的""关怀他人，你会有更坚定的向前走的信念"。

心仪的故事让我们在感动、惊喜和欣慰之余，也收获着向上的力量：在困境中不怨怼、不放弃，笃信拼搏和奋斗；在家国危急时刻，不旁观、不做高高在上的"理中客"，尽己所能，担起该承担的那一片天。

（2020 年 4 月 27 日刊发）

变化的"流动"和"坚守"

河北日报副总编辑　贾　伟

这个特别的假期里，有不少人外出旅行，用流动，印证河北和全国迅速恢复的活力，显示对疫情防控的坚定信心；有很多人照常上班，用坚守，诠释劳动和劳动者的光荣，传递把时间抢回来、夺取双胜利的坚强决心。

在疫情防控的背景下，2020年五一的"流动"和"坚守"，具有特殊的意义，也出现许多新的变化。

先说"流动"。错峰游多了，"扎堆"游少了，就近游火了，"云上游"热了……

出行理念的变化，让景区"人从众"的老问题，似乎一下子就解决了。假期第一天，承德避暑山庄和金山岭长城景区共接待游客6100多人次，没有出现游客大量聚集。

再说"坚守"。单位反复强调测体温、戴口罩；车间每天严格消毒；员工的任何身体不适都会被重点关照……

管理方式的变化，让人们欣喜地看到，经历过疫情的考验，单位对员工健康安全的重视，已上升到一个新高度，并正在成为常态，劳动者受到了更好保护、得到了更多尊重。

我们期待这样的变化越来越多，让所有出行都更加安全，让所有劳动都更有尊严，让所有人都能过上一个又一个放心、舒心、开心的假期。

（2020 年 5 月 6 日刊发）

聚焦"一个不能少"

河北日报副总编辑 贾 伟

近日,《河北日报》连续刊发报道,介绍各地精准施策,解决剩余贫困人口脱贫问题的做法。比如,衡水为剩余的 769 户、1705 名贫困人口"量身定制"脱贫方案;承德"一对一"帮扶 4726 名贫困人口……

2020 年 2 月底,随着最后一批 13 个贫困县摘帽,河北省在历史上首次消除了区域性整体贫困。这是一份优异的答卷,更是振奋人心的成就。然而,全省目前仍然有剩余贫困人口 1.6 万户 3.4 万人。各地采取有针对性的措施,做好剩余贫困人口脱贫工作,体现出巨大成就面前的清醒和冷静,表明了不获全胜决不收兵的坚定决心。

脱贫攻坚,越到最后,难度越大。剩余贫困人口中,有的患有长期慢性病和大病,有的身有残疾,有的没有劳动能力。他们面临的增收渠道窄、脱贫难度大、后续扶持难等问题,是最难啃的"硬骨头"。接下来的脱贫攻坚工作,需要高度重视的,就是不能让"整体"掩盖了"个体",要紧盯"最后一人、最后一户",目光再聚焦、帮扶再加力、措施再精准,千方百计扶好贫中之贫、解好难中之难、帮好困中之困。

"全面建成小康社会，一个不能少；共同富裕路上，一个不能掉队。"河北省已印发有关方案，明确提出，力保 3.4 万剩余贫困人口上半年高质量脱贫。现在已经是 5 月中旬，如期实现这一目标，必须抓紧、抓紧、再抓紧，加劲、加劲、再加劲。

（2020 年 5 月 11 日刊发）

为"不打烊""好差评"点赞

河北日报副总编辑　贾　伟

"随时都能下单、不满意就给'差评'。"说起喜欢网购的原因，很多人会给出这样的答案。

现在，享受政务服务，也有望像网购一样方便了。不久前，河北省专门召开会议，部署了审批服务提速和政务服务"不打烊"工作；前几天，又出台了政务服务"好差评"评价办法，您到政府部门办事，如果不满意，就可以在各类服务终端上给"差评"。

"不打烊"，让政务服务"随时恭候"；"好差评"，把评价权交给企业和群众，体现了"把服务对象当上帝"的理念，表明了提供高效、优质服务的决心。

对于这样的理念和决心，要先点个赞。理由有3条：

第一，它促使政府部门放低身段，真正增强服务意识、提高服务水平。第二，它倒逼政府部门适应数字化时代要求，学习新知识、掌握新技能，探索新模式、搭建新平台。第三，它有较为完备的制度和技术支撑，操作性比较强。

由此可见,"不打烊""好差评",不仅是提高政务服务水平的务实举措,也是推进社会治理方式转变的有力抓手。

好事要办好也并不容易。"不打烊""好差评"都是新事物,新事物就可能有新问题。比如,从外地经验看,政务服务"不打烊"怎样长期坚持,谁来监督执行;比如,从网购经验看,有些商家会给"好差评"注水,有时评价系统可能被人为操控等,这些问题都需要在探索中改进。

期待"不打烊""好差评"在推进中尽快完善、提升,催生越来越多"五星级"服务,让河北的营商环境持续改善,让河北的群众发自内心地说一声:"亲,给你个好评!"

（2020 年 5 月 15 日刊发）

让城市更聪明，让百姓更方便

河北日报副总编辑　王　宁

"雄安版"智能城市要来了！

2020 年 5 月 9 日，河北雄安新区发布了智能城市建设标准体系框架和第一批标准成果，5 月 18 日的《河北日报》对此作了详细解读。

未来在雄安新区的生活会是怎样的呢？根据有关标准，新区的各类设施可能会颠覆人们原有的认知。以智能出行为例，当你驱车行驶在路上，智能化的红绿灯会根据监测数据来控制，如果周围无人无车就会自动放行。

中国工程院院士邬贺铨认为，雄安新区这次公布的智能城市建设标准，将为我国各地新型智慧城市的建设树立样板。

智慧城市并不是什么新事物。早在 2013 年，住建部就启动了首批 90 个国家智慧城市试点，其中包括河北省的石家庄、秦皇岛、廊坊、邯郸、迁安市和北戴河新区。目前，全国已有 700 多个城市提出或正在建设智慧城市。

然而面对疫情的"突击考试"，那些说好了的大数据、人工智能表现如何？

有的城市基础数据全面，技术支撑到位，应用开发迅速。比如，诞生于浙江省杭州市的健康码、云服务等，表现就可圈可点。

但也必须看到，一些城市的"智商"却明显不在线，连"在线预订口罩""云上政务服务"等基础功能都无法实现。有些街道社区的通知传达、体温上报，依然用的是 20 年前的人工处理方式。数以亿计的"智慧投入"用不到该用的地方，老百姓看不见、摸不着、用不上。

疫情终会退去，但智慧城市建设暴露出来的问题，绝不能糊里糊涂地放过去，而是要有反思、有改变、有提高。

习近平总书记在考察杭州城市大脑运营指挥中心时指出："运用大数据、云计算、区块链、人工智能等前沿技术推动城市管理手段、管理模式、管理理念创新，从数字化到智能化再到智慧化，让城市更聪明一些、更智慧一些，是推动城市治理体系和治理能力现代化的必由之路，前景广阔。"

现在雄安这个样板来了，各地不妨因地制宜，赶快学起来。尽管可能做不到雄安那么"高大上"，但起码要让老百姓用得上！

（2020 年 5 月 18 日刊发）

最是"实"字动人心

河北日报副总编辑　王　宁

1万字篇幅，1小时时间。李克强总理在十三届全国人大三次会议上作的政府工作报告，创下改革开放以来最短的政府工作报告纪录。

然而，就是这份未提 GDP 增速目标的报告，却赢得了异常热烈的掌声，传递了战胜一切困难的坚定信心，激发出越是艰险越向前的非凡力量。

这份报告比"最短"更值得关注的是"最实"。

一是确定目标实事求是。

2020 年的政府工作报告没有提出全年经济增速具体目标，主要是因为全球疫情和经贸形势不确定性很大，我国发展面临一些难以预料的影响因素。这样做，有利于引导各方面集中精力抓好"六稳""六保"。然而不提经济增速具体目标不等于没有目标，而是追求、实现更高质量的综合性目标。那些脱贫攻坚、稳岗就业、全面小康等硬性目标，依然必须如期完成。

二是援企惠民实实在在。

留得青山，赢得未来。预计全年为企业新增减负超过 2.5 万亿元；中小微企业贷款延期还本付息政策再延长至 2021 年 3 月底；大型商业银行普惠型小微企业贷款增速要高于 40%……

特殊时期，特殊举措。居民医保人均财政补助标准增加 30 元；上调退休人员基本养老金，提高城乡居民基础养老金最低标准；让教育资源惠及所有家庭和孩子……

报告中一揽子保就业、保民生、稳经济的政策，真金白银，干货满满；安定人心，更鼓舞人心。

三是激励干部实干为要。

临难不避、实干为要。这是政府工作报告对广大干部提出的明确要求。

从"实行重点项目攻关'揭榜挂帅'，谁能干就让谁干"到"把广大基层干部干事创业的手脚从形式主义的束缚中解脱出来，为担当者担当，让履职者尽责"，都是为了激励广大干部凝心聚力抓发展、保民生。

实干为要，也是河北对各级干部的明确要求。全国人大代表，河北省委书记、省人大常委会主任王东峰在 5 月 21 日的《人民日报》上发表题为《让"六稳""六保"落地落实》的文章指出，抓住京津冀协同发展、雄安新区规划建设、北京冬奥会筹办的历史机遇，结合打好三大攻坚战，在实际工作中，始终坚持问题导向、目标导向、结果导向，把"六稳"工作和"六保"任务抓实抓细抓到位。

最是"实"字动人心。只有用最有力的担当、最快速的行动、最细致的工作，把"最短报告"里的"最实举措"落到实处，才真正听懂了沉淀在这份报告中的最深用意。

（2020 年 5 月 23 日刊发）

民法典　护航美好幸福生活

河北日报副总编辑　李恕佳

民法典草案提请十三届全国人大三次会议审议，万众瞩目。

其实，从今年两会召开时间刚一确定，民法典的话题热度就快速飙升，并且一直"在线"。在众多媒体的"两会热词""两会热点"征集中，民法典都排名前列，有网友甚至用"民法典C位出道"来形容这一现象。

民法典引发高度关注，原因很多。它是新中国第一部以法典命名的法律；它是截至目前新中国体量最大的法律；还有，它是启动数次、历经数年才编纂而成的一部法律。

但这当中的根本原因，在于民法典姓"民"，是民事权利的宣言书和保障书。人们关注民法典，其实就是在关心自己的切身权利；期待民法典审议通过，其实就是在期待更有法治保障的美好幸福生活。可以说，人们关注民法典的热度有多高，对未来法治保障下的美好幸福生活的期盼就有多强。

民法典里，有你、有我，有生活。从生老病死到柴米油盐，民法典几乎涵盖了我们生活的方方面面；从传统的生命权、身体权、健康权到"时髦"的名誉权、肖像权、隐私权，各种各样的正当民事权益，民法典都将加以保护。

比如，住宅建设用地使用权 70 年到期怎么办？草案说，自动续期，保你住得安心；一时冲动想离婚怎么办？草案说，别急，别急，有一个月的离婚冷静期，愿你且行且珍惜；手机 App 肆意收集个人信息、骚扰电话接连不断怎么办？草案说，人格权独立成编，加强保护网络信息时代隐私权和个人信息是重点……

孟德斯鸠在他的名著《论法的精神》里说："在民法慈母般的眼神中，每一个个人就是整个的国家。"广泛征求民众意见、全面聚焦社会热点问题、积极回应社会热点诉求、全方位保护人民民事权利……这样的一部民法典，充分体现了以人民为中心的价值理念和立法精神，一定能真正像慈母般关注、保护我们每一个人。

当然，正如专家所说，由于涉及内容太多太广等原因，提请大会审议的民法典草案，在征求意见的过程中，仍然有一些问题没有完全形成共识。但我们完全可以相信，经过代表委员们充分审议和讨论，这部社会生活的百科全书、人民权利的法律宝典，一定能更加科学、更加完善。

一部具有中国特色、体现时代精神、反映人民意愿、护航美好幸福生活的民法典，承载着亿万人民的期许，正在向我们走来。

（2020 年 5 月 25 日刊发）

像攀登者一样勇闯天涯

河北日报副总编辑　曹阳葵

在过去的一天里，被中国珠峰高程测量登山队成功登顶的新闻刷屏。他们跨过开裂的冰沟，攀上垂直的岩壁，越过只容一人侧身通过的"鬼门关"横切路线，向着心中的珠穆朗玛峰，执着而坚定地步步前行……通过直播，看得我们惊心动魄，看得我们心潮澎湃。

在过去的这个春天里，我们也历经艰难。病毒肆虐、交通阻断、经济停滞……面对新冠肺炎疫情，中国迅速打响整体战、阻击战，谱写了史诗般波澜壮阔的抗疫壮歌。中国这个春天怎样一路走来，我们每个人都是穿越艰难的亲历者。

为什么勇士们登顶的这一刻，我们是如此心绪激动、豪情满怀？"世界之巅"矗立在那里，充满震撼人心的壮美，吸引着一代代攀登者一次次向着顶峰冲击。

实现"两个一百年"奋斗目标和中华民族伟大复兴中国梦的美丽前景就在前方，吸引着新时代的奋进者不断前行。

在特殊之年召开的全国两会，让我们再次看到一个信心如磐的中国，一个汇聚起磅礴力量的中国。珠峰高程测量登山队冲顶成功，一定会让我们浮想联翩、思绪飞扬。它仿佛就是一个时代的隐喻，讲述着伟大新征程上的"攀登者"故事；它也仿佛一个新时代的宣言，向世界昭示我们必将实现伟大梦想的信心与决心。

山，就在那里，等着人们去攀登。"关键之年"遭遇突发疫情，给我们的发展带来了困难和挑战。回首疫情防控取得重大战略成果的"十分不易，成之惟艰"，我们更能体会到热血与奋斗、使命与信念的力量，深刻体悟到"世上无难事，只要肯登攀"的道理。

来吧，让我们像攀登者一样勇闯天涯，以钢铁般的意志，一步一个脚印地将任何艰难险阻都踩在脚下。

（2020 年 5 月 28 日刊发）

"新""心"相印再出发

河北日报副总编辑　曹阳葵

当绚烂的夏花开满长安街头，当激昂的国歌声再次在人民大会堂响起，一年一度的全国两会落下了帷幕。

从开幕时全体与会人员默哀1分钟，到习近平总书记下团组多次强调人民至上；从政府工作报告中就业、教育、医疗等沉甸甸的民生大礼包，到人大代表审议民法典草案……人民至上，贯穿始终，力重千钧。我们看得到，这是一次生动践行"人民至上"理念的盛会。

从常态化疫情防控条件下推进经济社会发展，到"十三五"圆满收官；从决战脱贫攻坚，到全面建成小康社会，一个个特殊的"时间坐标"叠加，赋予2020年两会特殊意义。我们坚信，没有什么困难不能战胜，没有任何力量能够阻挡中华民族实现伟大复兴的步伐。我们必将披荆斩棘、一往无前，在危机中育新机、于变局中开新局。我们看得到，这是一次在重要节点育新机、开新局的盛会。

在不凡之年召开的不凡两会，是凝聚共识、坚定信心的新起点，也是汇聚力量、团结奋进的新起点。撸起袖子加油干，越是艰险越向前，我们就一定能如期全面建成小康社会，谱写无愧于时代的辉煌篇章。我们看得到，这是一次鼓舞14亿多中华儿女向着"两个一百年"奋斗目标拼搏奋进的盛会。

从全国两会透出的新判断、新思路、新举措，我们看到了新希望；从两会感受到的暖心和信心，我们更加坚定了决心与恒心。"新"是智慧，"心"是力量，让我们"新""心"相印，斗罢艰险再出发，让绚烂的夏花都能孕育成秋的果实。

（2020年5月29日刊发）

读懂小产品里的大方略

河北日报副总编辑　李恕佳

昌黎中卓庄村把小苗木种成"摇钱树"，绿了家园、富了村民。2020年6月1日的《河北日报》，对此进行了报道。在决战决胜脱贫攻坚、巩固脱贫成果的大背景下，小苗木如何种成"摇钱树"值得思考和借鉴。

普普通通"小产品"，群众致富大产业——这在河北省并非少数。阜平县大力推广香菇种植，成功打造"老乡菇"品牌，掌握了市场定价权，让小香菇成了带动全县群众脱贫增收致富的主导产业；还有，平泉市榆树林子镇全镇种黄瓜，供应29个省（区、市）的"菜篮子"，一个"黄瓜季"卖出20亿元……

这些看起来并不起眼的小产品为什么能托起群众致富梦？在我看来，原因主要在于它们都具有3个方面的优势，或者说特点。

第一，因地制宜，对路、精准。这些小产品，都是充分发挥当地土质、气候等自然条件优势，依托当地传统产业优势发展起来的，既具有天然的特色优势，也符合精准脱贫"因地制宜"的要求。

第二，点多面广，直接、高效。这些小产品，由农民群众种植或生产，一头连着大市场，一头连着一个个家庭，直接提供就业岗位、"造血"赋能，可以说高效实现了"精准到户""精准到人"。

第三，链条完整，持续、稳定。这些小产品在产业化的过程中，注重组建产业合作组织，形成了规模优势、品牌效应；注重发挥加工、销售等龙头企业的作用，形成了相对完整的上下游产业链，具有较强的市场把控和抵御风险能力。在强调巩固脱贫成果、实现稳定脱贫的当下，这样的模式无疑值得大力推广。

小苗木长成"摇钱树"，小黄瓜变身"大金瓜"，"老乡菇"带动老乡富……习近平总书记在山西大同考察时，鼓励当地让黄花成为群众脱贫致富的"致富花"；在陕西柞水考察时，点赞"小木耳，大产业"。习近平总书记关注的小产品里，蕴含着脱贫攻坚的大方略：发展产业是稳定脱贫的根本之策；从实际出发，对接市场需求，小产品也能做成大产业，成为群众过上好日子的"幸福泉"。

我想，读懂了小产品里的大方略，我们的脱贫攻坚就能更好收到大成效。

（2020 年 6 月 1 日刊发）

给人间烟火"添把火"

河北日报副总编辑　李恕佳

正定县城设置临时占道摊点等 800 多个，
一个多月以来，直接解决了 4000 多人的就业。
2020 年 6 月 3 日的《河北日报》对正定的做法进行了报道。

这几天，还有两条"路边摊回归"的消息引起广泛关注。

其一，截至 6 月 3 日，成都设置 3.6 万个流动商贩摊位，一夜之间
解决了 10 万人的就业问题。

其二，中央文明办明确要求，2020 年不将"路边摊"列为全国文
明城市测评考核内容。

这两项举措都得到广泛好评，网友们点赞，"接地气""顺民心"。

受疫情冲击，很多城市的经济活动一度按下"暂停键"，居民就
业、收入等受到不小影响。随着疫情防控进入常态化，采取有效措施，
稳定、扩大就业，增加居民收入，加快恢复城市烟火气，成为当务之
急和人们的普遍期盼。

正是针对当前新形势，在强调做好"六稳"工作之后，中央又提
出落实"六保"任务，再次将就业列在第一位；2020 年政府工作报告

明确提出，各地要清理取消对就业的不合理限制，促就业举措要应出尽出，拓岗位办法要能用尽用。成都的做法和中央文明办创城考核的调整，无疑都是促就业、拓岗位的务实举措；人们点赞的背后，是对更多类似做法的期待。

"一刀切"取缔，简单、省事。但既不便民，更不利于扩大就业，何况低收入群体需要实惠、价廉的路边摊，城市需要热闹、红火的烟火气。当然，也不能一放了之，让脏乱差旧病复发。怎样兴利除弊，既"放得开"，又"管得好"，需要我们的城市管理者下一番"绣花功夫"。许昌开放一批背街小巷、杭州划出部分街道给摊贩是一种办法，黄骅市退路进厅也是一个思路。

小小路边摊，连着大民生；不禁路边摊，体现大情怀。一个路边摊，就可以解决一个家庭的就业、增收甚至生计问题；"路边摊回归"，就是给恢复城市烟火"添把火"，就是为扩大就业"出把力"。

（2020 年 6 月 3 日刊发）

好事怎么办　群众说了算

河北日报副总编辑　李恕佳

千家万户百栋楼，民情民意在其中。老旧小区改造，是个民生老话题，也是个老难题。但近3年来，唐山市的老旧小区改造却改出了新意，收获了满意。

在我看来，唐山老旧小区改造的一条重要经验，就是坚持居民共谋、共建、共管、共评、共享，真正做到了"好事怎么办，群众说了算"。

改造前，充分征求居民意愿，确定改造项目和内容；

改造中，选取居民代表参与施工监督；

改造后，组织居民参与竣工验收，开展满意度测评。

干什么，群众说了算；怎么干，群众说了算；干得好不好，还是群众说了算。真心实意问需于民、问计于民，问出了群众意愿的"最大公约数"；真心实意请群众监督、评判，画出了工作的"最佳效果图"。

从这个角度看，唐山市的老旧小区改造，是一个为民办好事、办实事的过程，也是一个贯彻人民至上理念、践行群众路线的过程，一个紧紧依靠群众做好组织动员、基层社会治理工作的过程。

现实当中，有的部门和干部满腔热情办好事、起早贪黑干工作，结果群众"无感觉"，自己"挺憋屈"，甚至好心办了坏事，一个重要原因就是只记得"为了群众"这个目的，忘记了"依靠群众"这个方法——干什么，凭主观想象；怎么干，靠闭门造车，这样的好事、实事，怎么能干到群众的心坎上？

为民办好事、办实事任务繁重、千头万绪。把好事办实、实事办好，离不开"从群众中来，到群众中去"，充分依靠群众，才能让提升群众获得感、幸福感的民生工程取得扎扎实实的成效。

（2020 年 6 月 5 日刊发）

功夫在"全面社会健康管理"

河北日报副总编辑　李恕佳

2020年6月3日，河北日报客户端刊发了秦皇岛市启动"周末卫生日"活动的消息。"周末卫生日"活动，是创建卫生城市的有效举措，也是推动爱国卫生运动常态化的有力抓手。

爱国卫生运动，是我们国家卫生工作的一项伟大创举，对推动国家卫生工作、提高全民健康文明水平发挥了不可替代的作用。新冠肺炎疫情暴发后，广泛开展的爱国卫生运动，为疫情防控营造了良好的社会环境，夯实了全民抗疫的坚实基础。

然而，一些人对爱国卫生运动的认识还停留在"大扫除"上；在个别地方，爱国卫生运动"四月来了五月走"，存在"一阵风"现象。

卫生是个大概念，包括所有为增进健康、预防疾病而采取的个人和社会卫生措施。爱国卫生运动开展68年来，环境卫生一直是其中的重要内容，但"除四害"、整治脏乱差、推进厕所革命等，针对的都是特定时期影响群众健康的主要环境卫生问题，是一个时期内的重点工作，而不是全部工作。

　　同时更要看到，社会不断进步，人们的健康卫生需求不断升级，卫生工作和爱国卫生运动也被赋予了新的内涵。新时代开展爱国卫生运动，要把全生命周期管理理念贯穿城市规划、建设、管理全过程各环节。6月2日，在专家学者座谈会上，习近平总书记强调，要丰富爱国卫生工作内涵，创新方式方法，推动从环境卫生治理向全面社会健康管理转变，解决好关系人民健康的全局性、长期性问题。

　　做好疫情时期卫生工作，功夫在全面社会健康管理；开展好爱国卫生运动，功夫不仅在爱国卫生月，期待更多让爱国卫生运动常态化的"周末卫生日"，期待各地的"卫生日"增加与时俱进的新内容。

（2020 年 6 月 8 日刊发）

颠覆认知的"失败免责"

河北日报副总编辑　李恕佳

　　技术创新失败免责，这样的规定是不是颠覆了你的认知？

　　2020年6月2日，河北省人大常委会通过了《河北省科学技术进步条例》。条例规定，在开展自由探索和颠覆性技术创新活动中，对已经履行勤勉尽责义务、因技术路线选择失误或者不可预见原因，导致难以完成预定目标的单位和项目负责人，有关部门按照规定予以免责。

　　颠覆性技术创新，来源于哈佛大学教授克莱顿·克里斯坦森20世纪90年代提出的"颠覆性技术"这个概念，指的是那些另辟蹊径、颠覆传统或主流技术的创新。颠覆性技术创新能够催生全新的产品和服务，甚至从根本上改变经济发展方式和人们的生活方式。比如，数码技术颠覆胶片、手机颠覆固定电话、网购颠覆传统零售等。正因为具有这种根本性、长远性，党的十九大报告专门强调，要"突出颠覆性技术创新"。

　　颠覆性技术创新的作用如此之大，难度自然更大。

　　说起颠覆性技术创新之难，业内人士经常会讲这样一个故事。在马车时代，做消费者调研，得到的答案只会是"我需要一匹更快的马"，而不是"我需要汽车"。

我理解，这个故事说出了颠覆性技术创新的"三个难"。

一是往往没有什么现成的技术基础，完全是"无中生有"；二是没有现实消费需求，很难从已有的经济行为中得到启示；三是转化应用难，必须下大力气扭转生产习惯和消费习惯。

颠覆性技术创新难，所以需要更加包容的环境和更大的试错空间。中国工程院院士徐匡迪、邬贺铨等专家就曾呼吁，对颠覆性创新的意愿给予宽容、理解与支持。

根据世界权威智库的展望，颠覆性技术创新最有可能在人工智能、物联网、云计算、先进材料和新能源等领域出现。由此也可以看出，对于转型升级任务繁重、正在大力发展数字经济的河北来说，下大力气推动颠覆性技术创新有多么紧迫、多么重要。

这种背景下，河北省以法规的形式明确规定"免责"，切中要害，恰逢其时，无疑是给颠覆性技术创新下了一场"及时雨"。

成功，往往在失败的隔壁；宽容，往往就是打通这堵墙的前提。以条例的通过为新起点，完善相关政策法规，形成良好的社会氛围，属于河北的颠覆性技术创新就一定能更多更好地出现。

（2020年6月10日刊发）

固化"战疫文明" 关键在"化" 功夫在"常"

河北日报副总编辑 李恕佳

2020年6月12日,《河北日报》刊发报道,介绍了沧州市通过"六个常态化",把疫情防控期间的一些有效举措提升为长效机制、制度安排的做法,包括公共场所健康文明秩序、机关事业单位健康文明管理服务、社会动员、志愿服务等。

固化"战疫文明",并不是个新话题。非典发生时,这个话题就曾引发关注和讨论。然而,这个问题在当时解决得并不算好——一些好的做法没有很好地坚持下来,一些不文明、不健康的行为也很快"复燃"。这里面,有"好了伤疤忘了疼"的原因,也和一些地方疫情过去"刀枪入库"有关。

固化"战疫文明",关键在"化",功夫在"常"。就是要把好的做法和措施常态化、制度化,让好习惯内化于心、外化于行;就是要把功夫下在日常、工作做在平常。

做到"化"和"常",我理解,可以在3个方面下功夫,或者说补齐 3 个方面的短板。

一是建立健全管长远的制度、机制。好做法、好习惯的固化，需要坚持的自觉，更离不开严格的管理，而制度、机制正是管根本、管长远的。

二是强化日常治理，特别是日常监督和监管。居民文明习惯的养成，我们在很多方面并不是没有制度，比如，一些地方用立法的形式，明确禁止随地吐痰，但在相当长的时间里并没有发挥应有作用。这里面的一个重要原因，就是日常监督、监管不到位。固化"战疫文明"，全覆盖，甚至全天候的监督、监管不能少。

三是落实制度、强化监督，离不开一支强有力的队伍。把战疫期间动员起来的一部分力量，比如志愿者队伍，固定下来，让战时的"突击队""灭火员"，变成日常的工作队、消防员。

值得点赞的是，以上 3 个方面，在沧州的做法里都有不同程度体现。

恩格斯说："没有哪一次巨大的历史灾难不是以历史的进步为补偿的。"在我看来，这种进步和补偿，恰恰来自对战胜灾难的好做法、好经验的坚持，来自战胜灾难过程中养成的良好习惯和行为方式的固化。

固化"战疫文明"，让我们一起努力。

（2020 年 6 月 12 日刊发）

出发吧，少年！

河北日报副总编辑　曹阳葵

　　在冬日的严寒里分别，在夏天的骄阳下重逢。暌违整整一个春天，2020 年的毕业季到了。

　　在脑海中，曾经设想过无数种毕业的样子：圆满完成论文答辩，穿上别致的学位服，在青春洋溢的夏日，与同窗好友在校园各处打卡拍照，拥抱、欢笑、泪水还有表白，都属于青春的少年……然而，2020 年的毕业之约是如此仓促、如此特殊、如此让人心有不甘。

　　没有盛大的毕业狂欢，只有简短的道别，戴着口罩，看不清你我；没有相拥相抱，学子们相约云端，P 出班里的"全家福"，接力唱响《毕业歌》。

　　在这个不平凡的毕业季，师生们也用心传递着温暖——

　　河北科技大学的老师扮成网红熊，给毕业生送雪糕；河北农业大学理工学院给学生邮寄毕业大礼包；在河北工业大学，线上毕业晚会开得饶有趣味……

　　在这个特殊的毕业季，搭载学子们走上社会的"桥"与"船"也与以往不同——

云答辩、云典礼、云招聘、云签约……政府、学校、企业推出多种举措，都是为了让毕业生能够更好地完成学业、完成就业、完成人生这一次重要转变。

不是所有的出发，都会等你整好行囊。对今年的毕业生来说，特殊经历更是特殊财富。见证了战疫的一代少年，国家的坚韧、民族的勇毅、生命的尊贵、凡人的伟大，他们都看在眼里，刻在心中，从中汲取向上的力量，正是他们在这个特殊的毕业季收获的特殊礼物。

聚是一团火，散是满天星。我们不需要一场出发式，带上你们的勇敢、带上你们的拼搏，出发吧，少年！

（2020 年 6 月 15 日刊发）

线下服务要跟上线上民意

河北日报副总编辑　曹阳葵

键对键体现效率，面对面传递温暖。在中央网信办等单位举办的"各地走好网上群众路线典型案例征集展示活动"中，石家庄交警的"网上枫桥"工作机制，从 1000 多个案例中脱颖而出，获评全国"走好网上群众路线典型案例"。他们的经验"民情民意网上知、矛盾纠纷网上办、正面能量网上聚、线上线下零距离"受到广泛赞同，6 月 17 日的《河北日报》对此进行了报道。

群众在哪，服务就要到哪；社情民意上了网，群众路线也要上网。习近平总书记更是特别强调，要走好网上群众路线。

"网上枫桥经验"内容很丰富：成立警媒协作中心，创新联系群众方式；打造政务平台矩阵，组建专业化队伍；拓展网上办事渠道，为民服务解难题……这些，无疑为走好网上群众路线提供了有力的技术和手段支撑，但在我看来，"网上枫桥经验"最可贵的，还是快速高效的线下服务。

在互联网时代，仍然有很多工作和服务必须在线下完成；没有了线下工作，网上群众路线就会落空。更为重要的是，在网络上快速反应、聚集的社情民意，要求线下工作和服务必须提速。在随时随地的"互联网注视"下，过去的"快作为"有可能成为当下的"慢动作"；今天群众的诉求上了网，明天工作不到位，后天就有可能听到铺天盖地的呵呵声。

互联网＋服务——互联网时代，这服务不但要加得上，还要加得快，特别是线下的服务，一定要跟得上线上的民意。

（2020 年 6 月 17 日刊发）

为脱贫攻坚注入"青春力量"

河北日报副总编辑　曹阳葵

在太行山深处的河北省阜平县骆驼湾村，活跃着这样一群年轻人，他们有的因眷恋故土而返乡创业，有的立志把家乡之美分享给外面的世界，还有的从四面八方奔赴而来，他们搞起乡村旅游、电商平台、直播带货……用青年的理想和担当，助力骆驼湾走出贫穷。6月19日的《河北日报·文化周刊》，刊发报告文学《骆驼湾的年轻人》，讲述了他们在脱贫攻坚一线奉献青春、奋斗追梦的动人故事。

2012年12月29—30日，习近平总书记走进骆驼湾村和顾家台村，访贫问苦，向全党全国发出了脱贫攻坚的动员令。7年多来，一群可爱的年轻人，用自己的活力、智慧和汗水，和骆驼湾一起奔向小康。

据调查，农村地区发展较慢的一个重要原因，就是劳动力特别是青年劳动力处于净流失状态。现实当中，越是贫困地区，这种现象往往越严重，越需要解决"青春力量"乏力问题。而在骆驼湾，正是这群年轻人，带来了新理念、新点子、新产业，带来了全新的生产方式和生活方式，他们一个接一个在骆驼湾生根、发芽、开花、结果，让这片古老的土地呈现勃勃生机。文中结尾说:"这些年轻人啊,仿佛是太行山上那一棵棵质朴坚韧的山桃花,不惧风霜,美丽绽放。他们用美好的青春,唤来骆驼湾的万里春光,孕育出一个又一个新的希望。"

　　青年是未来,是整个社会力量中最积极、最有生气的因子。决战决胜脱贫攻坚,所有"骆驼湾"都需要"青春力量";推进脱贫攻坚与乡村振兴有机衔接,需要更多年轻人的"青春接力"。

（2020 年 6 月 19 日刊发）

仰望星空　致敬北斗

河北日报副总编辑　曹阳葵

"……3，2，1，点火！"2020年6月23日9时43分，西昌卫星发射中心，我国北斗三号全球卫星导航系统最后一颗组网卫星发射升空并顺利进入预定轨道。至此，我国北斗系统55颗卫星全部发射入网。

星河灿烂，北斗闪耀。自古以来，中国人就把北斗视为指路灯塔。如今，以北斗命名的中国自主研发的导航系统，正以硬核科技的实力把"光芒"洒向中国大地、馈赠世界人民。北斗导航系统作为目前全球卫星数量最多、定位精度最高、定位速度最快的导航系统，正肩负起新的期待、新的使命。

当我们仰望星空时，察之不觉，但这样的生活场景——共享单车定位，实时位置分享，燃气泄漏监测，井盖排水检查，渔船驾驶引导，震中信息传递——都将因北斗而让人们更安全、更放心、更有保障。北斗，关乎每一个人；北斗，让我们的生活更美好。

从无到有、从有到强，北斗一路走来历经坎坷。人们看到了每一次卫星升空时的激动和喜悦，却很少有人了解这背后太多的辛酸与挑战。数十年、几代人，为了实现"北斗梦"，攻克了无数艰难险阻，实现了一个又一个技术超越。应该说，苍茫宇宙就在头顶，只要有梦想、敢翱翔、善创造，就能在星空中织就一张永不迷失的"路网"。

预计 2035 年前，中国将建设更加泛在、更加融合、更加智能的综合时空体系，更好服务全球、造福人类。仰望星空，万般璀璨，让我们向那些为北斗呕心沥血的人们，向那些为中国科技事业披荆斩棘的人们致敬！

（2020 年 6 月 24 日刊发）

"钢老板"如何玩转"跨界"

河北日报副总编辑　贾　伟

说起"钢老板"，您的第一印象是什么？是只懂粗放发展，而缺乏先进经营理念？是只会吃"资源饭"，而没有科技意识？如果这是您以前的答案，现在恐怕要改一改了。

据 2020 年 6 月 27 日《河北日报》刊发的《河北融媒头条》报道，在产业转型升级的大背景下，唐山市"钢老板"纷纷转战新兴产业，玩起了"跨界"，实现了华丽转身。

报道中，他们有的搞起生物技术、有的投资芯片产业、有的选择新能源、有的发展现代物流，可谓风生水起。虽然各有各的"玩法"，但有两个共同点值得关注。

其一，"钢老板"的主动、自觉和敏锐。其二，当地政府提供的针对性支持和帮助。

细读报道我们会发现，这些"钢老板"玩"跨界"，许多并不是迫于"生存压力"。它有的发生在钢铁行业"最赚钱"的时候，有的出现在市场发生变化的初期。事实再一次证明：民营企业嗅觉灵敏、机制灵活，时刻都在关注"看不见的手"，更容易跟上科技创新、需求变化的步伐。民营经济在推进供给侧结构性改革、推动高质量发展、建设现代化经济体系中，发挥着重要主体作用。

与此同时，从熟悉的领域跨到陌生的行业，"老板"们难免遭遇"成长的烦恼"，这时就特别需要政府的助力和扶持。对此，唐山市出台多项措施，在土地、资金等方面优先给予保障，鼓励资源型企业发展新产业、新业态、新模式，支持他们与高校、科研院所开展合作，引进科研成果，提升创新能力……"有形的手"到位而不越位，也是唐山"钢老板"玩转"跨界"的重要原因。

民营企业的自觉性、敏锐性、灵活性，是"跨界"的内在优势；政府的服务、引导、支持，是拓宽"跨界"之路的外在条件。我想，同样面临转型的其他"老板"和地方，可以看看唐山，相信会有所启发。

（2020 年 6 月 29 日刊发）

共产党员是什么样的人

河北日报副总编辑　贾　伟

2020 年 7 月 1 日，是中国共产党成立 99 周年纪念日，在这个日子，我想跟大家聊一聊，共产党员是什么样的人？

这个问题恐怕很难用一句话回答。那么，来看一看我们新闻报道中共产党员的样子吧。

——抗疫战场上，他们逆行而上、不计生死。

"重症病区党员责任区""重症救治党员突击队""方舱医院党员先锋岗"……在武汉抗疫一线，河北援鄂医疗队 364 名党员在工作服上佩戴党徽，亮出"共产党员"标识。河北医疗队队长袁雅冬说："没什么可说的，作为一名党员，关键时刻就得冲在前。"

疫情期间，河北 151.35 万名基层党员积极参加疫情防控工作，让党旗在疫情防控一线高高飘扬。涉县岭底村 76 岁的老党员郝乃廷值勤以来，没有一次脱岗，村里为照顾他的身体，让他交出"红袖章"，他不情愿地说："交了红袖章，我就不能干了？"此后，他仍坚持每天到防控点值勤。

——脱贫攻坚中，他们勇挑重担、倾情奉献。

在各地，一个个农村带头人无怨无悔地投身在这场攻坚战中。灵寿县车谷砣村党支部书记陈春芳，放弃县城年收入40万元的生意，回到山沟里带领乡亲们脱贫致富。他说："我是党员，虽然自己小日子过得滋润，可看着乡亲们还在受苦，心里难受。"

在全省，7746名驻村第一书记、23278名驻村干部全部在岗履职，与群众一起，战疫情、抓脱贫、谋发展。邯郸广播电视台副台长史彦昌，已经连续3轮、第8个年头担任驻村第一书记。有人问，顾不上照顾自己的家庭，去操别人的心，值得吗？他说："让更多人过上好日子，比一个小家的幸福，更值。"

这样的例子还有很多。

在7月1日这个特殊的日子里，重温这些感人的故事和话语，就能更好地理解，什么是初心使命，什么是责任担当，谁才是国家和民族的"硬核"力量。

危急关头显本色，砥柱中流是此峰。共产党员，就是这样的人。

（2020年7月1日刊发）

让更多"小梦想"变成"小确幸"

河北日报副总编辑　贾　伟

"小康不小康，关键看老乡。"最近几天，《河北日报》《走向我们的小康生活·决战决胜脱贫攻坚》专栏，正在陆续刊发报道，讲述易地扶贫搬迁给群众生产生活带来的新变化。

在魏县，易地扶贫搬迁后，段法合的妻子和儿子找到了工作，一家人当年就摘掉了"穷帽子"。2020年，段法合又有了一个"小梦想"——养殖蛋鸡致富。他说："好日子是干出来的，一刻也不想多等。"

在大名，易地扶贫搬迁后，冯学成不仅实现了稳定就业，还学会了修门修锁的手艺。靠着政府的帮助和自己的努力，家里日子越过越好。谈起现在的新生活，冯学成用了一句时髦的话："每天都充满'小确幸'。"

段法合的"小梦想"、冯学成的"小确幸"，还有更多群众的小心愿、小目标，不仅是易地扶贫搬迁后群众生活的缩影，也是所有贫困群众的共同期盼。

希望学门技术、盼着就近上班、想着开个网店……这一个又一个"小梦想",加在一起,就是稳定脱贫、尽快致富的大愿景。

就业稳定了、收入增加了、看病方便了……这一个又一个"小确幸",累积起来,就是全面小康的大福祉。

"小梦想"里有大期盼,"小确幸"连着大幸福。

落实精准扶贫方略,巩固脱贫攻坚成果,就是要时刻关注群众不断变化、升级的需求和向往,并努力帮助他们,一步一步把心中的"小梦想",变成生活中的"小确幸"。

(2020年7月6日刊发)

你们注定不凡，2020 年高考生

河北日报副总编辑　贾　伟

备受瞩目的 2020 年高考，7 月 7 日拉开大幕。

每年的高考，都是热点；2020 年的高考，尤为特殊。

这几天，人们用各种方式表达祝福。有网友说，这一届考生注定不凡。"一定是特别光明的结尾，才配得上这么出其不意的开局。"

讲得真好。

我想对考生们说，你们的不凡，不仅来自高考中可能取得的辉煌"战果"，更来自特殊的"备战"过程。

从推迟复课，到高考延期，这个过程中，你们克服疫情防控、超长"备考"的双重压力，按时"云听课"、自觉"云自习"、完成"云作业"，表现出不一般的坚定和自信。每一个为了梦想拼尽全力、坚持到底的你，在走进考场前，就已经完成了一次人生大考，交上了一份优异答卷。

2020 年的高考，是疫情发生以来全国范围内规模最大的一次有组织集体性活动。有网友说，这句话的关键，就是"有组织"。

讲得深刻。

从网上教学，到返校复课，再到顺利开考，每一步都是"有组织"的结果。这个过程中，党和政府、社会各界、每所学校、每个家庭，都作出了巨大努力，付出了许多心血。可以说，高考能在 7 月顺利进行，标志着我们在疫情防控和保障社会有序运转这场大考中，也取得了不凡的成绩。

因疫情经受磨炼、学会坚强，也因疫情见证历史、参与历史——

你们注定不凡，2020 年高考生。

祝福你们，2020 年高考生。

（2020 年 7 月 8 日刊发）

端出"招牌菜" 当好"店小二"

河北日报副总编辑　贾　伟

企业发展，需要解决的问题很多。疫情之下，企业遇到的困难更多、更大。用工紧张、运输受阻、原材料短缺等，桩桩件件都是"绊脚石"，尤其需要政府及时伸出援手。

河北日报客户端先后刊发了两篇报道，介绍河北两个市为企业办实事、解难题的典型做法。

——承德市，在千家重点企业设立政府工作站，帮助企业协调解决各类政府事务，打通政府服务企业的"最后一公里"。

——唐山市，深入开展"帮企业办实事"活动，努力实现企业的"忧""急"在哪里，政府办事服务就到哪里。

设立政府工作站、开展"帮企业办实事"活动，可以说是这两个市服务企业的"招牌菜"。这两道"菜"好在哪里？

首先是主动。主动作为、"上门服务"，实现了从"企业找政府"到"政府找企业"的转变。

其次是靠前。政府工作人员下沉到企业一线，提早发现问题，让解渴的政策、管用的措施跑在企业困难的前头。

最后是全面。政府服务不仅贯穿解决问题的全过程，而且涵盖企业生产、经营的各方面、各环节，基本实现了全覆盖、无死角。

主动作为有速度，精准服务有温度。提升政府服务水平，是优化营商环境的关键。期待各地政府都能创新方式、主动作为，端出"招牌菜"，当好"店小二"，让优化营商环境的成效，体现在企业实实在在的发展上。

（2020 年 7 月 10 日刊发）

让更多孩子在家门口"上好学"

河北日报副总编辑　李恕佳

2020年7月13日的《河北日报》在"地方新闻版"报道，不久前，邢台市襄都区由市里的名校邢台三中牵头，成立三中教育集团，实现了优质师资在6所成员学校之间的共享，让更多的孩子在家门口"有名师教""能上好学"。

优质教育资源配置不均衡，是个大问题、老问题，牵动民心，关系未来。近年来，为解决这个问题，各级各地进行了不少探索，也取得了一定成效。在我看来，就一个地方、一定区域来说，像襄都区这样成立教育集团就是一个积极的探索。

第一，由政府有关部门批准、主导，是一种"内生模式"，过程可控、成效可验，可以保证取得实实在在的成果；

第二，采用"名校＋普通学校""共性＋个性"的办学模式，通过名校和普通学校之间的统一协调、管理，保证相近的教学质量，又保持各个学校的相对独立，突出各自的办学特色；

第三，优质教育资源在一定区域内有计划、有组织地流动、共享，更容易协调、管理，可以用更小的投入获取更大的社会效益。

在谈到教育工作时，2020年的政府工作报告强调，"推动教育公平发展和质量提升"。"要优化投入结构，让教育资源惠及所有家庭和孩子，让他们有更光明未来。"实现这样的目标，需要做的工作很多，解决优质教育资源配置不均衡问题，也不是只有组建教育集团一个办法、一条途径，但一个重要前提就是各地各有关部门要开动脑筋、主动作为，勇于尝试、积极探索。

让失衡的优质教育资源"动"起来、"活"起来，各地各有关部门就要先"动"起来，相关改革和探索就要先"活"起来。在这方面，邢台市襄都区的做法值得借鉴。

（2020年7月13日刊发）

国际商标注册 敲开"走出去"的大门

河北日报副总编辑 李恕佳

　　近年来，唐山市大力实施品牌国际化战略，引导企业在国际商标注册方面早布局、早谋划、早行动，给"唐山制造"插上了国际品牌的翅膀。对此，《河北日报》"唐山地方新闻版"进行了详细报道。

　　在"走出去"战略深入实施的背景下，唐山的做法抓住了关键、补上了短板，值得点赞。

　　第一，国际商标是"走出去"的"敲门砖""通行证"。从只在国内销售到产品漂洋过海，企业"走出去"的每一步都离不开国际商标的护航。现实中，一些企业的产品在国内市场口碑好、销售旺，却很难走出国门。这里面，一个重要原因就是没有注册国际商标。

　　第二，国际商标是国际品牌的"代名词"。品牌是产品和企业的形象，知名品牌意味着更强的竞争力、更高的附加值、更好的收益率。而商标则是品牌最直接的体现，甚至是其"代名词"。生活当中，人们看到一个知名商标，往往就会想到一个知名品牌，就是这个道理。

　　第三，国际商标是合法权益的"防弹衣"。商标权具有严格的地域性，在国内注册只在国内有效。中国产品品牌在国际市场屡屡被人抢先注册，代价巨大，教训深刻。企业要想在国际市场维护好自身的合法权益，就必须注册国际商标。

世界那么大，很多企业都想去看看，也应该去看看。但是，在哪个赛场上竞技，就必须掌握、遵守、运用哪个赛场的规则。国际市场有一整套规则，比如竞争规则、金融规则、贸易规则、知识产权保护规则等，国际商标注册只是其中的一个组成部分。

企业能否"走出去"，比拼的是产品质量、售后服务等硬实力，更是合规管理和合规文化等软实力。期待唐山的品牌国际化战略能够在内容上不断丰富，更希望类似的战略能在更多的地方实施，让河北企业"走出去"迎来更加广阔的前景，让国际市场上涌现更多的河北品牌。

（2020 年 7 月 15 日刊发）

"赤脚医生""穿鞋""健康乡村"提速

河北日报副总编辑　李恕佳

邢台市推行乡村卫生健康服务一体化改革，为乡村医生提供制度保障，解除"后顾之忧"，有效调动起了他们服务村民的积极性、创造性。对邢台的做法，2020年7月20日的《河北日报》做了报道。

乡村医生，最初叫"赤脚医生"，诞生于20世纪六七十年代，曾和农村卫生网、合作医疗制度一起被称为中国农村卫生事业的"三大支柱"。直到今天，村医仍然是农村医疗卫生事业的主力军，在保护人民群众生命健康方面发挥着不可替代的作用。

但是，随着时代的发展和变化，村医的生存和发展却面临着各种困难和挑战。国家卫健委信息统计中心发布的统计数据显示，2018年7月到2019年7月，全国村卫生室数量减少了11858个。有关调查表明，困扰村医的问题主要有3个：一是薪酬，收入普遍偏低；二是身份，很多人永远是"临时工"，编制只给年轻人；三是养老，很多村医还没有被纳入职工基本养老保险，养老负担沉重。

"赤脚医生"行路难，"病根"主要在"赤脚"；守护群众健康的村医，迫切需要有力的呵护。

邢台市为"赤脚医生"穿"鞋"的一系列改革，抓住了关键，"改"到了点子上，一揽子解决了村医面临的主要问题和困难。可以说在全省走在了前列，值得借鉴。

没有全民健康，就没有全面小康。给"赤脚医生"穿上"鞋"，才能让"健康乡村"建设再提速。截至6月，邢台市乡村卫生健康服务一体化改革在全省率先全面完成。期待这项改革在各地顺利推进、如期完成，让穿上"鞋"的村医和我们大家一起，"跑"出"健康河北"加速度，乐享全面小康新生活。

（2020年7月20日刊发）

给精准考核"打 call"

河北日报副总编辑　李恕佳

城中村、城郊村、农业村……类型多样、村情各异，重点工作各不相同、同一任务有轻有重，怎么考核才科学、公平、有效？衡水市桃城区对标乡村振兴战略，改进干部考评，采取"五星绩效考核法"，有效调动起了农村"两委"班子和干部的积极性、创造性，提升了群众对基层干部工作的满意度。2020 年 7 月 22 日的《河北日报》，对此进行了详细报道。

桃城区的"五星绩效考核法"，最大的特点是精准，值得借鉴的具体做法有 3 条。

一是差异化设置考核内容。指标体系分类差异化设置，既突出乡村振兴的总体要求、主要工作，又兼顾各村的实际情况、客观需要，避免了"一刀切""一锅煮"，让考核内容更有针对性、更加精准。

二是创新、完善考评方法。同一考核内容的分值、权重因村而异，考核结果凭数据说话，考核程序健全严密、公开透明，保证了结果的精确无误、公平公正。

三是切实强化结果应用。直接把考核结果和村"两委"干部经济待遇挂钩，打破"大锅饭""平均分"，考核办法同工资、待遇、收入挂钩，精准、有效地传导了压力、激发了动力。

考核是根"指挥棒"，在很大程度上决定着努力方向、工作成效。指挥棒"指"准了，劲才能使对；"指"不准，劲就会跑偏，甚至导致不重实际、只看指标，不重结果、只看形式。现实当中，一些考核为啥难以发挥"指挥棒"的应有作用？一个重要原因就是忽视了地域、单位、部门、岗位的差异，大而化之、笼而统之，既不精准，也不科学。

考核就像做菜，"一刀切"咋能切出色香味？"一锅煮"只会煮混酸甜苦辣咸。我们应该给桃城区的"五星绩效考核法""打 call"，更应该主动学习借鉴，让各种考核更加精准、更重实效。

（2020 年 7 月 22 日刊发）

"共享管家"背后的"两只手"

河北日报副总编辑　李恕佳

老旧小区没有物业的问题，在不少城镇存在，属于老大难问题，是居民的"心病"、社区和城市治理的"顽疾"。心病怎么治、顽疾怎么去？邢台市襄都区创新推出"共享管家"机制，有效破解了这个难题。

老旧小区没有物业，主要原因有两条。一是规模大部分较小，单独管理和日常维护成本较高；二是居民"花钱买服务"意识不强。这就导致物业公司不愿入驻，或者入驻以后留不住。

应该说，老旧小区没有物业，很大程度上是市场自发调节的结果。解决这个问题，不能只靠"无形的手"。

邢台市襄都区的"共享管家"机制，好就好在既顺应市场规律，又强调政府主动作为，用"有形的手"解决了市场解决不了的问题。

比如，以街道办事处为单位，把所有无物业老旧小区整合起来，经过竞标，由一家物业公司统一实施管理服务，让物业公司能够进行运营大统筹、利益大平衡，有利可图、有钱可赚，解决了物业公司"不愿接手"问题。

比如，引导物业公司推行差异化服务、提供半年以上的免费服务，让居民"按需点菜""先尝后买"；引导、督促社区党员带头缴费，有效增强了居民花钱买服务意识，解决了物业公司"留不住"的问题。

市场机制"缩手"，政府就要"出手"；"有形的手"补位不越位，"无形的手"的作用才能发挥到位。邢台市襄都区的"共享管家"机制再一次证明了这个道理。

"有形的手""无形的手"，各司其职"手牵手"，解决了市场失灵问题。2020年，河北省计划改造老旧小区1369个，是河北老旧小区改造三年行动计划的收官之年。7月20日，国务院办公厅印发《关于全面推进城镇老旧小区改造工作的指导意见》，明确要求"大力改造提升城镇老旧小区，让人民群众生活更方便、更舒心、更美好"。我想，实现这样的目标，很重要的一点，就是各地要在"手牵手"上多动脑筋、多下功夫。

（2020年7月24日刊发）

一顶头盔背后的公共管理考题

河北日报副总编辑　王　宁

如果你今天骑电动车上班，戴头盔了吗？

2020年7月27日的《河北日报》刊发记者调查，反映在石家庄街头摩托车、电动车驾驶员不戴头盔的现象十分普遍。

从2020年五六月"价格飞涨""一盔难求"，到如今"降价促销""没人佩戴"。短短两三个月时间，小小头盔坐了一回大起大落的"过山车"。

怎么会出现这样的尴尬现象呢？我认为不外乎以下3点原因。

一是相关要求不够"精准"。先是要求严格执法，查纠骑摩托车、电动车不戴头盔行为，导致人们纷纷抢购头盔。后来又只要求骑摩托车戴头盔，对骑电动车不戴的以宣传引导为主，暂不处罚，让人觉得"放松了"，甚至"不管了"。

二是有效监管难以"兑现"。电动车数量庞大、机动性很强，逐一查纠需要大量人力，现实中很难操作。从我了解到的情况看，全国大多数城市也都是"虎头蛇尾""一阵风"。

三是宣传引导没有"入心"。从实际情况看，除了刚开始集中宣传外，日常宣传引导很不到位。有的只是在街头交通宣传广播里简单地提上一句，真不知道有多少人会听进去。

其实，"头盔困境"在其他方面也有不同程度体现。比如禁烟令、限塑令、垃圾分类等，在很多地方都出现要求前后不一、落实手段乏力、配套措施缺失等问题。如何通过广泛调研、深入论证，让相关决策更科学、更精准，让宣传引导更到位、更有效，是对社会治理能力的考验，也是必须答好的公共管理考题。

自觉佩戴头盔绝不是为了应付交警检查，而是为了保护自己。从今天开始，骑电动车下班的时候还是把你之前花高价买到的头盔戴上吧。用交警常说的一句话就是：别做铁头娃，你的头没有头盔硬，更没有地面硬！

（2020 年 7 月 27 日刊发）

年年"城市看海"的囧，能破不？

河北日报副总编辑　王　宁

入汛以来，河北省内外不少城市又出现严重内涝现象，道路、地铁站，特别是地道桥等基础设施积水严重，城市运转及百姓生活受到很大影响。更令人尴尬的是，一些城市除了老城区"逢雨必涝"外，新城区也"乘风破浪"，甚至建设多年的海绵城市一场暴雨就被打回了原形。

年年"城市看海"的囧，究竟能不能破？7月29日《河北日报》刊发报道《迁安海绵城市建设实现智慧防汛》，或许能给我们一些启发。

什么叫海绵城市？就是整个城市像海绵一样有"弹性"，下雨时能吸水、蓄水、渗水和净水，久晴或干旱时能放水，最终实现"雨天不湿鞋、夏天不烫脚、暴雨不看海"。

2015年起，作为全国首批海绵城市试点，迁安市用海绵理念进行了大范围改造，将一座城市变成了一块巨大的"海绵体"，排水防涝达到20年一遇不成灾的水平。7月5日，迁安市区遭遇2020年入汛以来范围最广、强度最大的一次暴雨过程，以往"城市看海、汽车抛锚、岸上捕鱼"的场景，已成为历史。

在我看来，迁安海绵城市建设经验有两方面值得借鉴。

重面子更重里子。立足形成立体城市生态系统，重点建设那些埋在地下的排水管网、泵站、调蓄池等"隐蔽工程"，不做表面文章。此其一。

重建设更重管理。针对不同类型的海绵设施，提前摸排、提前布控，重点部位及时维护维修，一体化信息监测平台实现了智慧管理。此其二。

法国作家雨果说过，"下水道是城市的良心"。从入汛以来多地的内涝遭遇来看，河北省不少城市抗洪排涝能力虽然取得了很大进步，但海绵城市建设依旧任重道远。把城市打造成真正吸水的海绵，需要真金白银的投入，需要科学长远的眼光，更需要"功成不必在我"的实干！

（2020 年 7 月 29 日刊发）

整治"95"号段，公权力不能缺位

河北日报副总编辑　王　宁

"95"开头的电话，每天你接到几个？

我昨天就接到 4 个。有问贷款需求的，有问要不要买房子的，有给孩子填高考志愿的，也有推荐股票的。

有网友抱怨说，有时候一天会接到 10 多个"95"开头的电话，很多只是末尾一两位不同，屏蔽一个又来一个，不胜其烦。日前，沧州市民刘先生收到一条"95"开头的短信，以为是银行发来的，按要求操作后，被骗走 3700 元。

电话骚扰、电信诈骗已成社会公害，《河北日报》的"社会新闻版"对此做了连续报道。近年来，漫天撒网、狂轰滥炸的骚扰、诈骗电话中，"95"号段成为"重灾区"。

2020 年 7 月 22 日，工信部约谈了电信、移动、联通 3 家基础电信企业，要求践行以人民为中心的发展思想，从讲政治的高度，进一步加强"95"呼叫中心业务接入号码监管。我印象中，主要电信运营商被约谈已经不是第一次了。

"95"号段是规划用于全国统一使用的客户服务短号码。经工信部审批，企业实名申领号段资源，由通信运营商对号段使用情况进行管理。有严格审批，有属地管理，为什么就管不好呢?

在我看来，整治"95"号段，公权力不能缺位，必须重拳出击。

诈骗分子固然可恨，百姓防范有待加强，但监管不力才是问题的根源。部分企业违反规定，转卖、出租"95"号段号码已成为公开的秘密，工信部门和电信运营商完全有责任和能力在制度和技术层面严格防范，从源头上加以遏制，不给这一号段发出诈骗信号的机会。

日前，由公安部、江苏省公安厅统一指挥，南通警方成功破获全国首例利用"95"号段进行通信网络诈骗的案件，抓获犯罪嫌疑人15人，一举捣毁从事犯罪活动的通信技术公司3家，涉案金额高达2200余万元。

公安机关终于出手了，我们必须点个赞!

（2020年7月31日刊发）

奖励电商主播，催生"新人才观"

河北日报副总编辑　王　宁

石家庄市实施"网红人才成长计划"，电商直播人才可申领人才绿卡；清河县着力发掘培育电商主播人才，年实际成交额超 5000 万元的电商主播将获得 30 万元重奖——2020 年 8 月 3 日《河北日报》上这两条关于人才的新闻，值得关注。

网上"卖货的"成了人才！这肯定让不少人感到意外。印象中，人才往往具有高学历、高职称，而满身市井烟火气的电商主播很难和高层次人才画等号。石家庄市和清河县的做法，打破了人才认定唯学历、唯职称的老套路，体现了重实绩、重技能的新观念。

随着社会不断发展，经济形态的快速演进催生了各种新行业、新岗位。电商主播、网店店主、快递小哥……这些新职业，满足着市场新需求，代表着发展新趋势，意味着更精细的行业分工和更优质的社会服务，发挥着不可替代的重要作用。专家、教授知识多、水平高，是人才；技术能手、电商主播有本领、有绝活，同样是人才。有能力谁都了不起，有贡献谁都应该得到礼遇。

人才是城市发展的核心资源和最重要的软实力。前不久，"95后"快递小哥李庆恒被评为杭州市高层次人才，并获 100 万元住房补贴——这样鲜活的样本，成为"新人才观"的风向标。能不能面向各行各业无差别地尊重、吸引、奖励人才，体现了一座城市是否真正具有开放、包容、公平的现代理念，决定着一个地方的发展活力、发展质量和发展前景。

眼下，全国各地都在抛出各种诱人条件争相引进人才。认定、吸引、培养、奖励"新型人才"，石家庄市和清河县在河北省开了个好头。同时我们也应当看到，与经济发达的先进地区相比，无论是思想观念还是政策实招，我们要做的事情还有很多。

（2020 年 8 月 3 日刊发）

"垃圾分类"入法，落实还须加油

河北日报副总编辑　王　宁

河北省"垃圾分类"进入法治时代。2020年
7月30日，省十三届人大常委会第十八次会议
表决通过《河北省城乡生活垃圾分类管理条例》（以下简称《条例》）。
这是全国首部以"垃圾分类"命名的省级地方性法规，将于2021年1
月1日起施行。

关于分类标准，《条例》明确为"四分法"，包括可回收物、有害
垃圾、厨余垃圾和其他垃圾4种。关于处罚力度，《条例》强化全程分
类刚性约束，规定个人混合投放垃圾，最高可罚100元；单位混装混
运，最高可罚50万元。

推行垃圾分类已不是新鲜事了。早在2017年，住建部就在全国推
出了46个垃圾分类试点城市，石家庄市和邯郸市名列其中。效果怎么
样呢？看看你居住的小区，自然就可以给出一个评价。

经过这些年的宣传，绝大多数民众都对垃圾分类有了较强的认同
感。但实际情况是，很多地方还不具备分类的条件，不少小区即便有
分类垃圾桶，在收集运输时又全部倒在了一起。加上缺乏相应的监管

机制，民众对此也就渐渐淡漠了。

垃圾分类是个系统工程，无论是分类投放、分类收集，还是分类运输、分类处理，哪个环节做不到位，效果都会大打折扣。被公认为全国垃圾分类搞得最成功的上海，最大的特点就是"全面从严""落实落细"，值得河北"抄作业"。

比如，在宣传引导上，上海市可谓"全民动员"，前期招募了大量志愿者，站在垃圾桶旁边对居民进行指导和监督，几乎到了一桶配两人的地步。又比如，《上海市生活垃圾管理条例》正式实施前，全市就已完成 1.3 万个分类投放点改造，基本建立了垃圾分类收运体系。

有人说，垃圾分类这件事只有精细的上海人能做得好。要我说，上海人能做到的，河北人一定也能做到。和城市相比，在一个省的范围内以法治形式推进垃圾分类，涉及地域更广、人口更多，情况更复杂。8 月，距《条例》施行只剩下不到 5 个月的时间，河北必须加油了！

（2020 年 8 月 5 日刊发）

世界这么大，总有一份工作适合你

河北日报副总编辑　王　宁

每年的毕业季，也是就业季。2020届的大学毕业生们，找到合适的工作岗位了吗？

2020年，全国普通高校毕业生达874万人，河北高校毕业生达40.9万人，均创历史新高。加上疫情的影响，毕业生就业面临更大的压力。《河北日报》陆续刊发了一组"大学生就业新变化"的系列报道，讲述了一些毕业生不走"寻常路"、勇于"新就业"的故事。

解决大学毕业生就业问题，需要政策给力，需要企业发力，也需要个人努力。现在这个时代，作为大学毕业生，只要你肯吃苦，找到一份工作养活自己，应该是没有什么问题的。

而现实情况是，有些毕业生择业时非央企、国企等大企业不去，非北上广深等大城市不留，结果一毕业就成了"毕剩客"；有的毕业生把考上公务员当成人生的"终极目标"，第一年考不上，第二年继续考，有的甚至考了五六年。这说明虽然我国已经开始进入高等教育普及化时代，但一些人的就业观还停留在高等教育精英化时代。

想找一份收入高、待遇好或者长期、稳定的工作是人之常情，但我们不能受制于旧观念而丧失了新机遇。当前，随着经济社会特别是科学技术的快速发展，新行业、新职业不断出现，好岗位、好工作也被重新定义。

有了新观念，才有"新就业"。比如，许多高学历电商主播成了万众瞩目的网红；比如，数字化就业、远程就业突破了地域、单位的限制，让人们可以随时随地上岗。在就业地点选择上，不少大学生不再执着于扎堆大城市，而是选择回乡创业，或扎根基层……

"我就是我，是颜色不一样的烟火"——在这个既特殊又充满无限可能的毕业季，勇于选择自己的创业之路，这样的奋斗精神才是青春应有的底色。

世界这么大，总有一份工作适合你！

（2020年8月7日刊发）

致敬！抗战老兵

河北日报副总编辑　曹阳葵

在中国人民抗日战争暨世界反法西斯战争胜利 75 周年纪念日到来之际，《河北日报》推出专栏报道《热血燕赵》，以全媒体形式陆续播发了一批河北抗战老兵的故事，"永远听党的话，跟党走"的刘文山、"只要党和人民需要咱，还会扛起枪"的王永贵、"国家有难，咱义不容辞"的顾超、"上了战场就不能怕死"的时燕南……无数慷慨大义、可歌可泣的英雄儿女，用血与火的抗争，诠释了誓死不屈的抗战精神。

平山县百岁抗战老兵田顺心，是我们今天报道的主人公。他参加过"百团大战"，6 次担任敢死队队长，多次死里逃生——为摆脱日寇追赶，他纵身跳下陡崖；在一次战斗中，60 多名战士参战，只有 3 个人活着回来。当时大家都以为他阵亡了，直到清理战场时，有人发现他的手指动了一下，才把他救了下来。

一寸山河一寸血，铁骨丹心映燕赵。我们采写编发这组报道时，仿佛又回到那壮怀激烈的战争岁月，看见土地在燃烧、城池在坍塌、百姓被屠戮；看见军号在吹响、战旗在飘扬、战士们的枪刚刚上了刺刀……万丈豪情在我们心中激荡，牢记历史、珍惜现在、勇于担当。

一代人有一代人的历史使命。今天的我们，已经远离了战争的硝烟，但仍然面对很多困难和挑战。深刻变化的内外部环境、突如其来的新冠肺炎疫情……同样是一道道关隘、一个个碉堡，需要用"战斗"来解决。

担负起新时代赋予我们的历史使命，去战胜前进中的一个又一个困难，今天，我们向抗战老兵致敬，就是要从革命先辈那里汲取激励我们阔步前行的磅礴力量。

（2020 年 8 月 12 日刊发）

"十四五"里有你有我

河北日报副总编辑 曹阳葵

辉煌"十三五"收官在即，壮阔"十四五"又将启航。

五年规划，如同一把标尺，丈量着国家经济发展和民生建设的坚实步履。眺望远方，"嫦娥"登月，"北斗"组网，复兴号列车驰骋原野，港珠澳大桥飞架三地；回首近旁，天蓝了，水清了，老百姓的腰包鼓起来了。听，他们的笑声有多爽朗——

兴隆县贫困群众李凤花，"搬"出穷窝窝、"迁"来好生活。她进入扶贫微工厂，和全省300多万名贫困群众一起，告别贫穷、走向富裕。

雄安新区渔民张四喜近来很开心，他说："过去白洋淀污染严重，十多年捞不着鳎鲏鱼。现在水干净了，这不，它们又回来了。"

安平县失能老人刘常来，受益于"医养结合＋集中供养"，搬进了新房子，有了稳定收入，还能免费养老，开始了晚年"幸福三部曲"……

锐始者必图其终，成功者先计于始。从1953年开始的"一五"，到 2020 年收官的"十三五",一个接一个五年规划,推动一个个重大国家工程、重大建设项目顺利实施、完美竣工,推动国家综合实力和人民生活迈上一个又一个新台阶。

习近平总书记近日作出重要指示,强调"十四五"规划编制工作要把加强顶层设计和坚持问计于民统一起来。自 8 月 16 日起,"十四五"规划编制工作开始在网上征求意见,全面建设社会主义现代化国家开始启程。

希望在家门口就能找一份好工作,希望城里房子价格能再低些,希望进入医保目录的药品再多些,希望幼儿园离家再近些……请将你的心愿敲出来、传上去,把你的"小目标"嵌入国家的大蓝图。我相信,一个以人民为中心的五年规划必定有你我的影子。

（2020 年 8 月 21 日刊发）

政府"送政策"送出企业发展"加速度"

河北日报副总编辑 李恕佳

衡水市制定出台了服务市场主体 10 条措施，变"企业找政策"为"政府送政策"，推动惠企政策落地落实。2020 年 8 月 24 日，《河北日报》在《做好"六稳"工作，落实"六保"任务》专栏，对衡水市的 10 条措施进行了报道。

做好"六稳"工作，落实"六保"任务，离不开各级政府出台相关政策，给企业纾困，为发展赋能。实践证明，政策要发挥作用，必须具备 3 个方面的条件：政策制定要精准；政策宣传要到位；政策执行不走样。衡水市的做法，就充分满足了这 3 个要求。

首先，设立中小企业纾困解难服务中心，明确服务主体，完善日常运行机制，有利于打破政策落地过程中的"卷帘门""玻璃门""旋转门"。

其次，进行全面摸底，实行动态管理，既保证了帮扶工作的覆盖面，又保证了找准靶点，提升具体政策的精准度，实现政策与企业之需、企业之难的无缝对接。

最后，也是最重要的一点，就是政府主动作为、靠前服务，采取多种方式"送政策上门"。从"列一张清单，打包推送政策"到"通一回电话，倾心关爱企业"；从"建一批微信群，线上实时互动"到"进一次企业，现场答疑解难"……衡水市的"政府送政策"，有"短平快"的快速反应方法，有管长远、管根本的机制创新，目的就是更好解企业心头之痛、燃眉之急。

政府送政策，让企业摆脱了事后"找政策"的被动、滞后，让政策在第一时间直达企业、发挥作用。这样就能用政府主动服务的"加法"，换企业经营运作的"减法"，最终迎来的将是企业发展的"乘法"。

好政策，不能"养在深闺人未识"；优服务，不能"客人不找不上门"。给衡水市变"企业找政策"为"政府送政策"点个赞，期待这样的好做法能在全省遍地开花。

（2020 年 8 月 24 日刊发）

用技术突破抢占制高点、掌握话语权

河北日报副总编辑　李恕佳

说起我们的芯片产业，很多人的第一反应都是"还不够强"，甚至"受制于人"。《河北日报》对圣昊光电公司的报道，让人眼前一亮。圣昊光电成立刚刚4年，已经在为华为公司、中电科13所、青岛海信宽带多媒体有限公司等知名企业提供技术服务。2020年以来，圣昊光电的芯片测试机需求量比预估的高3—10倍。

圣昊光电为什么能？从《河北日报》的报道看，主要原因有两个。一是他们聚焦聚力技术创新，在核心技术、关键技术上打破了国际垄断，生产出了更高质量的产品；二是在政府的支持、帮助下，制定了相关标准，提高了客户和市场的认可度。

这两个方面都很重要，但第一个方面更为重要。因为技术创新是基础、是前提。没有技术创新、技术突破，就不可能有高质量的产品，更不可能有制定标准的能力和资格。就像圣昊光电公司，他们从国外引进、组建了一流研发团队，生产出的芯片测试机比进口设备测试速度至少快20%，费用降低了25%。我想，这样的技术优势，才是他们有资格制定质量标准，并被行业承认、接受的根本原因。

近些年，有一种说法——"三流企业卖产品，二流企业卖技术，一流企业卖标准"。这种说法有道理，但也不全面，因为它割裂了产品、技术、标准之间的关系。实际上，只要在核心技术、关键技术上取得了突破、做到了领先，一家企业完全可以产品、技术、标准"一网打尽"。圣昊光电就有这样的潜力，其他企业也可以从圣昊光电的实践中得到这样的启示。

得技术者得市场，赢创新者赢未来。当前，企业竞争、发展竞争，说到底是技术创新能力的竞争，谁在核心技术、关键技术上面取得突破，谁就能抢占制高点、获得话语权。在这方面，圣昊光电的实践值得更多的企业借鉴。

（2020 年 8 月 26 日刊发）

物业管理与社会治理融合发展
我们仍然在路上

河北日报副总编辑　李恕佳

《河北日报》报道，保定市在莲池区、竞秀区和高新区选定社区，探索物委会、业委会统筹管理、融合发展的运行机制。到 2020 年年底，在主城区基本形成社区党组织、社区居委会、业委会、物业服务企业、楼门长、综合服务站"六位一体"共建共治共享社区治理格局。

社区，是浓缩的社会，更是居民的共同家园。但说到社区治理，相信不少人都会"吐槽"——"居委会看不见，业委会摸不着。""收钱时他能找着你，需要服务时你找不着他。""办个芝麻大的事，都得好几个地方跑一圈。"……

应该说，这些说法带有一定主观色彩，但也反映了社区治理存在的问题。正如有关专家所说，目前，在不少社区，治理体系特别是服务体系还不健全、不规范，有的虽然"五脏俱全"，但协调性差，"铁路警察各管一段"，管理和服务功能碎片化、分散化。从这个角度看，保定市的做法具有很强针对性和现实意义。

其一，搭建平台，变"各自为战"为"协同作战"，实现了社区治理机构的扁平化、体系化，工作的集成化。

其二，建章立制，实现了职能的明确、清晰，保证了管理和服务的规范化、程序化、日常化。

其三，拓宽渠道，保障了各方面的参与权，有利于在政府治理、社会调节、居民自治的良性互动中，最终实现共建共治共享。

基层社区治理，一头连着社会和谐稳定、国家长治久安，一头连着人民群众的切身利益、日常生活。习近平总书记指出，"社会治理的重心必须落到城乡社区，社区服务和管理能力强了，社会治理的基础就实了"。

可喜的是，经过近一年的努力，石家庄、唐山、邢台3个市探索形成了一批可看可学可复制的经验做法，期待这些探索与保定市的创新实践，能够早日在更多的社区得到推广。

（2020年8月28日刊发）

用好平时考核"显微镜"

河北日报副总编辑　贾　伟

《河北日报》报道，2020年以来，针对平时考核抓手有限、力度不够等问题，秦皇岛市建立了公开化晾晒实绩、网络化纪实管理、立体化督查督办"三化一体"的领导干部日常考核体系，有效调动起干事创业激情。

考核的重要性不用多说。从实际情况看，过去很多地方、很多单位只注重对领导干部进行年终考核，效果并不理想，甚至被人们调侃"平时不记账，年底糊涂账"。正因为如此，平时考核越来越受到重视。2019年，中共中央办公厅印发的《党政领导干部考核工作条例》，就在第三章专门强调了平时考核。

如何强化平时考核，许多地方都在探索，有的引入"日志式"管理，有的出台规范性文件。比较之下，秦皇岛市的做法有以下3个显著特点。

一是全面公开。在报纸、电视台开设"一把手"出镜专栏，在网络平台建立"一人一账"电子实绩档案等，让差距可量化、数字能说话，干部平时表现"有迹可循"。

二是突出群众评价。评价权从上下级、同事，延伸到了基层，有效发挥了人民群众"阅卷人"的作用，让评价更准确、考核更精准。

三是强化结果运用。把结果作为了解评价干部工作、一贯表现的重要依据，更作为选准用好干部的第一手资料，保证了平时考核的"威力"。

总的来看，秦皇岛市的"三化一体"考核体系，有效解决了"考什么""谁来考""怎么考""如何用"等重要问题，可以说是落实中央有关要求的创新实践。

考察识别干部，功夫要下在平时。平时最不起眼，也最容易生懈怠、出纰漏、坏规矩。而平时考核就是一台"显微镜"，用好这台"显微镜"，就能提升考核的精准度，实现考核的经常化，做到肯定鼓励、提醒纠偏。

期待各地都能在强化平时考核上拿出实招，"考"出广大干部好状态，"考"出事业发展新局面。

（2020 年 9 月 4 日刊发）

同心抗疫，每一个你我都是英雄

河北日报副总编辑　贾　伟

2020年9月8日，全国抗击新冠肺炎疫情表彰大会隆重举行，国家以最高礼遇表彰抗疫英雄、致敬抗疫英雄。

此时回首抗疫之战，想必每个人都百感交集。

这场战争，没有硝烟，却经历生死。无数"战士"逆行出征，奔赴火线，用身躯阻挡病毒，用生命守护生命。正如一位网友所说，"以国之礼褒奖抗疫英雄，既是实至名归，更是众望所归"。一线战士们，无愧于英雄的称号。

这场战争，战斗不止在前线。它更是一场人民战争。

在与疫情的殊死较量中，无数人从自己做起、从点滴做起，勠力同心，共斗疫魔。从积极捐款捐物的少年儿童，到自觉居家隔离的大爷大妈；从主动运送紧缺物资的普通市民，到义务接送医务人员的爱心司机；从坚守哨卡的执勤者、志愿者，到认真履职的快递员、环卫工人、新闻记者……

每个人都是战士，每个岗位都是阵地。每个人的付出，都增添了抗击疫魔的力量；每个岗位的坚守，都为抗疫作出了贡献。每一个同心抗疫的你我，都是英雄。正因为有无数这样的英雄，才让外国网友感叹，在如此重大的疫情面前，一个 14 亿人口的大国，水电不停、供暖不停、通信不停，物资供应不断、社会秩序不乱，中国，做到了！

世上没有从天而降的英雄，只有挺身而出的凡人。

表彰英雄，是为了学习英雄；致敬英雄，最好的办法就是成为英雄。经历过这场人民战争，会有更多人认识到，英雄就是你，英雄也是我。为国为民，就是英雄；担当、奉献，就是英雄；做好自己能做的、该做的，就是英雄。人人都成为这样的英雄，我们就没有什么战争不能打赢，没有什么困难不能战胜！

（2020 年 9 月 9 日刊发）

看绿水青山怎样变成金山银山

河北日报副总编辑　李恕佳

　　"烦人"的雪，变成"冰雪经济"；"恼人"的风，变成新型能源点亮冬奥……近年来，张家口市坚持生态产业化、产业生态化，走出了一条绿色发展、生态强市、换道超车的新路。对此，《河北日报》在头版头条进行了报道。

　　绿水青山就是金山银山，但绿水青山不会自动变成金山银山。这里的关键是有把"绿色资源"变成"绿色经济"的意识，有把"生态看点"变成"发展卖点"的办法。在这方面，张家口市的探索值得总结、借鉴。

　　第一，把生态环境当成生产要素去经营、去开发，走"生态＋产业"的路子。

　　一般来说，生态环境直接"变现"有两大困难——一是生态环境属于公共品，人人可以消费，提供方难以收费；二是环境消费大多属于文化或精神消费，计价有困难。张家口市利用生态环境资源，发展相关产业，实现了生态要素向生产要素、生态财富向物质财富的转变，有效解决了"变现"难题。

第二，发挥比较优势，坚持"人无我有、人有我优、人优我特"。

绿水青山很多地方都有，但"绿"在哪里、"青"在哪里却各不相同，必须因地制宜、发挥优势，不能生搬硬套、简单克隆。张家口市正是靠风电、冰雪、养殖等比较优势，成功打造出了绿色工业、冬季旅游、特色农牧等产业优势。

第三，发挥生态环境的基础性作用，吸引聚集优质生产要素和高精尖产业。

立足风电资源富集、气候冷凉等生态环境特色，制定、出台一系列政策举措，成功吸引一大批著名数字企业入驻，大数据及关联产业投资规模突破 2000 亿元……张家口市的这些做法，显示出强大的"乘法效应"，是放大生态环境"生财聚财"作用的有效方法。

在张家口，寒冷的气候成了金山银山。在其他地方，只要找准路子、用对方法，无论是海洋、草原，还是戈壁、滩涂，也都有可能变成金山银山。

（2020 年 9 月 14 日刊发）

新经济新业态提早爆发
你准备好了吗？

河北日报报网端刊发报道，详细介绍了河北省保护新经济新业态知识产权系列新规。

新经济新业态以知识创新为主导，以信息技术为基础，以人才创业为支撑，具有高科技、高附加值、高成长性的特征。在这当中，新技术和产业模式的创新是核心。加强相关知识产权保护，是推动新经济新业态健康、持续发展的内在要求。

新经济新业态是发展新的增长点，蕴含发展新动能，代表发展新方向。

2020 年以来，疫情突如其来，不少传统行业和业态一度停摆，但新经济新业态却"逆势上扬"，展现出强劲发展势头和广阔前景。比如，从线下购物到线上购物，"新零售"发展加快；从传统制造到智能制造，"新制造"发展加快；从传统基建到新型基建，"新动能"发展加快；从实地消费到网上消费，"新消费"发展加快……

有专家指出，突发疫情作为一种外部冲击，推动新经济新业态快速触达临界规模，提早进入爆发式增长阶段。这种提早爆发也提出了一个新的课题和任务，就是保护、推动和规范新经济新业态发展的各项工作需要跟进、提速。习近平总书记强调，新业态虽是后来者，但依法规范不要姗姗来迟，要及时跟上研究，把法律短板及时补齐，在变化中不断完善……

实际上，针对这种提早爆发，一些"先知先觉"者已经开始研究、制定系统的办法、措施，全面赋能新经济新业态发展。

比如，2020年6月，上观新闻曾刊发专家文章，指出加速上海新经济新业态发展，应该打造"新基建＋新模式＋新监管＋新场景＋新治理""五位一体"协同创新模式。再如，2020年7月，杭州市发布"六新"发展"十大示范场景"建设指南。

新经济新业态"春江水暖"，先知先行者畅游其间；新经济新业态提早爆发，呼唤"全方位赋能"跟进、提速。

（2020年9月16日刊发）

民企 500 强，河北"喜"与"忧"

河北日报副总编辑　王　宁

《河北 32 个！请叫我中国民企 500 强》——这是河北日报客户端的一个标题。全国工商联发布 2020 中国民营企业 500 强榜单，河北有 32 家企业入围。

调查报告显示，2020 年中国民企 500 强入围门槛再次提高，企业营业收入突破 200 亿元。河北省入围民企数量位居全国第五，实属不易。

上榜企业里面，新奥集团股份有限公司蝉联河北省入围民企榜首，年营收 1645 亿元，列全国第 26 位。敬业集团有限公司、河北津西钢铁集团股份有限公司分别排名河北省民企第二位和第三位，营收分别为 1274.02 亿元、1177.74 亿元，排名第 38 位和第 43 位。从位次以及营收等方面看，入围的河北民企实力有所提升。

可喜之余，忧虑仍存。与第一集团的浙江 96 家、江苏 90 家、广东 58 家、山东 52 家相比，河北入围企业数量差距不小。从规模上看，河北省没有一家民企进入前 20 强。

更值得关注的是产业结构"偏科"问题依旧十分突出。

河北上榜民企主要集中在黑色金属冶炼和压延加工业，共有 20 家，被称为"32 家上榜，超六成炼钢"。既缺乏华为那样的技术领军企业，也缺少苏宁那样的规模头部企业。新能源产业仅有新奥和晶澳两家企业上榜，占比仅为 6.25%。

中钢经济研究院首席研究员胡麒牧在接受《证券日报》采访时认为，这与河北历史上铁矿、煤炭资源禀赋有关，也与其形成钢铁产业集群后的规模经济和要素聚集有关。说明河北省民营企业发展仍然存在"路径依赖"，进军其他产业特别是高新产业的动力还需想办法激活。

民企是国民经济中最活跃的因素，应该对市场、政策等信号有着天然的敏感度。在强调"调结构、转方式"的当下，河北民营企业要想竞争实力更强、发展质量更高，还须再加一把劲，更上一层楼！

（2020 年 9 月 21 日刊发）

庆祝丰收节，听懂袁老的深情呼唤

河北日报副总编辑　王　宁

2020 年 9 月 22 日，是第三个中国农民丰收节。连日来，《河北日报》以"庆丰收、迎小康"为主题刊发了一系列报道，庆祝这个属于农民的盛大节日。

2020 年，河北省庆祝丰收节的主会场安排在了阜平县骆驼湾村。2012 年 12 月 30 日，习近平总书记踏雪走进骆驼湾等深度贫困村进行考察，吹响了脱贫攻坚的号角。从这以后，骆驼湾迎来了一批批"回来""赶来"的年轻人，他们把乡村旅游、电商平台、直播带货等搞得红红火火，给古老山村带来了现代农业生产方式和经营方式。

我认为这样的"新农人"才是更宝贵、更值得庆祝的"丰收"。为骆驼湾高兴的同时，让人想起这样一条新闻——今年丰收节前夕，90 岁高龄的袁隆平院士在直播中呼吁："我希望更多青年从事现代农业。现代农业是高科技的农业，不是过去面朝黄土背朝天的农业。希望广大知识青年投身农业研究！"

一个"90 后"老人为什么对"90 后"青年发出这样的深情呼唤？我想一个重要原因，就是广大农村"年轻血液"并不丰盈，甚至处于

"歉收"状态。

农村青年劳动力长期净流出状况有待改变。不少人中学一毕业就外出打工，宁可在城市长期蜗居，也不愿回到农村这片广阔天地。

知识青年投身现代农业的意愿还需加强。近年来，部分农林类院校招生持续遇冷，有的录取分数甚至出现了断档。

呼唤年轻研究者和商业新秀们在乡土之间一展身手，需要情怀，但不能只讲情怀。解决问题的关键，是拿出实实在在的办法，加强对年轻人返乡创业的支持力度，让农业真正成为有吸引力的行业，让"新农人"真正成为人们向往的职业。

从这个角度看，袁老的深情呼唤，是对青年的殷殷期盼，更是对营造良好的"务农环境"的大声疾呼。

（2020 年 9 月 23 日刊发）

工业设计，赶快补上这一课

河北日报副总编辑　王　宁

说起工业设计，你会想到什么？我脑海里浮现的首先是各种各样的概念车，还有手机又有什么新款式。近期河北省工业设计的新闻还真不少。就在 2020 年 9 月 17—23 日，刚刚举办了第三届河北国际工业设计周。9 月 18 日，第一届金芦苇工业设计奖也在雄安新区揭晓。读了《河北日报》相关报道，相信你对工业设计会有全新的认识。

其实，我们平时看到更多的是产品外观设计，而工业设计最重要的目的是功能开发、集成创新。有了新功能，才能创造新需求。苹果智能手机和特斯拉电动车的设计，集成的功能就达数万个，远不止它们的外观造型。

工业设计的本质是什么？最近读到一本叫《设计心理学》的书，作者是认知科学家唐纳德·诺曼。他有一句名言："在人和设计之间，人是不会错的，错的只有设计。"他认为，设计的本质其实不是创意而是沟通，是设计者和使用者之间通过产品实现的无声沟通。

比如，汽车门上的车窗按钮、卫生纸上的虚线、易拉罐上的拉环、手机上的音量键等都有这个特点，一上手就会使用，完全不需要人教。设计师要做的不是让你觉得它多好看，而是让人一看到这件东西，就马上知道它是做什么用的。

根据著名的微笑曲线理论，产品的附加值更多地体现在设计端和销售端。以河北省本土企业邢台三厦铸铁有限公司为例，长期以来，高端铸铁锅的市场基本被国外企业垄断，三厦铸铁凭借工业设计开发出51款新产品，疫情发生以来外贸出口不降反增，国内市场也持续走红。前不久，三厦铸铁的岩石系列户外铸铁炊具还获得2020德国红点设计奖，让世界见识了河北工业设计的创新功力。

作为制造业大省的河北，一场以工业设计为主导的生产力变革正在进行。对河北省众多制造企业来说，工业设计是一堂必须要补、赶快要补的课。

（2020年9月25日刊发）

情怀入梦，家国在心

河北日报副总编辑　　王　宁

中秋国庆喜相逢，是难得的美好巧合。据天文学家说，这样的巧合，21世纪仅有4次：上一次是2001年，下一次是2031年，再下一次要等到2077年。

中秋，是家的节日——月圆之时人团圆，每逢佳节倍思亲；国庆，是国的节日——神州万里同怀抱，衷心祝愿祖国好。

在疫情防控进入常态化的第一个"长假"来临之际，回望艰苦卓绝的抗疫斗争，对于我们每个中国人来说，更加深刻地理解了什么是"家"、什么是"国"；内心深处的家国情怀，也更集中地体现出来、更紧密地交融在一起。

还记得2020年2月10日那个寒冷的夜晚吗？平泉市中医院护士于慧在电话里这样叮嘱丈夫："我要出发去湖北了，家里的事就交给你了……"

和平年代也会有风雷激荡、勇敢担当，因为无数个"家"的付出，才有了岁月静好、国泰民安。

还记得生命垂危的新冠肺炎患者老代吗？1月30日，北京和河北大医院的多位专家赶赴张家口，连夜会诊展开救治。半个月后，老代出院了。

危难时刻更彰显人民至上、生命至上，因为我们的"国"最知道，每一个普通生命的背后，都是一个家庭的幸福团圆。

此时此刻，想起习近平总书记说的一段话："千家万户都好，国家才能好，民族才能好。"国家好，民族好，家庭才能好。这不正是对家国情怀最朴素、最深刻的诠释吗？

今天，有一首歌常常萦绕在我耳边：

家是最小国，国是千万家；

我爱我的国，我爱我的家；

一心装满国，一手撑起家；

……

家国情怀是中华文明生生不息的文化基因，是中华民族伟大复兴的内生动力，值得我们永远呵护与持守。

情怀入梦，家国在心。在这情浓中华、月满神州的美好日子里，让深厚的家国情怀滋养亿万个幸福家庭，滋养我们可爱的中国！

（2020年9月30日刊发）

解决群众的"急难愁盼"，是一堂必修课

河北日报副总编辑　曹阳葵

从蜗居到安居，从垃圾场到小公园，从便民市场增多、"三点半难题"得解，到幼儿园来到家门口、暖气热到心里头……近年来，河北省各地各部门带着感情切实解决群众的"急难愁盼"问题，让人民群众获得感、幸福感、安全感有了实实在在的提升。

解决群众的"急难愁盼"问题，是一堂必修课。习近平总书记在湖南考察时强调，要坚持以人民为中心的发展思想，着力办好群众各项"急难愁盼"问题。2020年10月10日，习近平总书记在中共中央党校（国家行政学院）中青年干部培训班开班式上发表重要讲话，指出要心中有群众，时刻把群众安危冷暖放在心上，切实解决群众"急难愁盼"的问题。

"急难愁盼"问题有共性的，也有个性的；有存量的，也有增量的，解决得准不准、好不好、及时不及时，群众最有发言权。解决好这个问题，必须自觉践行群众路线，融入群众真诚倾听呼声，沉到基层深入调查研究，认真了解群众急在哪里、难在何处，准确掌握何为

其愁、何为其盼。

"请选出您认为最适合办、最应该办的民生实事项目"，石家庄市每年都开展"民生实事群众定"专题活动。这种"群众定、政府干"的方式，保证了问需于民的"广度"，是解决共性、存量"急难愁盼"问题的有效方式。与此同时，针对个性、增量的"急难愁盼"问题，还要大力提升调查研究、问需于民的"密度"——全面了解不同个体的特殊需求，随时掌握"急难愁盼"问题的最新变化。

我相信，做到了这些，就一定能有效提升为民服务的覆盖面、主动性，更加精准、及时地解决各种"急难愁盼"问题，迎来人民群众更加灿烂动人的笑脸。

（2020 年 10 月 12 日刊发）

两座雕塑折射深圳精神

河北日报副总编辑　曹阳蔡

从海边渔村到现代都市，从万间竹棚到摩天大厦，从铁犁牛耕到车水马龙，平均每平方公里有 8.5 家国家级高新技术企业，平均每天超过 70 件发明专利获得授权……这里是深圳经济特区，今天是它建立 40 周年的日子。

在深圳，有两座雕塑，见证了改革开放的伟力。一座是深圳市政府门前的"拓荒牛"——它执着耕耘、埋头奋蹄的形象充满力量；一座是深圳博物馆前的"闯"——一位巨人奋力张开双臂撑开门框，坚毅的目光直视远方……这成为深圳特区建设之初改革者敢于冲破桎梏的象征。

"拓荒牛"和"闯"，两座雕塑相互呼应，映照着敢闯敢试、敢为人先、拼搏进取的城市气质，折射出勇于开拓、埋头苦干、开放包容的"精神密码"。可以说，正是这样的气质和精神，"拓"出了"深圳奇迹"，"闯"出了"深圳速度"。

在今天，改革开放已经走过千山万水，但仍然需要跋山涉水。对河北省来说，如何抓住机遇，办好"三件大事"？如何推动产业转型升级？如何把实体经济做实做强做优？如何在危机中育先机、于变局中开新局……仍然有一个个全新的领域需要开拓，仍然有一个个难关必须闯过，我们仍然需要"拓荒牛"和"闯"的精神。

这让人想起了雄安市民服务中心。总建筑面积 9.96 万平方米，规划总用地 24.24 公顷；全面体现"绿色、现代、智慧"理念；集雄安新区规划展示、政务服务、会议举办、企业办公等多种功能于一体……这样一座大规模、高标准的现代化建筑，112 天就顺利完工，创造了让人赞叹的"雄安质量"。这就是"拓荒牛"精神在新时代河北的体现吧。

（2020 年 10 月 14 日刊发）

燕赵抗疫慷慨壮歌

河北日报副总编辑　曹阳葵

燕赵抗疫，是一首荡气回肠的慷慨壮歌。2020年10月16日的《河北日报》浓墨重彩地刊发了长篇通讯《燕赵抗疫慷慨歌——河北省抗击新冠肺炎疫情奋力夺取"双胜利"纪实》。这篇稿件2.8万多字，全景式回顾了河北惊心动魄的抗疫历程，记录了燕赵儿女奋力夺取"双胜利"的豪迈壮举。

从冬春之交到金秋十月，从燕赵故乡到荆楚大地，白衣、战旗、驰援、惜别……我们被一幕幕场景感动，被一个个故事泪目。

留下遗书上战场，这是生与死的抉择。疫情之初，临西县人民医院心内科护士孙继红驰援湖北，出发前，她偷偷写下遗书，交代好"后事"，悄悄把遗书藏在卧室飘窗垫子下面。

千里"独行"送药品，这是生与死的竞赛。新春团聚时刻，石家庄市货车司机张勇勤突然接到电话："有一车药品要送往湖北，马上出发！"1500公里路程，他一人一车，向着湖北一路狂奔，心中只有一个念头："要以最快速度把这些救命药送上最前线。"

含悲忍泪"全忠孝"，这是生与死的较量。李宽普是唐山市一家口罩生产企业的厂长，除夕夜，母亲因病去世。正在办理丧事的李宽普，接到紧急生产任务。向母亲遗像含泪磕头，强忍悲痛连夜赶往工厂，火速制订生产方案、紧急购置设备，吃住在厂、昼夜督战。

非常时期的"岁月静好"，凝聚着一个又一个逆行者的负重前行；来之不易的"双胜利"，凝聚着千千万万普通人的拼搏付出。

（2020年10月16日刊发）

从体验饥饿到憧憬幸福

河北日报副总编辑　贾　伟

第 7 个国家扶贫日刚刚过去。河北日报报网端微各个平台，这几天连续发出一系列报道，全方位展示河北脱贫攻坚的丰硕成果和群众的新生活。

我记得，2014 年第一个国家扶贫日期间，河北省组织了一次"饥饿 24 小时"全民公益活动，很多人切身体验饥饿，表达对饥饿人群和贫困弱势人群的关注。2020 年，第 7 个扶贫日，我们从新闻中看到的则是脱贫群众的笑脸和对更幸福、更美好生活的憧憬和企盼。

从 2014 年到 2020 年，7 个国家扶贫日，一次又一次激发战胜贫困的信心和决心，一次又一次见证脱贫攻坚奇迹。在 2011 年年底，河北仅农村贫困人口就有 795 万，到了 2020 年 6 月底，全省剩余的 3.4 万贫困人口已经全部达到稳定脱贫条件。

奇迹，是由一个个具体的故事汇聚而成。

阜平县职教中心高质量开展职业教育，拓宽就业渠道，为贫困群众挖掉穷根、种下希望；丰宁满族自治县实施"五区同建"易地搬迁扶贫，保证贫困群众搬得出、稳得住、能致富；武邑县联合顶级销售平台，创新养殖模式，提高产品附加值，"京东跑步鸡"跑出脱贫加速度；魏县建立精准防贫机制，从源头上构筑贫困发生的"截流闸"和"拦水坝"，为脱贫群众挡风遮雨……

举全省之力，不获全胜决不收兵；下"绣花功夫"，一针一线织成精准脱贫壮美画卷。在这里，我们要向奋战在脱贫攻坚一线的所有党员干部群众表达敬意、道一声辛苦！

从体验饥饿到憧憬幸福，一方面反映了7年来扶贫工作的巨大成效，另一方面提醒我们：脱贫摘帽不是终点，它更是新生活、新奋斗的起点。

全力冲刺，向着脱贫攻坚战的最终胜利！

接续奋斗，向着更幸福美好的新生活！

（2020 年 10 月 19 日刊发）

您的孩子做家务吗?

河北日报副总编辑　　贾　伟

如果问一位家长:"您的孩子做家务吗?"可能有各种回答。比如,"作业那么多,哪有时间?""做再多家务也考不上好大学!"当然也可能是,"能做就做,培养孩子劳动能力也很重要嘛。"毫无疑问,从道理上讲,最后一种想法是对的,但在现实中呢?

近期《河北日报》以及客户端连续刊发中小学劳动教育调查报道,反映出的现实令人喜忧参半:喜的是,在学校,劳动教育开展得还算不错;忧的是,在家庭,劳动教育普遍开展不足。

读完报道,我脑中闪出 3 个问题。

第一个问题,现在的孩子们会做家务吗?

答案恐怕不乐观。有人做过一个调查发现,上海某大学录取的新生中,六成以上不会自己挂蚊帐,许多大学生在入学前没有洗过一件衣服。

第二个问题,家庭劳动教育为什么不好开展?

是溺爱?还是不明白劳动的重要性?我想都不是。正像开头提到的，大道理谁都懂，但"理想很丰满，现实很骨感"。考试、升学压力这么大，家长们自然要把孩子的学习当作头等大事，把劳动、游戏、旅行等时间几乎全部挤占掉了。这折射出的，归根结底还是我们到底要培养什么人、如何培养人这个关于素质教育的大问题。

第三个问题，怎样补上家庭劳动教育这一课？

靠号召家长们转变观念吗？这当然很重要，但还远远不够，而且有"站着说话不腰疼"的嫌疑。从报道中可以发现，劳动教育之所以在学校开展得还不错，靠的可不仅仅是观念转变，而是上级有关文件中，明确了劳动课的课时、内容要求等硬指标，并且纳入了教学质量考评体系。这是制度性安排发挥的作用。体育课这些年越来越受重视，不也是这个道理？

2020 年 10 月 13 日，中共中央、国务院印发《深化新时代教育评价改革总体方案》，进一步明确提出，要把劳动素养评价结果作为衡量学生全面发展情况的重要内容，作为评优评先的重要参考和毕业依据，作为高一级学校录取的重要参考或依据。

这几条要求值得注意。如果它们能够真正成为制度安排，特别是真正把劳动跟录取"挂上钩"，我想，不用别人苦口婆心，家长们自然会像督促做作业一样，盯着孩子做家务。

（2020 年 10 月 23 日刊发）

重阳过后，聊聊养老

河北日报副总编辑　贾　伟

10月25日是重阳节，敬老养老再一次成为媒体的关注点。

我注意到这样两组数据。一是截至2019年年底，河北省60周岁及以上老年人达1518万多人，占总人口的20%，高于全国平均水平1.9个百分点，属于中度老龄化。预计20年后，河北省老年人口比例将超30%，进入重度老龄化。二是目前河北省有近50%的老年人处于空巢或留守状态。

有人形容说，不少老年人的生活现状是"出门一孤影，进门一盏灯"。虽然有些夸张，但的确反映出一些问题。我认为这种现象大致是由几方面因素造成：一是传统观念、生活习惯等原因，我国90%的老人选择居家养老；二是"4+2+1"已经成为家庭结构主流，一对夫妇上有老下有小，有时难以兼顾；三是社会流动性增强和工作节奏加快，子女陪伴老人的时间难以保证。

敬老养老是传统美德。从这个角度讲，不管到不到重阳节，我们都要大力弘扬孝老敬亲、倡导"常回家看看"，但在新的社会发展条件下，我们还要给重阳文化注入新的内涵，从社会治理层面思考敬老养老问题，努力构建养老、孝老、敬老政策体系和社会环境。

《河北日报》2020年10月21日的报道《让居家养老不再有后顾之忧》，就介绍了河北各地的一些探索。

比如，河北省建立起省、市、县、机构四级培训体系，两年培训养老服务从业人员1万余人次；邢台市针对不同情况的老年人群体，打造四种医养结合模式；石家庄市建立"医养扶一体化"服务保障机制，推进家庭医生签约和重点人群健康延伸服务等，都取得了不错的效果。

希望各地能够相互借鉴学习，让这些措施更加成熟完善。祝愿所有老人都能老有所养、老有所依、老有所乐、老有所安。

（2020年10月26日刊发）

记住"十三五"中这些动人细节

河北日报副总编辑　贾　伟

"十三五"收官在即，"十四五"就要到来。

总结"十三五"，河北日报报网端微推出了很多系列报道：数说"十三五"民生事，走访"十三五"大工程，记录落实"三六八九"工作思路的新成就，展现经济强省、美丽河北建设的新画卷……

翻看这些报道，宏大叙事让人振奋，点滴细节更令人感动。

太行山高速施工，有一种特殊的"夫妻桩"。石英岩异常坚硬，桩孔作业非常危险，工作常常由最为信任的夫妻共同完成。丈夫在井底钻石打孔，妻子在井口守护安全，还需要把渣石一筐筐吊运到地面，每天进度只有30厘米，一个50米深的桩孔往往需要好几个月才能完成。

唐山世园会筹办，有一次"零下14℃"的赶工。2016年1月20日，世园会倒计时100天。晚上10时左右，气温低至零下14℃，南湖国际会展中心工地上，工人们还在顶着严寒挑灯夜战，对玻璃幕墙进行最后的安装调整。

疫情防控中，有一位雕塑一样的"硬核大爷"。2020年2月14日，一场大范围、高强度的暴风雪突袭承德，漫天飞雪中，在小区门口执勤的孙贵老人，几乎一动没动。他的身上落了厚厚一层雪，远远望去，就像一尊雪雕。

脱贫攻坚中，有一名"我家住在德胜村"的女大学生。张北县德胜村脱贫攻坚"得胜"了，大学毕业的徐亚茹离开了大城市，返回家乡种植中草药，在脱贫攻坚中找到了舞台，为乡村振兴贡献着力量……

最是细节见精神，最是细节动人心。"十三五"的磅礴之势，离不开这样的点滴之功。

拼搏奋斗，担当奉献——请记住这些动人的细节，因为这是过去5年全体河北人的剪影，里面有成功书写"十三五"精彩答卷的密码。

咬定青山，攻坚克难——请记住这些动人的细节，因为在即将到来的"十四五"，我们还要用这样的"细节"，画出更加壮美的新图景。

（2020年10月30日刊发）

一个重大决策：加快构建新发展格局

河北日报副总编辑　李恕佳

　　党的十九届五中全会提出，加快构建以国内大循环为主体、国内国际双循环相互促进的新发展格局。解读全会精神，专家们强调，这是党中央根据我国发展阶段、环境、条件变化，审时度势作出的重大决策。

　　先看外部环境发生的变化。改革开放以来特别是加入世贸组织后，我国加入国际大循环，市场和资源"两头在外"，形成"世界工厂"发展模式，对我国加快提升经济实力、改善人民生活发挥了重要作用。近几年，随着全球政治经济环境变化，逆全球化趋势加剧，在当前全球市场萎缩的外部环境下，必须把发展立足点放在国内，更多依靠国内市场实现经济发展。

　　再看发展阶段的不同。我国有 14 亿多人口，人均国内生产总值已经突破 1 万美元，是全球最大和最具潜力的消费市场，具有巨大增长空间。2008 年国际金融危机以来，我国经济已经在向以国内大循环为主体转变。专家们预测，未来一个时期，我国国内市场主导国民经济循环特征会更明显，经济增长的内需潜力会不断释放。

　　大循环与双循环是什么关系？习近平总书记明确指出："新发展格局绝不是封闭的国内循环，而是开放的国内国际双循环。"我国在世界经济中的地位将持续上升，同世界经济的联系会更加紧密，为其他国家提供的市场机会将更加广阔，成为吸引国际商品和要素资源的巨大引力场。以国内大循环为主体，正是要通过发挥内需潜力，使国内市场和国际市场更好联通，更好利用国际国内两个市场、两种资源。我们要科学认识国内大循环和国内国际双循环的关系，主动作为、善于作为，建设更高水平开放型经济新体制，实施更大范围、更宽领域、更深层次的对外开放。

　　改革开放以来，我们遭遇过很多外部风险冲击，最终都能化险为夷，靠的就是办好自己的事、把发展立足点放在国内。构建新发展格局是主动作为、是长期战略。只要坚持扩大内需这个战略基点，顺势而为、精准施策，我们完全有条件构建新发展格局、塑造新的竞争优势。

（2020 年 11 月 4 日刊发）

行政审批"套餐服务"这样的作业可以抄

河北日报副总编辑　李恕佳

"办什么？""怎么办？""好不好办？""多久能办完？"……面对纷繁复杂的行政审批事项，企业和群众常常疑问重重。针对这一问题，廊坊市行政审批局从咨询服务入手，推出了"套餐服务"，让企业和群众在咨询环节就能将疑问一次问清、表单一次领全、材料一次明晰，一份"套餐"办好"一揽子"事项。河北日报报网端对此进行了报道。

近年来，随着行政审批制度改革的推进，政务服务发生了可喜变化，"门好进""脸好看""事好办"越来越普遍。但在个别地方和部门，"跑断腿、磨破嘴""交不完的材料""盖不尽的公章"也不同程度地存在。廊坊市的"套餐服务"，将一个链条上的多个事项打包成"一件事"，用服务方式的"减法""除法"，换来了服务效果的"加法""乘法"，值得点赞。

在河北日报报网端的报道里，有这样一组数据：廊坊市的"套餐服务"横跨 15 个行业，多达 253 项。看到这样的数据，我有两个很深的感触。

一是为民服好务，离不开用情、用力，离不开耐心、细心。对各类高频服务事项进行全面梳理、分类；梳理编制标准化的办事指南表和一次性告知书，一事项一标准、一子项一编码、一流程一规范……推出这样的"套餐服务"，是一项非常繁杂、耗时费力的工作，没有真心、真情，没有耐心、细心，很难实施、推动。这也再次证明，服务者只有用情、用力，才能换来群众的开心、省心。

二是为民服务是一篇没有"结束语"的大文章，只要我们深入研究、不断创新，这篇大文章完全可以与时俱进，持续深化，谱写出最暖心、最动人的新篇章。

三是对于其他地方、其他部门来说，不妨抄一抄廊坊的作业，先复制、克隆，再优化、升级。

（2020 年 11 月 6 日刊发）

走好"网上群众路线"

河北日报副总编辑　李恕佳

张家口市着力回答好群众路线"网络题"，扎实推进网民留言办理工作，确保事事有回音、件件有着落，取得了良好成效。对此，河北日报报网端进行了详细报道。

走好网上群众路线，不是一个新题目。早在 2016 年，习近平总书记就明确要求："各级党政机关和领导干部要学会通过网络走群众路线，经常上网看看，潜潜水、聊聊天、发发声，了解群众所思所愿，收集好想法好建议，积极回应网民关切、解疑释惑。"在 2020 年的全国网络安全和信息化工作会议上又进一步强调，"各级党政机关和领导干部要提高通过互联网组织群众、宣传群众、引导群众、服务群众的本领"。

"群众在哪儿，我们的领导干部就要到哪儿去。"老百姓上了网，群众的急难愁盼就上了网，群众路线自然也要上网。走好网上群众路线，必须真正做到"从网民中来，到网民中去"。

充分利用各种网络平台，积极主动"触网""上线"。网络民意最丰富，表达也往往最真切。网络论坛中的"小故事"、新闻跟帖中的"小确幸"、各种群组里的"牢骚话"等都不同程度地反映着民心、民意、民愿。常上网看看，潜潜水、冒冒泡、聊聊天、发发声，往往可以直接了解群众的操心事、烦心事、揪心事。

建好、用好主管主办的网络平台。这是利用网络深入群众最主动、最直接的方式。有了这样的平台，当地干部和群众就能直接在网上对话，让意见、建议"一键直达""一屏全见"。实际上，在全国"走好网上群众路线典型案例"中，大多数都有自己的相关平台。

"键对键"不能取代"面对面"。但在互联网时代，"键对键"实际上也是最广泛、最高效的"面对面"。期待各地各级各部门都利用好网络这个现代化工具，打造好新时代群众路线的"融合版""升级版"。

（2020 年 11 月 11 日刊发）

芯片产业：呼唤中国"光刻巨人"

河北日报副总编辑　王　宁

大家知道，缺"芯"少"魂"是制约我国科技发展的"卡脖子"问题。其中"芯"主要指芯片，"魂"则指基础软件。这个问题已引起从中央到地方高度重视，"十四五"规划建议中，坚持创新被放在我国现代化建设全局的核心地位。

2020 年 11 月 16 日《河北日报》报道了河北省出台关于落实国务院《新时期促进集成电路产业和软件产业高质量发展的若干政策》的工作方案，提出要突破关键核心技术，推进河北芯片设计与制造一体化发展。

因为华为芯片断供风波，很多人觉得芯片这样的"高大上"产业，发达国家和国际大企业具有先天优势，后来者、小企业很难有所作为。最近，我读了一本荷兰 ASML（阿斯麦）公司的传记《光刻巨人》。看完之后，你会心悦诚服地感到：在科技创新道路上，没有永远的王者；在强者环伺中逆风翻盘，并非不可实现的神话。

高端芯片制造离不开光刻机，它的工作原理就是以光为刀，在硅片上刻出集成电路。这个领域最早是美国企业的天下，后来被日本的尼康和佳能反超。1984年涉足光刻机领域时，ASML算上老板共有31名员工，只能挤在临时搭建的板房里办公。而36年后的今天，ASML已经占据了全球光刻机80%的市场，10纳米制程以下的高端光刻机只有ASML可以生产。

原本一家不起眼的小公司，如何成为行业霸主？我认为有两点非常重要。

一是不走老路，换道超车。

2004年以前，尼康、佳能都以空气为介质生产光刻机。但ASML转换赛道，选择以水为介质生产浸润式光刻机，大大提高了刻蚀精度。

二是开放合作，协同创新。

ASML的技术合作伙伴达到5000多家，其中包括英特尔、三星和台积电等行业巨头，用紧密的利益共同体形成了高效的创新共同体。

而最令人钦佩的是ASML永不服输、勇争第一的创新精神。ASML的第一任总裁说过，如果我们对第三名感到满意，那么就现在收手别干了，我们必须争取第一名。1988年，ASML穷得连工资都发不出来，但他们始终没有放弃，终于迎来了自己的高光时刻。

中国发展芯片产业，迫切需要自己的"光刻巨人"。随着光刻技术即将逼近物理极限，芯片产业迎来了重新洗牌的机会。虽然没有一份成功可以简单复制，但ASML非凡的成长故事足以给人信心，它持之以恒的创新精神更值得我们学习。

（2020年11月16日刊发）

种猪繁育：冲破"猪芯片"困局

河北日报副总编辑　王　宁

2020 年 11 月 18 日《河北日报》的一篇报道中提到这样一组数据："十三五"期间，河北省级财政每年安排 1575 万元用于畜禽良种繁育体系建设。全省国家级生猪核心育种场从 1 家发展到 4 家，初步具备了引进品种本土化选育和省内联合育种能力。

不久前，新希望集团董事长刘永好提出一个观点："养种猪就是做'猪芯片'，现在必须冲上去自己解决。"这个说法夸张吗？一点也不。这就要提到另一项"卡脖子"技术——种猪繁育。

中国是世界最大的猪肉消费国和生猪生产国，平均每年要吃掉 7 亿头猪，全世界一半的猪养在中国。光是河北省，2020 年 6 月底生猪存栏数就有 1532.1 万头。但种猪繁育与国外相比还有不小差距，优质种猪目前仍然依赖进口。

中国有数千年养猪史，本土猪虽然味道不差，但有两个明显缺点。一是生长周期长，需要一年左右才能出栏；二是肥肉占比高，一般达 60% 左右，而洋猪只有 40%。随着生活水平的提高，国人对猪肉特别是瘦肉的需求量大幅增加，本土品种猪无法满足市场需要，必须从国外引进生长周期短、脂肪含量低的种猪进行繁殖。

问题的关键是，一头进口种猪三五年后就基本失去了繁殖价值。从引进到退化到再引进到再退化，最后还得引进。我国每年要进口约 2 万头种猪，前两年平均每头价格是 3 万元，2020 年因为疫情涨到每头 4 万元。而全世界种猪繁育技术主要被丹麦、法国和美国等少数国家垄断，因此在这方面我们面临和芯片类似的困局。

国产"猪芯片"缺失，一方面是由于过去对养殖业基础研究重视不够，育种人才缺乏。另一方面是育种工作投入高、见效慢，大家都不愿意干。这就导致我国种猪市场基本成了洋猪的天下，市场上销售的仔猪 90% 属于洋猪的后代。

说到种猪繁育，不能不提到北欧小国丹麦。仅 2020 年以来，中国就从丹麦进口种猪近 6000 头，占比达 40% 左右。

"童话王国"之所以被世界公认为"养猪王国"，离不开优质的生猪品种。为了保证猪的品质，丹麦建立起庞大的育种体系。丹麦肉类协会的专业育种公司——丹育公司在全国建立了 43 个核心种猪场和 162 个扩繁场，举世闻名的瘦肉型品种杜洛克、长白、约克夏，就是这家公司的拳头产品。

其实，中国并不缺乏优良种猪，比如河北黑猪也就是"深县猪"，为我国首屈一指的品种，一度濒临灭绝。近年来，经过科研人员和相关企业的努力，核心黑猪群已经有了 10 多个家系，并开始重返市场。

期待"十四五"，更多装有国产"猪芯片"价廉味美的猪肉，能够摆上百姓的餐桌。

（2020 年 11 月 18 日刊发）

高端轴承：期待自主"旋转的芯"

河北日报副总编辑　王　宁

制造业领域有一种说法：这个世界上，除了地球，凡是能够转动的，都需要轴承。

的确，从自行车、电风扇到飞机、高铁，从电冰箱、洗衣机到火箭、潜艇……轴承在我们生产生活中几乎无处不在。如果说我们正处在一个高速旋转的世界，那么轴承就是"旋转的芯"。

2020年11月20日《河北日报》报道了"中国轴承之乡"临西县持续加强新产品研发，大力实施"机器换人"工程，推动轴承产业迈向高端的思路和做法，值得关注。

轴承制造是衡量一个国家制造业实力的重要标志。那么，中国轴承在世界上处于一个什么样的位置呢？

与芯片的缺位不同，近年来我国轴承工业已形成一套完整的体系，年产轴承210亿套。仅临西县就有轴承生产企业420多家，产能7.5亿套。无论轴承产量还是销售额，我国都位列世界第三。小至内径0.6毫米，大至外径11米，9万多个品种规格的轴承中国都可以做。

但从质量上看中国还不是轴承强国，一些高端轴承我们是造不出来的。像航空轴承、机器人轴承等的研发、制造，基本上被瑞典、美国、德国和日本垄断。前几年，他们采购中国的普通钢材，运用自己的核心技术做成高端轴承，再以数十倍的价格卖到中国。因此，中国轴承迫切需要解决的不是"有没有"而是"好不好"的问题。

为什么我们自己难以造出高端轴承？关键问题出在材质和工艺两个方面。

没有高端钢，就谈不上制造高端轴承。比如，汽车发动机轴承一直在"炼狱"中工作，不仅要以每分钟上万转的速度长时间运转，还要承受各种应力挤压、摩擦与超高温，而决定这些问题的关键因素在于材质，这正是我们的短板。

从工艺方面看，世界先进国家轴承制造已进入数控时代。大家从网上中外轴承对比视频可以看到明显差距：国产轴承轻轻一转，在数秒内就停下来了；而进口轴承用同样的力度，却能平稳地转上半分钟。

在高端轴承制造领域，瑞典SKF（斯凯孚）集团无疑是行业老大，也是我们追赶的目标。110多年来，这家企业始终心无旁骛专注于轴承制造这一件事情，并将精益制造理念和数字智能技术纳入生产流程，平均每天就有2项新的发明与专利问世，为产品高质量提供了有力支撑。

河北省是钢铁大省，也是我国重要的轴承产业基地。可喜的是，近年来，河北钢铁企业在高端轴承钢研发方面不断取得新进展，临西等地也制定了轴承产业高端化的目标和路径。

期待不远的将来，运用"河北材质"与"河北工艺"，一定能够造出拥有自主知识产权的、高端的"旋转的芯"。

（2020年11月20日刊发）

疫情防控，冷链不能"掉链子"

河北日报副总编辑　王　宁

近段时间国内一些地方疫情防控形势变得复杂严峻起来，多地相继出现进口冷链食品外包装新冠病毒核酸检测呈阳性的案例。特别值得一提的是，从 11 月 7 日以来，天津接连查出冷链从业者感染新冠肺炎，其中还有人来过河北购物、就餐。

事实上，2020 年 6 月以来，全国多地局部疫情源头也都指向冷链，进口三文鱼、南美白虾等冷链产品也屡次被检出携带新冠病毒。大连市、青岛市的局部疫情也都跟进口冷链食品有关，新冠病毒可以"物传人"已是不争的事实。

《河北日报》连续刊发了相关部门加强进口冷链食品监管的消息。比如，建立全省统一的冷链食品追溯管理系统，对未取得核酸检测报告的进口冷链食品依法查扣，凡是不能提供消毒证明的一律不得上市销售。

进口冷链食品为什么成了疫情风险点？专家给出的原因有以下几个方面。

首先，新冠病毒耐低温的特性使其在冷链食品表面更易存活，此前有研究证实新冠病毒在零下 20℃的条件下仍可存活，冷链为新冠病毒提供了比较适宜的生存环境和远距离传送的载体。

其次，各地在进行进口冷链疫情防控工作时，虽然会结合全球疫情蔓延的最新形势收集信息确定抽检商品种类和批次，但进口冷链食品数量众多，抽检难以发现所有病毒。

最后，装卸环节工艺落后也是防疫的难点之一。新华社记者在北方某港口看到，进口的冷冻集装箱货物进入冷库时，各类冻品需要装卸工人一件件手工掏箱，然后再用叉车转移至冷库中储存。

疫情防控面临的新形势提醒我们：外防输入、内防反弹，从最初主要"防人"，到现在既要"防人"也要"防物"，一刻也不能放松。

作为冷链的最后一环，消费者不要采购没有明确来源信息的冷链食品；在选购冷链食品时应佩戴口罩，避免徒手接触冷链食品表面；购物后及时用肥皂清洗双手，洗手前不碰触口、鼻、眼等部位。

河北省区位特殊，人口流动多、货物流量大。巩固来之不易的疫情防控成果，我们必须盯紧人、瞄准物，查漏洞、补短板，绝不能让冷链"掉链子"！

（2020 年 11 月 23 日刊发）

为了天空飞翔的小鸟

河北日报副总编辑　王　宁

随着天气转冷，候鸟开始翩翩南飞，但在漫漫迁徙途中，等待它们的除了寒流、风雪和天敌，还有一张张人为设置的"死亡之网"。

近期，秦皇岛、唐山、承德、廊坊、沧州等地相继发生捕猎、贩卖野生鸟类违法事件。对此，河北省林业和草原局印发了关于进一步加强野生动物保护工作的紧急通知，要求各级主管部门逐级传导压力，形成严密有效的网格化管理格局，坚决严厉打击乱捕、滥猎和贩卖候鸟等野生动物的违法犯罪行为。

因为地处东亚—澳大利亚候鸟迁徙大通道、京津冀沿海地区内陆湿地和燕山—太行山脉，所以成为候鸟重要停歇地和集中活动区域。每到候鸟迁徙季节，非法"围网捕鸟"现象就会出现，一些地方甚至十分猖獗。

新华社记者日前在承德市双桥区大石庙镇秋窝村的玉米地里看到，一张高约 4 米、长约 20 米的捕鸟网上悬挂着已经惨死的 20 多只小鸟，部分已风化成"干尸"；在秦皇岛市海港区杜庄镇平山营村附近，28

张捕鸟网缠死 50 余只野生鸟，当场解救下来的还有国家二级保护鸟类东方角鸮。

检索新闻不难发现，近 10 年来非法捕鸟现象在河北年年都有。相关部门每年都要发出类似的紧急通知，要求坚决严厉打击。禁令之下，"围网捕鸟"现象为何至今难以清除？

对于捕鸟肆虐，不能说一些部门没有作为，但客观看，监管无疑还有一些漏洞，打击还存在不少盲点。

各地的"清网行动"进行了一轮又一轮，但由于候鸟栖息地域广阔，监管人员少、难度大，不少捕鸟网都是媒体记者或志愿者发现后，监管部门才随之跟进。另外，近些年来捕鸟网已经成为非法捕鸟的主要工具，理应严禁生产和销售。但实际情况是，只要在网络电商平台搜索"鸟网"等关键词，就能发现大量产品在售。

没有买卖就没有杀害，"围网捕鸟"背后的巨大利益才是不法分子铤而走险的根本动因。商贩从捕鸟者手中买鸟后，大多经过催肥销往广东等地用于食用，少数流往花鸟市场卖做观赏鸟，品相好的珍稀候鸟一只能卖到数万元。

非法捕鸟难管，但绝不是管不住、管不了，关键看有没有不彻底解决绝不松手的态度和行动。彻底铲除违法捕鸟行为，除了要拆网，更要斩断非法销售、运输、滥食野生鸟类的链条。只有让不法分子付出高昂代价，让"不能捕""不敢捕"的观念深入人心，才能形成强大的、持久的震慑力和约束力。

尽快织密监管之网，切实加大打击力度——为了天空飞翔的小鸟，也为了我们人类自己！

（2020 年 11 月 25 日刊发）

方便面刮起"高端风"，该怎么看？

河北日报副总编辑　王　宁

在你的印象里，一包方便面一般多少钱？两三元还是五六元？从《河北日报·深读周刊》刊发的记者调查来看，近年来方便面企业开始竞相走高端路线，包装更加精美，辅料开始增多，动辄卖 10 元、20 元，甚至更高，价格堪比实体店的一碗拉面。难怪有网友惊呼：方便面还是我们熟悉的那个"它"吗？

方便面刮起"高端风"，该怎么看？

有人说这是方便面企业的自救，也有人说这是在挖掘新消费点。我认为，只要有市场，生产、销售"高端面"就是正常企业行为，无需大惊小怪。

过去人们喜欢方便面，主要看重的是"方便""廉价"。随着生活水平提高，大家越来越追求营养和健康，很多人把方便面看成"没营养""不健康"食品。中国方便面行业的巅峰是 2013 年，销量达到 462.2 亿份，随后出现连年下跌，2016 年跌到 385.2 亿份。

这种情况下，企业自然会进行产品升级，推出品质更好、用料更足的"高端面"来吸引消费者买单。中国方便面销量于 2016 年跌到谷底后逐步回升，2020 年上半年，方便面销量同比增长 5.6%，销售额同比增长 11.5%。这充分说明，在消费升级的大背景下，中国方便面市场并不缺消费者，缺的是好产品；市场也从不缺需求，缺的是如何把潜在需求挖掘出来。

"高价面"持续走红是个好现象，但这并不代表着"低价面"没了市场。有网友说，"有这个钱，我去面馆吃一碗拉面不香吗？"一些消费者也表示，平时在家的话购买"五连包"的普通方便面较多，不会考虑太贵的方便面。数据显示，近年来，在主要生产企业的年销售总额中，5 元以下的方便面仍占大头。

应该看到，中国市场的差异是非常大的。大中城市已经在热衷谈论消费升级，而农村和乡镇还有十分广阔的下沉市场。整个中国的消费层次，已经进入一个精准细分的阶段。以方便面来说，既应该有两三元的，也可以有 20 元甚至 30 元的。在这个市场上，从来都不缺"吃面的"，缺的是质量可靠、售价合理的"做面的"。

一包方便面的价格分化告诉我们：消费升级仍须持续发力，下沉市场蕴藏着巨大商机。

（2020 年 11 月 25 日刊发）

"银发一族"的"数字鸿沟"怎么填？

河北日报副总编辑　曹阳葵

在移动互联网时代，年轻人靠一部智能手机，就能"仗剑走天涯"。但对一些老年人来说，可能就无法享受到智能技术带来的种种便利，反而遭遇不少困惑。最近，就接连发生了老人因没有健康码而不能进站、94岁老人被抬进银行做人脸识别、老人用现金交医保遭拒等事件，这桩桩件件，让不少"银发一族"对"数字权利"望而却步。

在科技变革日新月异的今天，智能技术不管怎样发展，"人"仍然是最终的服务对象。"高科技"和"老年人"并非天生一对矛盾，帮老年人在智能时代享受到相应的便利，还需要全社会"拉一把"。近日，国家发出一份关爱老年人的"大礼包"。《关于切实解决老年人运用智能技术困难的实施方案》出台了，推出的50条实实在在的举措，涵盖了老年人生活的方方面面。在这一连串的"国家级行动"中，我们感受到帮"银发一族"跨越"数字鸿沟"浓浓的政策暖意和人文关怀。

据中国互联网络信息中心发布的一份报告显示：2020年全国60岁及以上老年人口达到2.55亿，但有"触网"习惯的不到四成。如何换一种贴心的方式，化解老年人的无奈，帮助老年人在智能时代拥有更多的获得感、幸福感，值得我们每一个人深思。

让电脑多费点事，让老年人多省点事。在关爱老人这件事情上，方便出行还只是其中一点，通过体验学习、尝试应用、经验交流、互助帮扶等，引导老年人了解新事物、体验新科技，提高运用智能技术能力，积极融入智慧社会，才能让"银发一族"的晚年生活多一些智能，少一些"只能"。

（2020 年 12 月 2 日刊发）

破解企业"领证烦恼"

河北日报副总编辑　贾　伟

过去，您要想经商办企业，在取得营业执照后，还得花很多时间和精力去办理一系列"许可证"，否则就不能正式开展经营活动，这就是人们常说的"准入不准营"。它被大家吐槽为"进得了市场的大门，进不了行业的小门"，成了大众创业的"拦路虎"、企业发展的"绊脚石"。

2020年12月2日，河北省政府办公厅印发《关于进一步深化商事制度改革激发企业活力的通知》，拿出很多硬措施解决"准入不准营"问题，让企业不再为"领证"而烦恼。

首先，全面推行企业开办"全程网办、一日办结"，利用现代化技术，大幅提高"证""照"办理速度。

其次，推动"一口受理、并联审批"，用"打包式""一站式"服务，解决"各自为政""各管一段"问题，让企业不用再为办理各种手续往返奔波。

最后，推进宽进严管、协同共治，在"准营"上做减法，在监管上做加法，努力创造更加公平公正的经营和竞争环境。

事实上，再往深里想一想，"准入不准营"问题的出现，除了办事效率低、工作方式和流程落后等原因，主要还是因为"证照太多"。要想从根子上解决"准入不准营"问题，就必须持续在简政放权上下功夫。

最近，我看了浦东新区推进商事制度改革的一些报道。他们把办理营业执照之后存在的116项审批事项，能取消的取消，能改为备案的改为备案，暂时不能取消审批的实行告知承诺制，确保企业尽快开展经营。他们还开展了"一业一证"改革试点，将市场主体进入特定行业涉及的多张许可证，整合为一张行业综合许可证，实现"一证准营"。我认为，浦东新区的这些做法很值得推广。

从根本上破解企业"领证烦恼"，要做到"一天领证"，更应实现"一证准营"。我想，这应该成为相关改革的方向和目标。

（2020 年 12 月 7 日刊发）

"差异化"才能"精准化"

河北日报副总编辑　贾　伟

2020年冬天，河北翼辰实业集团股份有限公司不再担心因为"重污染天气应急管控"而停限产了。因为，他们作为河北企业中的环保"优等生"，享受到了"免于停限产"的"优待"。

这个"豁免权"，来自河北省在生态环境领域实施的"差异化管控"。所谓"差异化管控"，就是通过开展环境绩效评级，将企业分为A、B、C、D等不同级别，在重污染天气期间，针对评级不同的企业，采取不同的管控措施。

以上只是生态环境领域的一个例子。事实上，近年来各地、各部门、各行业都在积极探索精准治理、精准服务的路子，很多做法都值得肯定。由于治理和服务对象的具体情况、需求各不相同，想要实现治理、服务精准化，就必须做到具体问题具体分析、不同对象不同方法。在这方面，河北"差异化管控"的做法，无疑是一个正面典型。

但在有些地方，因为"没差异"而"不精准"的例子还有不少。

比如，前一段时间，"老人被家人抱着在银行柜机前进行人脸识别""老人冒雨用现金交医保被拒"等新闻引发广泛关注。出现这样的问题，显然是因为没有考虑到老年人的特殊情况和需求，在治理和服务中犯了"一刀切"的毛病，使他们遇上了"数字鸿沟"。

比如，一些地方和单位的考评总是被认为不够公平、公正，反映不了真实工作业绩，也发挥不了激励引导作用。这里面的一个重要原因，就是没有注意层级、地域、岗位的不同，指标"上下一般粗"、标准"左右一个样"。

情况千差万别，需求各不相同。只有"差异化"才能"精准化"，没有差异就无法精准。我想，这样的道理并不难懂，真正难的，是彻底摒弃官僚主义、闭门造车等不良作风，克服不想干事、不愿费事的毛病，在制定治理措施、出台服务方法前，真正沉下心、扑下身，听听群众的需求，把不同情况摸清楚、弄明白，真正把工作做精准，确保见到实效。

（2020 年 12 月 11 日刊发）

"圆桌会议"里的亲与情

河北日报副总编辑　曹阳葵

在河北省邢台市，2020年以来建立的民营企业家"圆桌会议"制度，反响热烈。市委、市政府主要领导和民营企业家面对面交流，及时了解企业遇到的困难和问题。点对点对接，形成对困难问题摸排、解决、反馈的闭环管理，浓厚了亲清政商关系。截至12月16日，该市"圆桌会议"已举办4期，累计解决问题50多个。

要优化营商环境、推动高质量发展，构建亲清政商关系是摆在各级党委、政府面前的一道必答题。有调研报告显示，构建亲清政商关系，很重要的一点就是建立制度化、常态化的政商沟通机制，以健全的制度保障政商关系健康发展。我认为，邢台市的"圆桌会议"，就是一种有益探索和创新实践。

亲清政商关系，"亲"是情感纽带。"圆桌会议"搭建了一个政商沟通的常态化平台，用制度保证双方常见面、常沟通、常联系，保障了"亲"。

亲清政商关系，"清"是原则底线。面对面、多对多的"圆桌会议",是阳光下的交往、可以晒出来的互动,让政商双方"亲密"而有分寸、交往而不交换。

在全国很多地方,建立制度化、常态化的政商沟通机制的尝试没有间断。在山东省聊城市,市委书记、市长等轮流主持"星期六企业家工作日"活动,与民营企业家面对面沟通;在贵州省黔西南州,建立了企业家座谈会制度,随时听取企业家意见建议;在浙江省温州市,开办了全国首个"亲清政商学堂",分批安排企业家和党政干部同在一个课堂学习培训……这些都取得了很好的效果。

"政商面对面,解难点对点。"制度化、常态化的政商沟通机制,是实现亲清共融的重要保证。邢台市等地的做法和成效有力证明了这一点。对许多地方来说,邢台的"作业"可以"抄"。

（2020 年 12 月 16 日刊发）

揽月而归　踏梦前行

河北日报副总编辑　曹阳葵

在全世界的瞩目下，嫦娥五号回家了！2020年12月17日1时59分，携带着月球岩石和土壤，嫦娥五号返回器在内蒙古自治区四子王旗预定区域安全着陆，圆满完成探月任务。

从发射升空到抵达月球，从展开五星红旗到月球"挖土"，从月面点火到返回地球……嫦娥五号创造了中国航天史乃至人类航天史上多个"首次"。嫦娥"回家"，标志着我国探月工程"绕、落、回"三步走规划如期完成，标志着中国航天向前迈出了一大步。

没有气冲霄汉的豪言壮语，只有"撸起袖子加油干"的勇毅笃行。16年探索不止，中国探月工程"五战五捷"；跨越38万公里的探月征途，中国航天人不超预算、不降指标、不拖时间，交出了一份亮丽答卷。嫦娥"回家"，是中国航天人接续奋斗、勇攀高峰的胜利。

嫦娥"回家"，更是"集中力量办大事"的中国制度的胜利，为"中国为什么能"留下了又一个生动注解。俄罗斯航天员米哈伊尔·科尔尼延科说："中国的成功得益于强大的经济实力，当今中国拥有无限可能，国家富足，足以支持科学研究。"

揽月而归，踏梦前行！嫦娥五号已经顺利"回家"，但我们向着星辰大海扬帆远行的梦想还远没有结束。航天梦是这样，中华民族伟大复兴的中国梦更是这样。毛泽东同志的一首词说得豪迈："可上九天揽月，可下五洋捉鳖，谈笑凯歌还。世上无难事，只要肯登攀。"让我们一起奋力登攀，向着未来的"无限可能"，向着心中的伟大梦想。

（2020 年 12 月 18 日刊发）

"东家"和"管家"如何成"一家"

河北日报副总编辑　贾　伟

2020 年 12 月 21 日《河北日报》第 10 版，报道了唐山市社区治理的经验，值得一看。稿件比较长，但其中有一句话引起了我的注意。一位街道负责人兼物委会主任说："居民是'东家'，物业公司是'管家'，咱们'家里人'就得解决'家里事'。"

一个是"东家"，一个是"管家"——无论是道理上，还是在生活中，居民和物业似乎本就应该是这样的关系，但是，如果上网浏览，却会看到不少这样的新闻：《"东家"和"管家"，为何成"冤家"？》《"东家"不满，"管家"委屈》《业主苦，物业冤》……

"东家"和"管家"，为啥成了"冤家"？有人认为，这都是物业服务市场化惹的祸，是市场化导致物业公司只顾着赚钱、服务打了折扣。我认为，这种说法并不准确，或者不全面。把物业服务交给市场，是趋势、是潮流，大方向并没有错。有些地方的居民和物业成了"冤家"，原因其实是市场化改革还不到位、监管体系还不够健全。

仔细阅读相关新闻可以发现，凡是居民和物业矛盾激烈的，大多存在两方面问题：一是和物业公司签订了长期合同，合同解除难、终止难，这就让公平竞争、优胜劣汰的市场法则基本失效，导致物业公司在合同期内无所作为甚至"为所欲为"；二是有关基层行政管理部门只管招标，合同一签就了事，其余不管不问，这就让企业逐利的天性受不到有效制约。

我们再回到唐山市的报道中，看看他们的一个办法：街道和社区每年要对物业公司进行考核，特别是了解他们为居民解难题的情况，如果不能妥善解决，不仅要受相关处罚，下次招投标的时候，还会被取消参与资格。显然，这种做法一方面允许市场竞争、鼓励优胜劣汰，另一方面也用"有形的手"弥补了"无形的手"的不足。

"东家"和"管家"，如何成"一家"？答案是，既要真正按市场规律推进物业服务市场化改革，又要让相关基层治理单位发挥好监管作用。在这方面，唐山的做法值得借鉴。

（2020 年 12 月 21 日刊发）

回首脱贫攻坚，感受激动和振奋

河北日报副总编辑　贾　伟

临近年底，《河北日报》许多报道都在回顾梳理一年来的成就，其中很大一部分是关于脱贫攻坚。编发这些报道，回首脱贫攻坚历程，很激动，也很振奋。

激动、振奋于精准扶贫的显著成果。

东村发展光伏产业，西村搞起苗木种植；这座山开展乡村旅游，那条沟推广特色农业；你种"老乡菇"，他养"生态鸡"；你到扶贫工厂上班，他在网上开店……战贫斗困中，河北省7000多个驻村工作队、两万多名驻村干部，深入一线，扎根乡村；在全国首创市县党委、政府履行脱贫攻坚主体责任"擂台赛"；坚持五级书记抓扶贫、管好育好用好农村"领头羊"队伍……用尽全部力气，想尽所有办法，因地制宜、因人制宜，用"一乡一业、一村一品、一户一策"的精准，扶持所有贫困群众如期稳定脱贫。

激动、振奋于群众精气神的巨大变化。

既扶贫，又扶志；既"富口袋"，又"富脑袋"。曾经的"醉汉"变成了脱贫"好汉"；曾经的"懒婆娘"变成了致富"女能人"；越来越多的脱贫群众开始在村头广场上唱歌跳舞，在村文化活动中心读书、看报；越来越多的脱贫群众有了自己的"小确幸"，憧憬着自己的"小梦想"。这样的"富脑袋"显然更加宝贵、更让人高兴，它让"富口袋"有了强大的内生动力。

激动、振奋于脱贫攻坚和乡村振兴的有效衔接。

"摘帽不摘责任、摘帽不摘政策、摘帽不摘帮扶、摘帽不摘监管。"脱贫攻坚战取得决定性胜利，驻村干部依然奋战在一线，和乡亲们一起，巩固脱贫成果、整治村容村貌、开展文明乡风建设、谋划可持续发展……这样的有效衔接，确保了"脱贫摘帽不是终点，而是新生活、新奋斗的起点"。

脱贫致富，千年梦圆。面对这样的历史性成就，奋战在脱贫一线的干部群众除了激动、振奋外，一定还有无比强烈的自豪感。我相信，这种激动、振奋、自豪，一定能化作更强大的动力，激励我们开创乡村振兴新局面、创造更加幸福美好的新生活。

（2020 年 12 月 25 日刊发）

"下呼上应"值得点赞和推广

河北日报副总编辑　李恕佳

　　巨鹿县西郭城镇马家营村"网格员"马金锋，发现行驶在村东郭田线上的车辆车速太快，威胁到村民的人身安全，就通过县"下呼上应"平台，把问题反映到镇上。没过几天，村东口就安装了减速带。这是河北日报报网端刊发的《巨鹿"下呼上应"平台　服务群众零距离》中，讲述的一个小故事。

　　近年来，河北省深入推进乡镇和街道改革，通过权限下放、资源下沉，有效打通了服务群众"最后一百米"，提升了基层社会治理水平。但同时也要看到，不管怎么给乡镇放权，总还有一部分治理职责、服务功能要"留"在上级机关。这样一来，群众要解决相关问题还得"远距离奔波"，既费时又费力。同时，上级机关"有权管、看不见"的现象也难免存在。而巨鹿县的"下呼上应"就比较好地解决了这一问题。

　　网格员和群众发现问题后，向所属乡（镇、区）"下呼上应"平台反映；乡级平台对于职权清单范围内的事情第一时间落实解决，对于无力或无权解决的问题迅速上报，由县调度中心派发给相关单位予以解决。事件上报、分级受理、响应指定、部门处置、结果反馈、督促考核——这样的"下呼上应",和乡镇基层改革相辅相成、相得益彰,给"民有所呼、我有所应"加了一层保障,值得点赞。

进行此类探索、实践并不是只有巨鹿县。2019年,山东省印发《关于明晰县乡职责规范"属地管理"的若干意见(试行)》,在全省推广"乡呼县应、上下联动"工作机制。乡镇(街道)遇到无法独立解决的事项或突发事件,可以通过平台向县级职能部门"呼叫",部门接到指令后快速"响应",及时与乡镇(街道)对接,同心协力研究解决问题,协调一致做好相关工作,取得了良好的效果。

"下呼上应","呼"出了基层治理新局面,"应"出了为民服务高效率。我想,这样的做法值得在更大范围推广,"下呼上应"的层级跨度也可以试着加大。

(2020年12月30日刊发)

促进消费：要"短平快" 更要全面发力

河北日报副总编辑　李恕佳

近期，一些地方拿出了一些促进消费、扩大内需的惠民"红包"。河北日报报网端报道，为进一步活跃汽车消费市场，推动汽车消费潜力释放，日前，石家庄市出台新能源汽车消费补贴政策，购买一辆新能源汽车最高补贴1万元。

内需是我国经济发展的基本动力。构建新发展格局，必须坚持扩大内需这个战略基点。在这样的背景下，通过发放消费补贴等方式促进城乡居民消费，可以说是正当其时。

梳理各地的相关政策"红包"，可以发现两个特点。

其一，不约而同地把重点放在了大宗消费、重点消费上。正如商务部权威人士所言，汽车、家电、餐饮等大宗消费、重点消费，是消费市场的顶梁柱，是扩大内需、建设强大国内市场的重要领域。以大宗消费、重点消费为重点，抓住了释放消费潜力的关键，效果值得期待。

其二，更加注重引导、推动消费升级。各地的政策"红包"，大多用在了"新能源汽车""绿色智能家电""环保家具"等产品上，引导、推动消费升级的导向非常明显。以家电下乡为例，以前指的是传统产品，推动的是普及性消费；现在补贴的是新型绿色、智能产品。在我看来，这样的做法，既能推动消费观念和消费结构改变，同时还能引导供给侧结构性改革。

专家表示，消费券等补贴方式有"专款专用"的作用，在短期内对促进消费具有较强效力。当然，促进消费是一项长期性、系统性工程，需要全面发力、综合施策。在短期内，我们可以利用消费补贴"短平快"的特点，以其为"中介"和"催化剂"，把消费需求快速激发出来。从中长期看，还是要按照中央要求，"打通堵点，补齐短板，贯通生产、分配、流通、消费各环节"，在合理引导消费、储蓄、投资等方面进行有效制度安排。

（2021 年 1 月 4 日刊发）

"不约不聚"防疫情

河北日报副总编辑　李恕佳

几天来，河北省委省政府接连召开会议安排部署疫情防控，全力以赴做好疫情应急处置，采取坚决有力措施严控疫情扩散。省疾控中心提醒广大居民，不能心存侥幸、麻痹大意，要认真做好自我防护，合理安排行程，做到非必要不出行，不聚集、不聚会。

分析一下已知病例的活动轨迹，可以发现，"聚会""聚餐"出现的频率相当高。这也再一次说明，控疫情必须控聚集，防传染必须防聚集。

先来看看境外的例子。2020年感恩节、圣诞节期间，因为人员往来频繁、聚集增多，一些西方国家疫情反弹明显加剧。

再看看相关要求。元旦假期前，国家卫健委发布《关于做好2021年元旦和春节期间新冠肺炎疫情防控工作的通知》，其中特别强调，"尽量不前往人员聚集场所尤其是密闭场所"。1月3日召开的河北省应对新冠肺炎疫情工作会议、1月5日召开的河北省委常委会扩大会议，同样强调，"减少外出和聚集等活动"，"从简举办婚丧嫁娶等活动，最大限度减少人员聚餐、聚集和流动","严格管控庙会、灯会等节庆聚集性活动"。

以上这些都说明了"少聚集""不聚集"对疫情防控的重要意义。目前，随着年关越来越近，聚集性活动开始增多，人们走亲访友、聚会聚餐的意愿也在增强，即使没有出现本土病例，控制甚至严防聚集也十分必要。

聚集为什么容易引发传染？因为，聚集特别是亲友聚会聚餐的时候，往往也是个人防护最薄弱的时候——近距离接触，保持不了安全距离；面对面交流，躲不开飞沫；为了礼貌和进餐，长时间不戴口罩；吃喝到了兴头上，公筷就成了摆设……稍微回忆一下，你就会发现，只要是聚会聚餐，那些平时行之有效、坚持得很好的个人防护措施和习惯，就很容易被丢到一边。

没有个人的自觉坚守、坚持，再严密的防范措施、再精准的溯源，也难以彻底防住病毒的"入侵"。

"约吗？""不约！""聚吗？""不聚！"关爱自己，关爱亲人；保护自己，保护他人；为了"小家"，更为"大家"。

（2021年1月6日刊发）

既要有火线问责，也要有火线提拔

河北日报副总编辑　王　宁

河北省委组织部日前发出通知，就当前疫情防控工作中充分发挥基层党组织战斗堡垒作用和党员先锋模范作用作出部署。通知强调，要注重在疫情防控中考察识别干部，把党员干部在疫情防控中的表现作为评先评优、提拔使用的重要依据。对思想不重视、责任不落实、工作不到位、造成不良影响的干部，依纪依规严肃追责问责。

疫情是一面镜子，抗疫是一场大考。2021年1月6日，因藁城区刘家佐村一名核酸检测阳性村民失控外出就医，石家庄纪委监委对区和乡村3名干部进行问责。通报指出，这些干部存在对疫情防控安排部署落实不到位、采取措施不及时、对外出村民行踪不掌握等问题。连日来，全国多地纪检监察机关通报了多起疫情防控问责情况，为各级干部敲响了警钟。

盘点这些案例，受处理人员中，有副市长、副区长、医院院长，也有乡镇党政班子成员、村党支部"一把手"。问责的缘由，有的是搞变通、打折扣，有的是防控期间违规饮酒、参与赌博，有的甚至干扰疫情防控，拒不配合监督检查。这些人所处的岗位层级不一，或是责任心缺失，或是干工作敷衍，但无一例外都是对疫情的漠视、对职责的亵渎。

有失职失责的，也有尽职尽责的，更有表现超级突出的。大家一定记得，2020 年武汉抗击新冠肺炎疫情最吃紧的时候，金银潭医院院长张定宇在自己身患"渐冻症"、妻子感染新冠肺炎的情况下，仍坚持奋战在抗疫第一线，被提拔为湖北省卫健委副主任，得到人民群众的高度认可。

战疫之初，习近平总书记就强调："各级党委要在这场严峻斗争的实践中考察识别干部。"实践证明，越是重大关头，越是关键时刻，越能看出一个干部想不想干、能不能干、会不会干。

既要有火线问责，也要有火线提拔。大战之际、大考当前，我们尤其需要树立这样的识人用人导向。导向正确了，就能最大限度地凝聚人心，激发大家的昂扬斗志。导向出了偏差，就是释放错误的信号，就会让干事的人伤心，令广大群众迷茫。

特别值得一提的是，奋战在抗疫一线的都是老实人、干事的人，往往不太为自己着想，这时候领导部门、组织部门就要多为他们考虑。提拔一个人，激励一大片，这不是关乎一个人的事，而是关乎党的群众路线和干部政策、关乎人民群众根本利益的大事！

（2021 年 1 月 13 日刊发）

英雄为我们拼命，我们保护好英雄

河北日报副总编辑　王　宁

2021 年 1 月 13 日，中共河北省委作出决定，追认李瑞芝同志为中国共产党党员，号召全省各级党组织和广大党员向她学习。李瑞芝是石家庄市新华区西苑街道国泰街社区居委会委员，1 月 7 日，在社区疫情防控工作中，因突发心脏病，牺牲在工作岗位上。

同样让人心痛的是，1 月 11 日，石家庄市长安区跃进路社区卫生服务中心主任李献忠，因劳累过度，倒下后再也没有醒来。

战疫前沿，他们以血肉之躯，构筑起守护生命的坚强防线；数九寒天，他们用生命之火，温暖着这片英雄的土地。

英雄的离去，真实地提醒每个人，抗疫真的是一场没有硝烟的战争。那些奋战在一线的人们付出的艰辛乃至牺牲，承受的生理心理压力，都大大超出我们的想象。那双被冻成"包子"的护士的手，那些疲惫得躺在地上休息的检测人员的身影……这样令人动容的画面不断出现。

战疫仍在紧张进行，广大一线人员是战场上的中坚力量，是火线上的中流砥柱，他们不能垮！这个时候，各级党委、政府以及全社会都要给提供他们更多、更好的保护。

保护好我们的英雄，要做好协调统筹，避免过度疲劳。必须科学调配人手、合理排兵布阵。机关干部应沉下去充实一线力量，让基层人员做到劳逸结合，该休息要休息，必要时还要对一些一线人员发出强制休息令。有关部门要拿出更多实实在在的政策措施，全社会要再多一点理解和支持，切实为他们减压。

保护好我们的英雄，要充分关怀体贴，搞好后勤保障。眼下正值严冬，广大检测人员、社区工作者、公安干警和志愿者长期在户外坚守，一定要让他们饿了能吃上口热饭、渴了能喝上口热水，晚上能洗个热水澡。冬季是心脑血管疾病高发期，应注意根据一线人员的身体状况安排工作。突发状况要有应急预案，为抢救生命争分夺秒。

当前，河北疫情防控正处在最吃劲的关键阶段。我们需要英雄，更应该珍惜、保护好我们的英雄；我们终会战胜疫情，我们也必须努力让战疫英雄平安凯旋，"一个不少"！

（2021 年 1 月 15 日刊发）

"热干面"挺过来了，
"宫面"同样一定行！

河北日报副总编辑　王　宁

　　2021年1月18日是农历庚子鼠年腊月初六。我们向仍坚守在抗疫一线的广大干部群众致以崇高的敬意！

　　1月17日下午，湖北省政府向河北捐赠的价值1000万元的移动核酸检测车、防护服、口罩等防疫物资运抵石家庄，支援河北打赢疫情防控歼灭战。

　　本轮疫情发生以来，荆楚抗疫"硬核力量"迅速吹响集结号。1月10日晚，一辆长15米、高4米、价值500万元的移动方舱CT车，星夜驶出武汉大学中南医院，由两名司机轮流驾驶，经过20个小时跋涉，到达南宫市迅速投入使用；11日上午，湖北70多位志愿者齐聚武汉一个蔬菜基地，收割了40吨莴笋，连夜送往河北；日前，由武汉各大医院抽调专家组成的援冀重症医疗队紧急组建完毕，随时待命出发……

　　燕赵自古多义士，如今有难八方援。连日来，北京、天津、江苏、浙江、山东、山西、湖南、江西、广东、河南、新疆、西藏……全国各地的医疗力量火速驰援，与河北人民一起，共筑抗击疫情的钢铁长城。

1月12日，《湖北日报》发表评论员文章，题目是《在爱的传递中同舟共"冀"》。文章这样写道："2020年武汉抗疫期间，河北累计出动1100名医务工作者驰援湖北，为护佑生命逆行出征。'河北亲人'回家的时刻，车内的医护人员与窗外的人群泪眼相视，不舍离别，画面历历在目。如今，情谊跨越山水，再次紧紧交融。医护人员肩负职责使命，为了生命知所趋赴，无悔出行。人同此心、心同此理，是铭记爱，也是传递爱；是感念温暖，也是释放温暖。"

这样的文字多么暖心！手足相亲，守望相助；深情厚意，至重至贵！一方有难，八方支援，这是举国同心、团结奋战的中国力量。今天，这种力量再一次向河北会集，让我们在寒冬中感到春日般的温暖，更加坚定河北战疫必胜的信心。

2020年武汉抗击疫情期间，我曾做过一期"值班老总读报"，题目叫《荆楚—燕赵：明月何曾是两乡》。现场连线中，湖北日报副总编辑胡汉昌深情地说："今天，我们共同战斗；明天，战疫全胜后，诚挚邀请河北的白衣战士再来武汉，我们一起赏樱花、游东湖，极目楚天舒！"

胡副总编当时的心情，正是我此刻的心声——感谢湖北人民，感谢全国人民。没有燕赵儿女跨不过去的坎，没有中国人民翻不过去的山。举国援鄂，"热干面"挺过来了；同舟共"冀"，"藁城宫面"同样一定行！

（2021年1月18日刊发）

就地过年：此心安处是吾乡

河北日报副总编辑　王　宁

2021 年 1 月 20 日是农历庚子鼠年腊月初八。我们向仍坚守在抗疫一线的广大干部群众致以崇高的敬意！

老话说，过了腊八就是年。以往这个时候，在外打拼了一年的人们已经开始怀揣热望踏上返乡的旅程。然而，面对当前疫情防控形势——家，回还是不回？变得纠结起来。

日前，唐山市向 3.7 万外来务工人员发出邀请，欢迎他们尽量留在唐山过年。同时要求全市各级各单位和相关企业全力为他们做好服务保障工作，并出台了防寒保暖、饮食起居、卫生健康、文化生活等多项暖心举措，赢得网友点赞。

为降低新冠病毒传播风险，近期全国各地纷纷倡导"非必要不返乡"。"倡导"而不"强制"，体现了政策的理性和温情。这种情况下，让更多的人"就地过年"，有关部门就要早做准备，拿出实招。要想"留住人"，先要"安下心"。

从唐山和全国一些地方的做法来看，主要有两个方面。

一是政企联手，形成留人合力。

河北省滦南县将组织一批口碑好、质量好、服务好的餐饮企业，为外来务工人员提供年夜饭，让留下的游子能够过一个安心舒适的新春佳节。江苏省苏州市相城区对春节期间企业安排外地员工就地过年的，按每人 500 元标准给予补贴；浙江省宁波市鄞州区云龙镇提倡企业给留守的省外职工发放 666 元压岁红包；还有一些企业开出了高于平时好几倍的"春节工资"……

二是异地联动，打消后顾之忧。

倡导外出务工者"就地过年"不仅是人员流入地的事，劳务输出地对外出务工人员家人的关怀同样不能缺席。比如，针对老家有老人、孩子无人照料的情况，由村委会、志愿者挑起照顾他们的重担，让"打工人"留得"放心"。福建省泉州市计划由各县级工会牵头举办"同享年货节"活动，让就地过年的职工现场采购，工会负责免费寄回老家……

依我看，这些做法体现的是一个地方的温度、一个企业的责任，更是管理的智慧、发展的眼光——谁能在春节期间把更多员工留住，谁就能有效避开年后可能出现的用工荒和"抢人大战"，值得更多地方借鉴。

以往大家常说："有钱没钱，回家过年。"今年我们要说："回不回家，平安才好。"非常之时，就地过年，亲人平安就是最深情的祝福。此心安处是吾乡，春风起时再团圆！

（2021 年 1 月 20 日刊发）

疫情不止于村野，防控须城乡一体

河北日报副总编辑　王　宁

2020年年初新冠肺炎疫情暴发以来，农村地区似乎是相对的"安全地带"。然而从2021年河北省石家庄市藁城区、黑龙江省望奎县等地的情况看，乡村成了疫情防控水桶最短的那块木板。河北日报客户端连续推出的《农村何以成为疫情"重灾区"》《为何要集中异地隔离》等深度报道，很能说明当下疫情防控的复杂性和艰巨性。

曾经有一种说法，叫"大疫止于村野"。的确，古代农村地广人稀，处于自给自足的小农经济状态，一个个村庄就像一座座孤岛，与人口集中度高、流动性强的城市相比，自然有利于阻止疫情传播。

正因为如此，历史上疫情防控基本上都把重点放在了城市。比如，1910年我国东北地区鼠疫流行，马来西亚华侨、公共卫生学家伍连德博士临危受命担任全权总医官。他果断在哈尔滨、沈阳等城市施行大规模隔离并推广"伍氏口罩"，67天就控制住了疫情。这里一个重要条件就是当时城市化程度极低，城乡之间往来很少，控制住了城市就能控制全域。

110 年后的今天，我国公共卫生条件和社会动员能力大大超过当时，城乡一体化程度也今非昔比。中国农业大学教授李小云认为，2020 年年初我国农村新冠肺炎疫情远弱于城市，主要是因为城市封控及时有力，初期就截断了病毒在农村传播的人口流动条件。而一旦感染者回到农村，在缺乏防控意识和条件的情形下，病毒很容易在乡村蔓延。随着城市化进程加快，城乡边界日渐模糊，疫情很可能波及城郊和乡村。

以藁城区为例。流调显示，婚宴、聚会、串门等成为高频场景，而且很多人不戴口罩。有些患者出现发热、咳嗽等症状，首先想到的是自行服药。一些乡镇卫生院发热门诊名不副实，或者压根儿就没有发热门诊，更谈不上核酸检测能力。感染者比较集中的增村镇，距石家庄城区不过 1 个小时左右车程，老人和儿童大部分在本村镇活动，而很多年轻人在城区工作，频繁往返于城乡之间，疫情防控难度大大增加了。

疫情并不止于村野。做好农村防控工作，仅靠大喇叭"硬核喊话"和"六亲不认"的标语还远远不够。在乡村振兴、城乡融合背景下，构筑城乡一体化的疫情防控体系迫在眉睫。只有守住城市防疫的坚固防线，广大农村才能"不被感染"；只有兜住农村防控这张"底网"，城市的"免疫力"才能更加强大。

（2021 年 1 月 22 日刊发）

"有序恢复"离不开"有效管控"

河北日报副总编辑　贾　伟

相信大家都注意到了，刚刚过去的一周，河北疫情防控歼灭战不断传出好消息——

除南宫和隆尧外，邢台市其他地区有序恢复正常生产生活秩序；除固安外，廊坊市其他地区有序恢复正常生产生活秩序；石家庄市和各县（市、区）采取分区分级管控措施，低风险地区有序恢复正常生产生活秩序……

但与此同时，很多人却感觉，"解封"了，有些管控措施似乎更严了？

这正是今天我想跟大家说的话题。

部分地区"解封"，说明全省疫情防控形势总体向好。但同时必须强调的是，歼灭战远没有全胜，"解封"绝不是"解防"。

首先，"解封"以后，相关地区的防控任务不是减轻了，而是更重了。

正常秩序逐渐恢复，意味着和"封闭"时相比，防控的点更多了、面更广了，面对的情况更复杂了，需要解决的问题也更多了。比如，要在继续严格社区防控的同时，加强公共场所防控；在人员流动性增强的情况下，必须落实好联防联控要求，实现交通、商务、卫健等部门无缝衔接……这些，都是"解封"之后的新挑战。

其次，"有序恢复"更考验防控智慧和精准度。

从"暂停"到"重启"，不是简单的一键切换，而是一个渐进的、可控的过程。在这个过程中，必须根据不断变化的实际情况，有针对性地调整疫情防控和复工复产各项措施，确保实现"双赢"。做到这一点，既需要和"封闭"管理时同样的决心和力度，又需要更多的精心、细心和耐心。

最后，这次"解封"是"局部"，而不是"全域"。这是最重要的一点。

2020年4月8日武汉全城"解封"时，已经连续多日无新增病例。但有关专家还是反复强调："解封"不代表"解防"，零增长不代表零风险，打开城门不代表打开家门。

反过来看我们河北，不管是石家庄市还是邢台市，"全域"内还有零星确诊病例出现，无症状感染者的存量变化，也给疫情防控带来潜在风险。这种情况下，"解封"地区显然必须拿出更大的决心、更周密的措施。

对于河北这轮疫情的出现，专家已经分析出多种原因，其中很重要的一点是，由于长期没有出现疫情，人们放松了警惕，不戴口罩了、开始聚集了……这是多么沉痛的教训！所以，个人防控千万不能放松，各项防控要求一定要严格遵守，坚持、坚持、再坚持，才能早日迎来岁月静好、春暖花开。

（2021年1月25日刊发）

"谣言病毒"也需"隔离管控"

河北日报副总编辑　贾　伟

"春运取消，提前放假"，"新冠疫苗接种开放网站预约"，"河北籍人员一律禁止进京"……本轮新冠肺炎疫情发生以来，相信很多人看过这样的信息，并且引发了"高度紧张""盲目乐观""抢购物品"等各种情绪和行为。事后证明，这些都是谣言。

谣言也是"病毒"。正如世界卫生组织总干事谭德塞所说："我们不仅在抗击新冠肺炎疫情，更是在与一种信息流行病作斗争。它的蔓延速度比病毒更快、渗透更容易。"

该怎样阻断"谣言病毒"的传播？

没人造谣当然最好。但对于那些别有用心的人来说，"不造谣"的忠告往往基本没用。

大家都不信谣、不传谣，谣言自然就没了"市场"。但在信息不对称、心理负担较重等情况下，这其实很难做到。

辟谣、打击也是有效方法。但辟谣再及时也有滞后性，打击再有力消除已经造成的负面影响也需要时间。

最关键也最有效的方法，是切断"谣言病毒"的传播渠道，特别是网络传播渠道。

2020年4月，牛津大学路透社新闻研究所发布了一项研究，在他们抽取的有关新冠肺炎疫情假消息样本中，88%出现在社交媒体平台上。而在我的身边，不少熟人也表示，居家隔离时，感觉朋友圈里的信息更有亲切感、更容易相信。

正因为如此，新冠肺炎疫情发生后，世界卫生组织就开始着手切断"谣言病毒"的网络传播渠道，成立了一个叫"谣言终结者"的团队，和全球主要网络公司合作，对抗谣言的传播——人们在这些网站上搜索新冠肺炎相关内容时，系统会自动弹出导向世界卫生组织的可靠页面链接。

依我看，"把搜索导向可靠页面"，是一个好办法；"不让谣言在网络上发布"，是更重要的一个办法。实事求是地讲，目前这两方面的情况都不是很好——搜索和疫情相关的词语，弹出的内容五花八门；大部分谣言，都是先由网络自媒体发布，然后在社交媒体上广泛传播……

怎么办？不妨借鉴一下切断新冠病毒传播渠道的思路——把各大网络平台动员起来，督促他们自觉主动地"隔离"那些来源不明的、未经证实的、不具权威性的信息，不让谣言在网络上发布，而对那些不自觉主动者，迅速采取必要的"强制"措施。

我想，先"隔离"，再"强制"，对于阻断"谣言病毒"的传播，同样是一剂良方。

（2021年1月29日刊发）

别被焦虑支配　学学疫情中的"大咖"

河北日报副总编辑　贾　伟

疫情还没有完全过去，但生产生活秩序正在有序恢复。回想刚刚过去的几个星期，你是否曾有过"疫情焦虑"？

今天跟大家分享几个小故事，看看历史上的几位"大咖"，面对疫情时在做什么。

第一个故事：1348 年，黑死病席卷佛罗伦萨。一个叫薄伽丘的青年被迫居家隔离。其间，他隔绝社交、潜心思考，构思出一个又一个故事，创作了短篇小说集《十日谈》，成为欧洲文学史上第一部现实主义巨著。

第二个故事：1592 年，伦敦暴发瘟疫。一个从剧院马夫一步一步成长起来的编剧失业了。但是，瘟疫非但没有摧毁他的天赋，反而让他得以暂时远离剧院的繁杂事务。此后几年里，《罗密欧与朱丽叶》《仲夏夜之梦》等名著相继问世。这个编剧，就是莎士比亚。

第三个故事：1665 年，鼠疫横扫欧洲。正在剑桥求学的牛顿，没有像别人那样盲目恐慌，而是带着借来的书籍、仪器，回到乡下，从容自我隔离、埋头研究。居家避疫18个月，牛顿完成了万有引力定律、光的分解、微积分等重大发现和研究，奠定了他在科学史上的地位。

讲这几个故事，是想说明心态调整的重要性。

这轮疫情发生后，考虑到疫情可能带来的心理问题，党委、政府和有关部门、社会团体，纷纷组织专业团队，为民众提供心理疏导。这些工作十分必要，但说到底，解决心理和情绪问题，他人的帮助只是辅助，最终靠的还是自己。

不要让"疫情焦虑"支配你。

把居家当作"关禁闭"，那就只有焦虑担心、惶惶终日；把它当成难得的"清静"，就能沉下心来学习充电、提高自己。只看到疫情带来的困难和不便，那就只会消极、抱怨；认识到支持配合防控，也是为抗疫作贡献，那就会变得积极、努力。

2020年新冠疫情疫情期间，网络上有个挺热的话题——你怎么度过疫情，就怎么度过一生。很多网友说，以什么样的心态面对人生，和疫情无关，而是每天的事、一辈子的事。的确，也许我们大多数人成不了薄伽丘，成不了莎士比亚，成不了牛顿，但至少可以像他们那样，冷静看待疫情，积极对待生活。那么，就让我们放下焦虑，轻装上阵，再次出发。

（2021年2月1日刊发）

就地过年 "精准化"才体现高水平

河北日报副总编辑　贾　伟

今天是立春，明天是农历"小年"。再过一个星期，春节就到了。

由于疫情，我们提倡"就地过年"，各地都出台了许多措施，保证滞留人员能在当地过一个好年。与此同时，还有少数人，特别是家乡和工作地都是低风险区的人们，还是希望能"回家过年"。但是，前一段时间，有部分网友反映，自己的家乡已经"加码"，不论你身在何地，都直接发通知说："一律不准回！"

疫情之下，严格执行防控规定，没错；提倡"就地过年"，应该。但不加区分地完全"堵"死回家的路，就不对了。关于这一点，在国务院联防联控机制新闻发布会上，国家发改委新闻发言人已经讲得很清楚："就地过年"政策是分级分类的，各地方在执行的时候，不能擅自加码，更不能层层加码，甚至采取"一刀切"的措施。

与"一律不准回"相比，我们也看到了令人暖心的消息。最近，石家庄市下发通知提出，"石家庄市低风险区域内，且返程目的地不属于中、高风险区域或敏感地区的滞留在石外地人员"，可以在履行有关手续后返乡，同时还特别提到，"交通工具有困难的，由滞留地所在县市区政府统一组织车辆保障其安全有序离石返乡"。

允许有条件返乡，值得称道；统一组织安排，更值得点赞。

统一组织，能够实现集中测温、验码，便于更精准地掌握返乡人员的数量、行程，最大限度减少密接、保证安全。统一组织，也解决了返乡人员的后顾之忧，体现出这座城市对作出过贡献的劳动者的体贴。这不仅是一种更加主动、更加有效的防控措施，也彰显了政策执行中的人文关怀。2020年春节后，一些地方曾经派专车接职工返岗，为顺利复工复产发挥了重要作用，展示出了勇于作为、善于作为的良好形象。我想，用专车送返乡人员回家过年，也会产生异曲同工的效果。

"一刀切"绝不是真重视，"精准化"才体现高水平。

严格落实防控要求，让滞留人员安心、舒心地"就地过年"，是高水平；在确保安全的前提下，让符合条件的滞留人员开心、顺心地"回家过年"，同样是高水平。

（2021年2月3日刊发）

"精彩、非凡、卓越" 我们一起创造

河北日报副总编辑 贾 伟

倒计时一周年开启，2022 年北京冬奥会的脚步越来越近。

冬奥会筹办工作启动 5 年多来，北京市、河北省携手并进，全力以赴，克服新冠肺炎疫情等带来的困难和挑战，各项筹备工作取得积极成效。国际奥委会主席巴赫说："在疫情挑战之下，北京冬奥会筹办工作进展得相当顺利，这几乎是一个奇迹。"

国家速滑馆"丝带飞舞"，国家雪车雪橇中心"游龙盘卧"，国家跳台滑雪中心"如意亮相"……倒计时一周年之际，看着一座座各具特色的竞赛场馆，我们每个人都会感到无比自豪和振奋，都会由衷地对所有付出心血和汗水的人们说一声，谢谢你们，辛苦了！

5 年多来，我们创造了冬奥会筹办奇迹，更点燃了冰雪运动的火炬，交出了经济社会发展的优异答卷。

冬奥会筹办以来，"健康河北 欢乐冰雪"系列活动连续举办了 5 年，河北省冰雪运动会坚持分层办赛、逐级推进，有力促进了冰雪运动普及，全省参与冰雪运动超过 2000 万人次。县县都有滑冰馆和冰雪运动协会，2万余名冰雪社会体育指导员活跃在城镇乡村、厂矿校园……群众性冰雪运动有力推动全民健身，助力全民健康，保障全面小康。

冬奥会筹办以来，"一条高铁、多条干线"将3个赛区串成一线，大幅提升了京张两地的交通运输能力，人们的出行更加便捷，两地之间的联系日益紧密；"张北的风点亮北京的灯"，柔性直流工程将让北京冬奥会首次实现奥运场馆绿色电力全覆盖；冰雪装备器材制造、冰雪休闲健身、冰雪文化和旅游……冰雪关联产业快速发展，产业结构进一步优化，有力推动高质量发展。

冬奥会筹办以来，张家口市崇礼区新增造林72万多亩，森林覆盖率从52%提高到67%。当地人捧起了"雪饭碗"——每4人中就有1人从事冰雪相关工作，一个普通农家院，年收入超过5万元。崇礼小城的"颜值"不断刷新、"气质"越变越美。京津张、承秦唐、太行山脉3条冰雪旅游带游客不断，"冰天雪地"正变成"生财宝地"。

2019年，美国《纽约时报》评出了52个值得前往的旅游目的地，崇礼名列其中。该报称：崇礼正在发生"令人瞠目"的变化，在过去几年里成为一个"闪耀的冬季运动中心"。其实，冬奥会带给我们的，远不止一个"闪耀的冬季运动中心"，而是"展现国家形象、促进国家发展、振奋民族精神的重要契机"。

"精彩、非凡、卓越"，值得共同期待，更需要一起创造——当北京冬奥会开幕倒计时一周年开启，我想，我们每个人都有更加坚定的信心和决心。

（2021年2月5日刊发）

271

"小家"的成长与"大家"的团圆

河北日报副总编辑　曹阳葵

当新春的脚步"咚咚"走来的时候，我们眼中的一切都踏起欢乐的节拍：高悬的灯笼、火红的春联、满街的年货，还有孩子们手中的糖葫芦和大风车……年，还是那个年！

但，年又不再是那个年！为了配合疫情防控，2021年春节，很多人选择"就地过年"，"春运人"变成了"原年人"，原来大家庭的"大团圆"分解成万千小家庭的"小团圆"。

在这样的背景下，"原年"怎么过？在网络话题评论区，网友留言持续刷屏——

"我告诉妈妈，自己不能回家过年了。后半夜就收到妈妈手写的年夜饭菜单，详细地写明了各类食材的数量和用法，还特别标注了木耳和黄花菜的下锅顺序。"

"我每次回家过年，召唤我的就是家里的味道。奶奶最拿手的红烧鱼、妈妈包的酸菜馅饺子、姑姑的招牌手艺梅菜扣肉……如今，这些家里的味道，长辈们已打包发货。"

"我家 15 口人，今年分在三地过年，我们建起一个群，名叫'我爱我家'，除夕夜我们同步现场直播，这叫云团圆。"

我也是"不回家"的"原年人"，以前的年夜饭，我是大家庭的旁观者；今年的年夜饭，我必须成长为小家庭的当家人。"就地过年"，让我们更加理解什么是亲情，什么是"家的感觉"、怎样延续"妈妈的味道"……而过好这个"原年"，我们会更加明白什么是成长，什么是担当，更加明白"小家"的聚散如何助力"大家"的团圆。

为过好这个年精心准备吧——拟一份年夜饭菜单，仔细挑选窗花、春联，琢磨一下给爱人的礼物、给孩子的寄语，当然还有自己的新年愿景……祝愿每一位"原年人"牛年春节都过得充实快乐有担当、顺心精彩有意义。这样，一个个"小家庭"窗口剪映出的火热灯光，在这个除夕夜，就会照亮整个城市，照亮整个国家。而这个时刻，春天真的就来了。

（2021 年 2 月 8 日刊发）

激活基层科技创新那"一池春水"

河北日报副总编辑　李恕佳

据"2020 年河北省县域科技创新能力监测评价结果"显示，2020 年，全省县域基层科技创新水平明显提升，其中 19 个县科技创新能力评价得分达到 80 分以上，增加了 6 个，B 类县从 42 个增加到 64 个，C 类县则从 113 个减少到 85 个。

看了这条新闻，感慨良多。2011 年，《河北日报》曾刊发消息《基层科技创新遇"无米之炊"》，报道反映了一些地方科技经费有名无实的问题。这篇消息获得了中国新闻奖一等奖，但我的同事说，领奖的那一刻，他心里很不是滋味。

不到 10 年的时间，河北省基层科技创新环境、能力有了翻天覆地的变化，实在令人高兴。这样的变化，得益于全省上下对基层科技创新的重视。比如，在多次修订的《河北省科学技术进步条例》中，基层创新的内容越来越多，相关规定也越来越明确、严格；比如，唐山市在全市推行基层科技特派员制度，有效推动了优质市场主体的快速发展；比如，平泉市把科技创新纳入各乡（镇、街道办）及相关部门的年度综合考核体系，真正压实了领导责任。

10 年前，"'急功近利'思想让一些地方的科技经费有名无实，即使有预算，也难以保证科技经费足额拨付"。10 年后，经济社会发展比过去任何时候都更加需要科学技术解决方案，更加需要增强创新这个"第一动力"，这一点已经成为各地的广泛共识。我想，这种思想上、理念上的变化，更值得高兴。

"创造新陆地的，不是那滚滚的波浪，却是它底下细小的泥沙。"科技创新，基础在基层，活力在基层；全面建设新时代经济强省、美丽河北，必须不断激活基层科技创新那"一池春水"。期待新的一年能有更多县（市、区）进入"县域科技创新跃升计划"获奖榜单；期待《河北日报》关于河北基层科技创新的报道更多、更好。

（2021 年 3 月 1 日刊发）

河北何时会有万亿 GDP 城市?

河北日报副总编辑　王　宁

2020 年，是中国内地万亿 GDP 城市扩容 "大年" ——泉州、南通、福州、西安、合肥、济南先后官宣晋级 "万亿俱乐部"，全国万亿 GDP 城市达到 23 个。

从区域分布看，河北省是东部沿海地区唯一没有万亿 GDP 城市的省份。那么问题来了，未来 5 年，河北哪个城市有望拿到 "万亿俱乐部" 的入场券呢?

按照普遍规律，当一座城市经济总量达到 "7000 亿级" 后，则有可能在未来四五年向万亿 GDP 城市发起冲刺。这样看来，河北省希望最大的城市是生产总值排在首位的唐山市。2020 年，唐山市生产总值达 7210 亿元，反超大连市，位列全国第 28。唐山市委在 "十四五" 规划建议中提出，未来 5 年将力争进入 "万亿俱乐部"。

在我看来，唐山市之所以有这个底气，主要基于两方面原因。

先看发展思路。2010 年，习近平同志考察唐山时，提出了努力建成东北亚地区经济合作窗口城市、环渤海地区新型工业化基地、首都经济圈重要支点的明确要求。"三个努力建成" 让唐山的发展目标和路径更加科学、清晰。

再看发展态势。10 年来，唐山聚焦新旧动能转换，实现了由钢铁冶炼大市向钢铁产业强市的转变。目前，唐山市已成为京津冀最大的高铁装备和特种机器人研发生产基地，中车唐车的"复兴号"动车组成为新时代的"大国重器"。

关注一个城市的经济总量，并不意味着 GDP 崇拜。梳理"万亿城市"的发展路径不难看出，它们无一不是以新发展理念为指引，在动能转换、创新驱动上干出了大名堂。2020 年新晋"万亿俱乐部"的合肥市，陆续引进京东方、蔚来汽车等大项目，着力打造全国先进制造业新高地，集成电路、人工智能等新兴产业集群也迅速发展壮大。

我的观点是，在构建新发展格局大背景下，要想跻身"万亿俱乐部"，离不开，也必须坚持高质量发展。只有实现高质量，才能保持一定的增速和体量，才能更好增进民生福祉。从这个意义上讲，以高质量姿态迈进"万亿俱乐部"，唐山有这个实力，唐山大有希望！

附带说一下，先进省份进入"万亿俱乐部"的城市不止一个。江苏省有 4 个，广东省有 3 个，山东省、浙江省、福建省各有 2 个。目前来看，GDP 列河北省第二位的石家庄市，2020 年生产总值为 5935.1 亿元。作为省会城市，石家庄，加油吧！

（2021 年 3 月 3 日刊发）

有了履职好故事，才有两会好声音

河北日报副总编辑　王　宁

全国政协十三届四次会议和十三届全国人大四次会议陆续开幕，中国"两会时间"正式开启。2021 年是"十四五"开局之年，也是"两个一百年"奋斗目标历史性交汇的关键节点。开好 2021 年全国两会，注定意义非凡。

河北全国人大代表和驻冀全国政协委员是怎样履职的？议案建议和提案的"言值"如何？两会前夕，河北日报全媒体开设《我的履职故事》专栏，记者跟随部分基层代表委员的履职脚步，点对点聚焦他们的日常路径，讲述建言献策背后的鲜活故事。

连任 5 届全国人大代表、柏乡粮库主任尚金锁讲述的是集中精力攻关小麦低温保鲜储藏技术的点点滴滴，为的是从"不坏一粒粮"到"保鲜粒粒粮"；在曹妃甸港集团股份有限公司"李博创新工作室"，"金蓝领"李博代表一边和工友们探讨操作技巧，一边介绍新一代产业工人对掌握创新技能的渴望；保定市竞秀区大激店村党支部书记张东河代表了解到，在沿河景观、游客中心等乡村旅游基础建设领域，仍存在不合理收费问题；石家庄市河北梆子剧团团长刘莉沙委员调研发现，受疫情影响，有些基层和民营院团一直无法恢复演出，每人每天只发10元生活费……

科技创新、乡村振兴、粮食安全、文化传承……代表委员这些沾着露珠的履职故事，满载沉甸甸的责任使命和深厚的家国情怀。记得前几年，上海全国人大代表朱国萍在团组审议发言时，通过讲述身边的小故事，反映社会生活中的大问题，曾被习近平总书记称赞故事"讲得好"。

越来越多的履职好故事呈现在公众面前，传递出一个信号：普通百姓有了解代表委员履职过程的需求。对代表委员来说，用脚步去丈量，用眼睛去发现，才能找出真问题。有了具体、鲜活的人和事作支撑，建言献策的观点和内容才更容易被理解和接受。

尚金锁将提交的建议是加快制定粮食安全保障法；李博期盼进一步激发员工参与技术创新的积极性；张东河建议进一步简化乡村旅游项目审批、办证手续；刘莉沙呼吁推动国家层面"互联网＋传统戏曲"工作实施意见尽快出台……

不空洞、不浮夸，有调研、有干货——今天的两会好声音，或将成为未来的国家好政策。而国家的未来，就是我们每个人的未来。期待从这场春天的盛会中，听到更多民意的回声，找到精准破题的答案，看到愈加美好的明天。

（2021 年 3 月 5 日刊发）

碳达峰、碳中和，"被动房"里看机遇

河北日报副总编辑　王　宁

全国两会召开前，载着河北省代表委员的进京高铁列车驶过高碑店。奥润顺达集团总裁倪海琼代表指着窗外的一片厂房对记者说，这就是他们新建的被动房产业园区，规模和水准都达到世界一流。建成投产后，将加快推动河北省乃至全国绿色环保产业发展。

李克强总理在政府工作报告中提出，2021年，将扎实做好碳达峰、碳中和各项工作，制定2030年前碳排放达峰行动方案。"十四五"期间，单位国内生产总值能耗和二氧化碳排放分别降低13.5%、18%。

什么叫碳达峰、碳中和？很多人可能还比较陌生。简单来说，某个地区或行业在某一时间点，年度二氧化碳排放达到历史最高值后持续下降，就是碳达峰；在此基础上，采取植树造林、节能减排等方式，把排放的二氧化碳全部抵消掉，就是碳中和。

2020年中央经济工作会议明确了2021年重点做好的8项任务，其中第八项就是碳达峰、碳中和。习近平主席在金砖国家领导人第十二次会晤时庄严承诺：中国二氧化碳排放力争于2030年前达到峰值，努力争取 2060 年前实现碳中和。"我们将说到做到！"

我想说的是，关于碳达峰、碳中和，不仅应该了解它们是什么，更应关注它们将带来什么。"得到 App"创始人罗振宇在 2021 跨年演讲中援引专家的推算为大家开了个"脑洞"：如果 2060 年中国实现碳中和，那么，核能装机容量是现在的 5 倍，风电是现在的 12 倍，太阳能是现在的 70 倍；我们现在看到的所有燃油车都将退出历史；中国森林一年生长量将达到 10 亿立方米，比现在增加一倍……

这笔账算下来意味着什么？意味着一个巨大的发展新空间已经打开，绿色环保产业将迎来新一轮重要窗口期；意味着许多产业将完全换一套体系、换一条赛道、换一种玩法；意味着一个地方高质量发展迎来重大机遇。

应该说，河北省被动房产业把握住了这个机遇。目前，全省建设被动式超低能耗建筑项目 141 个，建筑面积 440 万平方米，位居全国第一。每年可节约 1.65 万吨标准煤，减少二氧化碳排放 3.36 万吨。2021 年省政府工作报告提出，支持保定等地被动房产业集群发展，打造千亿级产业链。

说到高碑店奥润顺达集团被动房产业园区，最近我还到那里采访过，感觉就两个字：震撼！我在想，像被动房产业这样的"全国第一"，河北省越多越好！

（2021 年 3 月 8 日刊发）

产业链、供应链，"一杯奶"中说自主

河北日报副总编辑　王　宁

牛奶，很多人每天都要喝。你可能没有意识到，在它背后有两个近来很火的经济词汇：产业链和供应链。相比 2020 年政府工作报告中提出的"保产业链供应链稳定"，2021 年政府工作报告中增加了"增强产业链供应链自主可控能力"的表述。

产业链是指各产业之间依据一定经济技术联系、空间布局关系形成的链式形态，以提高发展效益为主要目标。供应链是指企业围绕产品制造或服务，将供给方、需求方连接形成的链式形态，以确保循环顺畅为主要目标。

"一杯奶"来到餐桌前，经历了漫长的产业链、供应链之旅。从上游的牧草种植、奶牛饲养，到中游的生产管控、精深加工，再到下游的仓储物流、售后服务……其跨度之大，很多制造业都难以企及。

中国是乳制品大国，河北是乳制品大省。经历了三鹿事件后，河北奶业绝地奋起、浴火重生。到 2020 年，全省乳制品产量连续 6 年位居全国第一。然而，从产业链、供应链角度看，河北乃至全国乳制品行业"自主可控能力"如何呢?

2021年全国两会上，人大代表、飞鹤乳业董事长冷友斌在接受采访时表示，中国乳制品行业的国际产业链、供应链安全存在很大隐患，需要加快排查"堵点""断点"，尽快建立"两链"安全保障体系。

究竟存在哪些隐患? 我们从3个方面来看——

一是饲料。苜蓿被称为"牧草之王"，是奶牛的最爱。由于国内苜蓿在质量、价格以及供应稳定性上不及进口品种，我国每年要从美国进口苜蓿干草130万—150万吨。

二是原料。长期以来，由于国内乳制品结构性缺陷，原料型的稀奶油、乳清粉、乳蛋白、乳糖基本依赖进口，成为国内奶业发展的"卡脖子"问题。

三是包装。因为国内技术不过关，我国常温牛奶包装70%的市场份额被瑞典利乐公司掌控。据相关报道，每盒牛奶中乳制品企业获得的利润为1/4，而利乐获得3/4。

这样看来，一旦国际产业链、供应链体系出现风吹草动，我国乳制品行业就可能掀起惊涛骇浪。难怪蒙牛老总卢敏放感叹："生产一杯牛奶，与建造一架飞机一样，需要充分的全球协作。"由此，我们也就不难理解为什么中央近来反复强调"两链"自主可控的重要性。

当然，我们说"自主可控"，绝不是"对外脱钩"，而是要锻造长板、补齐短板，实现产业链供应链现代化。乳制品行业是这样，其他行业也是这样。

（2021年3月10日刊发）

大循环、双循环，"光伏板"上有乾坤

河北日报副总编辑　王　宁

循环，绝对是 2021 年全国两会上的一个热词。在"十四五"规划和 2035 年远景目标纲要中，"加快构建以国内大循环为主体、国内国际双循环相互促进的新发展格局"，既是指导思想，也是战略导向。

这样的战略抉择有何用意？是否应对新冠肺炎疫情和一些西方国家打压的权宜之计？回答这些问题，不妨先听听中国光伏产业 20 年来跌宕起伏的成长故事。

2001—2008 年，欧美国家大力发展清洁能源。受环境和成本双重约束，他们到发展中国家去布局，这就直接带动了中国第一批太阳能电池及组件厂商快速扩张。河北省两家著名的光伏企业英利和晶龙，就是那个时候崛起的。

这个时期中国光伏产业是"两头在外"——上游原料对外依存度高，下游应用依赖国际市场，整个产业基本处在"国际循环"状态中。

眼看中国光伏产业迅速做大，欧美国家坐不住了。2011 年开始，他们相继启动针对中国光伏产品的"双反"调查。加上全球金融危机影响，到 2012 年，中国光伏厂商几乎全线亏损，光伏产业一夜之间进入寒冬。

2013 年以来，随着绿色发展理念深入人心，发展方式加快转变，我国推出了一系列光伏产业支持政策，鼓励引导光伏企业大力开拓国内市场，竞价、平价、扶贫等多种项目相继涌现。光伏产业同时开始了"壮士断腕"式的结构调整，进入"技术为王""成本为王"的新赛道。国产"光伏板"光电转换率从原来的百分之十几，提高到百分之二十几，太阳能组件成本则降低了百分之八九十。到 2020 年，我国光伏发电新增装机容量已连续 8 年位居全球第一，河北成为全国光伏发电新增装机第一大省，"国内循环"大势已成。

近年来，不堪成本重负的西方国家，被迫重新转向中国寻求高效而又便宜的光伏产品。2018 年，欧盟终止对华光伏"双反"，这让国内国际"双循环"策略成为多数光伏企业的首选。今天的中国光伏企业已成为光伏领域的世界一流选手，成为取消补贴之后依然拥有成本优势的强者。

一块小小的"光伏板"，折射出"大循环""双循环"的内在逻辑。

其一，国际大循环动能明显减弱，国内大循环活力日益强劲，新发展格局是根据我国发展阶段、环境、条件变化，重塑我国国际合作和竞争新优势的战略抉择。

其二，强调以国内大循环为主体，必须坚持供给侧结构性改革，大力提升自主创新能力，但绝不是关起门来封闭运行，国内国际双循环相互促进同样至关重要。

一句话，只有立足新发展阶段，贯彻新发展理念，构建新发展格局，才能"任凭风浪起，稳坐钓鱼船"！

（2021 年 3 月 12 日刊发）

追寻"红花的种子"

河北日报副总编辑　曹阳葵

燕赵大地是革命的土地、英雄的土地，是新中国从这里走来的土地，丰富的红色资源见证着党的历史、奋斗和辉煌。《河北日报》推出庆祝建党 100 周年专栏《燕赵荣光》，通过记者走访红色纪念地、革命遗存及革命先辈后人等，回顾党的光辉历程，缅怀先辈丰功伟绩，传承红色基因，牢记初心使命。

《"红花的种子"撒遍大地》围绕"南陈北李，相约建党"，讲述了革命先驱李大钊的故事。1927 年 4 月 28 日，年仅 38 岁的李大钊英勇就义。走向绞刑架前，他慷慨陈词："不能因为你们今天绞死了我，就绞死了伟大的共产主义！我们已经培养了很多同志，如同红花的种子，撒遍各地！"李大钊的革命履迹，深刻诠释着中国共产党的初心使命、伟大光荣，是燕赵儿女最可宝贵的精神财富。

在这篇报道里，还有两个细节，让我们看到了"种子"的生根发芽，令人欣慰。

一个是乐亭县胡家坨镇大黑坨村现任党支部书记杨晓波，上任第二个月就被查出身患肝癌，他藏起诊断书，仍旧日夜奔忙。3年过去，先后做了9次介入手术，大部分村民只知道他"有点不好受，上医院查查"。面对采访，这位不善言辞的汉子说："我们村是李大钊的家乡，不干好了咋交待啊！"

另一个是大黑坨村小学六年级学生李梓珺，作为李大钊故居小讲解员，她声情并茂地为参观者背诵李大钊的经典名篇《青春》："为世界进文明，为人类造幸福，以青春之我，创建青春之家庭，青春之国家，青春之民族，青春之人类，青春之地球，青春之宇宙……"一声声稚嫩而坚定的声音，让我们清楚地看到——穿越百年时空，革命先辈的光辉思想仍能走进后来人的心灵深处，仍将在今后的历史中不断延续。

请跟随我们一起，去追寻、去延续那百年历程中的"燕赵荣光"。

（2021 年 3 月 15 日刊发）

樱花树下的思政课

河北日报副总编辑　曹阳蔡

花为英雄而开。疫散春来，武汉的樱花如约绽放。

在这个祥和的春天里，全国各地许多支援过湖北的医护人员受邀重返武汉赏樱——战疫英雄与英雄城市久别重逢，灿若花海的武汉记录下这个春天最美丽的相聚。

2020 年春天，河北医疗队队员王芳、张敏，先后在武汉大学中南医院、雷神山医院奋战 42 天。那时候，她们从当地医生的手机里，看到了美丽的樱花。这次重回武汉，看到大街上游人如织、车水马龙，王芳、张敏倍感亲切，第一次来武大，看到真正的樱花，两人"感觉特别美好"。

眼下，在武汉大学里，樱花饱含浓浓深情，开得楚楚动人。武大校长窦贤康说："今年，我们以最高礼遇设置医护人员赏樱专场，一方面是为了践诺，表达我们最真挚、最浓厚的感恩之情；更重要的是以伟大的抗疫精神感染和教育学子，激励他们心怀家国、勇于担当、砥砺前行。"

在 2021 年的全国两会上，全国政协委员林忠钦建议，向广大青年学子讲好抗疫这堂"大思政课"，将抗疫的鲜活案例融入教材。对此，习近平总书记赞许道："'大思政课'我们要善用之，一定要跟现实结合起来。上思政课不能拿着文件宣读，没有生命、干巴巴的。"

当盛开的樱花和抗疫英雄在武汉相遇，所有人都会想起 2020 年年初逆行出征的豪迈、顽强不屈的坚守、患难与共的担当、英勇无畏的牺牲、守望相助的感动；都会再次体悟到"武汉为什么行，为什么能"，"中国为什么行，为什么能"。

现实是最好的教材，真实的故事最能讲出深刻的道理。用好这些教材，在全社会特别是在青少年中讲好抗疫这堂"大思政课"，我们的思想政治教育就会更加鲜活、更加入脑入心、更有生命力。

（2021 年 3 月 17 日刊发）

期盼更多"有需要可以截停我"

河北日报副总编辑 曹阳葵

当一些急病初起，抢救的"黄金时间"往往只有几分钟，而且也只有专业人士，才有可能用正确的判断和规范的操作，从死神手里"抢人"。现实生活中，一些病患就是因为没能得到及时而专业的救治而失去生命，令人心痛。

邯郸市第一医院外科医生高成业，最近干了一件漂亮事，让大家纷纷点赞：他在私家车后窗贴上了这样一个车贴："我是医生，有需要可以截停我"。网友们说，一句话、热心肠，高医生就是"这条街上最靓的仔"，许多人由此感到暖意融融。"有需要可以截停我"，充分体现了医者仁心，"最暖车贴"当之无愧。

在这则新闻里，我所关注的，是这样 3 个细节。

一是高医生介绍，六七天前，他从网上看到有位医生发了带有这段文字的图片，他觉得特别好，于是马上也打印了一张，贴在了自己的后车窗上。

二是高医生的同事说："我们所有医护人员都表示，只要有条件都会向他学习。"

三是高医生说："现在有热心网友正在为我们医护人员免费制作一种贴纸，说是贴上后不影响司机视线。"

看！美德，是一种可以相互感染、可以传递的力量。我想，上面这3个细节，充分说明了这样一个道理——对于大多数人来说，我们的内心从来都不缺向善、向美的力量和渴望；每一个小小的善举，都蕴藏着大大的力量，都能成为激发更多善行义举的"动力源"。

在高成业眼中，自己的行为很平凡，他很自豪："平时工作太忙，开车的时间也都是上下班途中，遇到这样求助的概率很小，不过即便有几万分之一的概率能碰到，也是值得的！"而我想说的是，如果我们每一个人都是这样的想法，那么我们每一个人都会100%被爱心和善举包围，"世界将变成美好的人间"。

（2021年3月22日刊发）

让"便民服务"更有便民意识

河北日报副总编辑　曹阳葵

在大数据时代，如何提升公共治理和社会服务水平？河北省进行了新探索，那些服务号码五花八门，热线服务资源分散，记不住、打不通的烦恼有望得到解决。

省政府办公厅近日印发《河北省进一步优化政务服务便民热线工作方案》，要求在 2021 年年底前，将"各级各部门设立的为社会公众提供涉及本地本部门业务查询、咨询、投诉、意见建议征集等的政务服务便民热线电话"统一归并为"12345"，实现"一个号码服务"；各级各部门设立的各类政务服务网站、微信、微博等的咨询、投诉互动系统，也统一归并至同级 12345 热线平台。

近年来，各级各部门纷纷开设各种"便民热线""服务平台"，在一定程度上方便了群众办事。但与此同时，"便民服务"也有一些不方便的地方。一是"号码太多"，群众记不住；二是"各自为战"，遇到涉及多个部门、单位的事，群众还得"拨了这个拨那个"，甚至还会遇到"线上踢皮球"。从这个角度讲，"合而为一"的便民热线，其实就是一个"线上便民服务中心、办事大厅";便民热线"一号通",其实就是"线上最多跑一次"。这样的改革,是"放管服"的"线上延伸",能让"便民热线"更便民。

不管是线下还是线上,便民服务都要尽可能地方便、简便。

在现实生活中,不方便、不简便的"服务"还一定程度存在着——去看病,不同的医院得办不同的挂号卡;乘坐公共交通,公交车要下载一个 App,地铁也要下载一个 App;居家过日子,电费一张卡、水费一张卡、燃气一张卡……这些能不能像"便民热线"一样,都合并归一?关键的不是技术问题,而是有没有强烈的"便民意识"。

（2021 年 3 月 24 日刊发）

学出更美"夕阳红"

河北日报副总编辑　曹阳葵

为满足广大老年人多样化学习需求，日前，河北省教育厅印发《关于做好城乡社区教育老年教育工作的指导意见》。老年教育工作，将在全省快步推进。意见的出台，是对老年教育工作的制度性安排。在我看来，有两个特点值得关注。

一是强调了"普惠性"。资源紧缺，是长期以来制约老年教育发展的一个主要瓶颈。相关数据显示，2018年，全国老年人口为2.2亿，其中只有800万人在相关教育机构学习，占比刚刚超过3%。

一边是巨大的需求，另一边是挤不进的校门——针对这样的问题，意见给出了一系列解决办法："健全三级社区教育网络，加强县、乡镇、村三级老年大学（学校）建设"，"加快乡镇成人文化技术学校的转型发展，鼓励其成为农村社区教育、老年教育的重要载体"，等等。这样的"普惠性"措施，值得点赞。

二是突出了"现代性"。在近年，随着数字社会建设步伐的加快，不少老年人成为"数字失能老人"，老年人"数字鸿沟"问题日益凸显。为此，工信部决定，从2021年1月开始，在全国范围开展互联网应用适老化以及无障碍改造专项行动。

"数字鸿沟"的出现，有"数据应用不适老"因素，也有"老年人不适数"的原因。要解决这一问题，"让老年人适数"更重要、更具根本性。所以，意见里"加强老年人智能技术应用等培训"要求，体现了老年教育工作的与时俱进，针对的就是当下最突出的问题，更值得点赞。

老有所学，才能更好地老有所为、老有所乐；办更高水平的现代化老年教育，才能让老年人乐享现代生活。在目前老年资源缺口巨大的情况下，落实意见要求，要让广大老年人学出更美"夕阳红"，有关方面得赶紧努力了。

（2021年3月26日刊发）

党史学习教育热起来　还要实起来

河北日报副总编辑　李恕佳

开展党史学习教育，是党的政治生活中的一件大事。连日来，河北省各地搭建学习平台、创新学习形式，让党史学习教育在燕赵大地迅速"火"了起来、"热"了起来。

"胡同党校"、"草根"宣讲团、"小红帽"宣讲团、农村"大喇叭"……衡水市构建"专家讲理论、干部讲政策、百姓讲故事"全方位宣讲矩阵，对象化、分众化、互动化的宣讲，引来强烈共鸣。

党史图片档案文献展、"讲政治、勇担当、抓落实、促发展"晾晒活动、"三比三提升"活动……秦皇岛市把规定动作和自选动作紧密结合、有机衔接，让学习教育有历史厚度、思想深度，更有民生温度。

在邢台市信都区，"太行新愚公"宣讲小分队、"抗大号"大篷车，把百姓身边的红色故事编入"宣讲提纲"，心贴心地将党史学习教育送到百姓中间，使党员群众喜欢听、坐得住、有触动、记得牢……

从河北日报报网端上的报道看，各地具体做法虽然各有千秋，但都有这样 3 个共同的特点。

一是"活"。方法多样、形式灵活，运用各种手段、适应不同对象，用形式的"活"，推动了学习教育的"火"。

二是"近"。和干部群众零距离、面对面，打通学习教育的"最后一公里"，用形式的"接地气"，保证了学习教育的"聚人气"。

三是"广"。宣讲手段涵盖传统和现代，宣讲人员来自各层各界，宣讲对象覆盖各个群体，用宣讲的"广度"，保证了学习教育既突出重点，又"不留死角"。

形式的创新必须依托和服务于内容的全面、准确、完整。中央党史学习教育领导小组3月29日召开各省区市党史学习教育领导小组负责同志座谈会，提出坚持守正创新，突出工作重点，不断巩固和发展党史学习教育良好态势。党史学习教育"热"起来、"火"起来之后，往"实"里走、往"心"里走就成了重要任务。比如，如何引导党员干部深入系统学习党的历史和党的创新理论？怎样抓住推进马克思主义中国化、开拓和发展中国特色社会主义道路这条红线？比如，怎么更好做到内容与形式的统一、历史与现实的结合？比如，如何挖掘党史特别是身边的红色资源，从中汲取不竭的"甘泉"？这些，都是需要重视的问题。

随着学习教育的深入，期待在河北日报的报网端微号上，能够看到更多党史学习教育的好做法、好经验。

（2021 年 3 月 31 日刊发）

清明节　让我们一起缅怀先烈

河北日报副总编辑　贾　伟

燕子来时新社，梨花落后清明。清明节马上就要到了，人们又要通过各种仪式和活动，祭奠逝者、缅怀先人、慎终追远、寄托追思，并许下"为先人增光，给子孙造福"的心愿。

岁岁清明，今又清明。2021 年的清明节，意义尤为不同，因为 2021 年，是中国共产党成立 100 周年。

"多少男儿浴血中，卫我中华一脉同。"100 年来，为了人民幸福和民族复兴，无数革命英烈抛头颅、洒热血，用血肉和生命挺起民族脊梁，用奉献和牺牲换来中华民族站起来、富起来、强起来的伟大胜利和奇迹。他们的精神，构筑起了中国共产党人的精神谱系，为我们立党兴党强党提供了丰厚滋养。

在党史学习教育动员大会上，习近平总书记强调，要教育引导全党大力发扬红色传统、传承红色基因，赓续共产党人的精神血脉。我想，落实这个要求，清明节是一个有效的载体，缅怀英烈是一个有效的方式。

2020 年清明，为了表达对在抗疫斗争中牺牲烈士和逝世同胞的深切哀悼，全国和各驻外使领馆下半旗志哀，全国停止公共娱乐活动，全国人民默哀 3 分钟，汽车、火车、舰船鸣笛，防空警报鸣响。这一系列仪式，充分表达了对逝世同胞的哀悼、对牺牲烈士的崇敬，更推动了抗疫精神的弘扬，激发了全国人民"抗疫必胜"的力量和决心。我想，2021 年清明，通过各种仪式、方式，缅怀先烈、纪念英雄，我们就一定能更好回首百年光辉历史，更好传承、弘扬革命者的大无畏奋斗精神，鼓起迈进新征程、奋进新时代的精气神。

"理想之光不灭，信念之光不灭。我们一定要铭记烈士们的遗愿，永志不忘他们为之流血牺牲的伟大理想。""让信仰之火熊熊不熄，让红色基因融入血脉，让红色精神激发力量。"清明，让我们一起，缅怀先烈、传承精神，坚定信仰、激发力量。

（2021 年 4 月 2 日刊发）

深挖"红色富矿" 讲好红色故事

河北日报副总编辑 贾 伟

近期，河北日报的报网端微，陆续开设了《燕赵荣光》《燕赵英烈》《"沿着高速看中国"河北篇·红色记忆之旅》《河北党史百年百事》等专栏，从不同侧面和角度，回顾党的历程，讲述先烈事迹。

阅读这些报道时，有两个故事，尤其让我印象深刻。

第一个，是"树叶训令"的故事——

1941 年，侵华日军对晋察冀抗日根据地进行疯狂"蚕食"和"扫荡"，加上罕见的大旱，整个根据地赤地千里、颗粒无收，部队和老百姓生活陷入困境，杨叶、柳叶、榆叶等就成了最主要的口粮。聂荣臻同志知道乡亲们生活艰难，专门颁发了一道"树叶训令"，不许部队在村子方圆 15 里以内采摘树叶，宁可自己挨饿，也不与民争食。

第二个，是防洪石墙的故事——

1939 年，一场洪水冲毁了阜平县高阜口村村北的河滩地，让老百姓本就困难的日子雪上加霜。边区政府号召群众"生产自救，恢复滩地"。次年春，50 岁的李志清被全村人推选为修滩主任，他带头跳进冰冷刺骨的沙河水里,挑石头、开水渠、垒石墙,带领村民把烂石堆改造成良田。至今,这道高出水面5米的防洪石墙,仍在阻挡着河水的冲击,守护河南岸的滩田。

党史上有很多故事大家都耳熟能详,但是对我而言,"树叶训令"的故事,曾经听过,但"方圆15里"这样的细节并没注意到;防洪石墙的故事,则是第一次看到。也许正是因为常学常新,所以印象深刻。这也让我感到,每每读到这样的红色"新故事",就是在上一堂又一堂党史"新课"。

多挖掘一个红色故事,党史这部大教材就能添一分厚重;多聆听一个革命细节,心灵和思想就能接受一次真切的感动和洗礼。我想,这也正是强调"深挖红色资源,讲好红色故事"的原因所在。

河北是革命的土地、英雄的土地,是"新中国从这里走来"的土地,有着极其丰富的红色资源。我想,不断深挖燕赵"红色富矿",讲好一个又一个红色"新故事",我们的党史学习教育就能有源源不断的"活水",我们的党课就能越讲越新、越讲越深,我们的红色基因就能一代又一代地接续传承。

(2021年4月12日刊发)

由"守信激励"想到两则孔子故事

河北日报副总编辑　贾　伟

4月14日《河北日报》第10版有一篇报道，写的是沧州市出台有关方案，推进"守信激励"，让诚信主体获得更多便利优惠的事。

事实上，近年来很多地方都在出台各种政策，激励人们弘扬美德。但在我的印象里，像沧州这样，把道德激励机制推广运用到经济社会诸多领域，似乎还不多见。所以，这篇不长的报道，倒引起了我的兴趣，也让我想到两个跟孔子有关的"利益和道德"的故事。

第一个故事是，子贡让而止善。

春秋时期，鲁国有一条法律：赎回在别国沦为奴隶的鲁国人，可以"报销"赎金。孔子的弟子子贡赎回了一个鲁国人，却表示不要赎金。大家都称赞他品德高尚，然而孔子却批评了他。孔子说，你因不要赎金而成为道德模范，让别人只好学你。但是，因为不能得到回报，所以鲁国将不再有人愿做这样的好事了。

第二个故事是，子路受而劝德。

孔子的另一个弟子子路救起了一位落水者，后者送给子路一头牛表示感谢。子路没有推辞，直接收下。于是，大家都说子路人品有问题。孔子听说后，却表扬子路做得对，并解释说，因为救人而获得报酬，鲁国人从此将喜欢救人于危难之中。

细想想，孔夫子的话是有道理的。

道德，是利益分配情景下的利他倾向。在很大程度上，利益的分配方式，决定着社会道德的基本内容和表现方式。我想，子贡让而止善和子路受而劝德这两个老故事，也蕴含着市场经济条件下利益和道德二者关系的新道理。

"崇德受益，美德有价。"今天，我们当然要大力弘扬毫不利己、专门利人的道德风尚，但同样可以用合理的经济利益保卫道德、激励道德，让它蔚然成风。我想，这也应该是提高社会治理能力的一项重要内容，是沧州方案值得称赞和借鉴的地方。

（2021 年 4 月 14 日刊发）

用法治筑起文物保护"万里长城"

河北日报副总编辑　贾　伟

《河北省长城保护条例》（以下简称《条例》）将于 2021 年 6 月 1 日起施行，率先在省级地方立法层面对长城国家文化公园建设作出规范。

长城承载灿烂文明，传承历史文化，维系民族精神，是老祖宗留给我们的宝贵遗产。河北大地上的"长城故事"尤其精彩。

这里，是历代长城的会集地。河北境内现存长城长度约 2500 公里，从战国一直到明清等朝代修建的长城均有保存，长城资源占全国的 18.89%，仅次于内蒙古。

这里，浓缩着古长城的精华。金山岭、独石口、青山关、白羊峪……像这样保存最完整、最具代表性的古长城精华地段，有 20 多个在河北。

这里，见证着英勇不屈的民族精神。在山海关，中国军队打响了长城线上抗击日寇入侵的第一枪；在喜峰口，五百壮士夜袭敌营，"大刀向鬼子们的头上砍去"；在古北口，日军 3 昼夜内 3 次进攻，均被击退……

长城不仅是重要的历史文物，也是重要的革命文物。保护好长城是责任，更是义务。但是，由于长城遗址点多、面广，长期以来，长城保护面临着管理难度较大、保护人员力量不足、保护资金捉襟见肘等诸多难题。

习近平总书记多次强调，"保护文物功在当代、利在千秋"。不久前还专门强调，要"切实把革命文物保护好、管理好、运用好"。

河北出台《条例》，正是落实习近平总书记指示要求的一项有效举措。《条例》的价值，不仅在于这是全国第一部有关长城保护的省级地方性法规，更在于其内容的针对性、全面性。

《条例》对长城国家文化公园建设的各项工作作出了全面规定，明确要求将长城保护经费纳入财政预算，同时鼓励社会资本参与，解决人手短缺、资金不足等问题；要求建立长城档案数据库，对长城档案信息实行动态管理；注重发掘文化价值，鼓励以长城为主的文创开发，建立长城教育基地，支持设立长城博物馆、展览馆和文化馆，鼓励长城文化元素进社区、进校园、进企业……

和长城一样，许多重要文物的保护、管理、运用，都面临着一些特殊的情况和难题，需要专门性法规保驾护航。在这方面，河北出台《条例》，可以说是开了个好头。我想，只要一部部类似的法规相继出台，我们就能筑起文物保护的"万里长城"，就能真正保护好、传承好民族的"根"和"魂"。

（2021 年 4 月 16 日刊发）

让职业教育热起来、火起来

河北日报副总编辑　李恕佳

最近一段时间，和"职业教育"有关的话题，频频引起关注和热议，河北日报报网端微陆续刊发了相关报道。

不久前，全国职业教育大会在北京召开。习近平总书记作出重要指示强调，"在全面建设社会主义现代化国家新征程中，职业教育前途广阔、大有可为"。

在河北，截至4月18日17时，2021年河北省高职单招一志愿填报结束。据《河北日报》报道，2021年，全省19万余名考生报名参加了高职单招。据我了解到的数据，河北高职单招录取人数连年上升——2018年为9.4万人，2019年为12.12万人，2020年达到15.31万人。专家认为，今后，单招将成为高职招生的主渠道。

习近平总书记的重要指示，充分说明党和国家高度重视职业教育；河北高职单招录取人数连年增长，表明青年一代对职业教育认可度、接受度的上升。可以说，职业教育前景可期。

什么是职业教育？职业教育为什么重要？在我看来，至少可以从3

个方面来理解。

是教育，更是生产生活，关系每一个人的生活品质。比如，从开门"七件事"，到托幼、养老、医疗，生产、生活的方方面面，都离不开职业人才提供的产品和服务。

是民生，更是国计，肩负培养多样化人才、促进就业创业、传承发展技术技能技艺的重要职责。比如，每一件国之重器——天宫、蛟龙、天眼、航母、高铁、大飞机……都离不开职业院校培养的能工巧匠们的"精雕细琢"。

职业教育决定着工业特别是制造业的发展水平，决定一个地区和国家的市场竞争力。比如，"德国制造"享誉全球、经久不衰，一个重要原因就是高度重视技工的培养。根据相关统计，德国大学毕业生占同龄人的比例仅为20%，将近80%的人接受的是职业教育。

我想，理解了这3个方面，也就能够明白：搞好在校职业教育，只是让职业教育热起来、火起来的第一步；培养数以千万计的能工巧匠，需要多方的努力——

比如，企业应该站在"技工决定产品质量、企业存亡"的高度，强化职业技能再教育，创造培养大国工匠的良好"小环境"。

比如，强化各项政策支持力度，让工匠真正成为有前途、受尊重的职业。

职业教育本身，也需要不断提升、优化。日前召开的省委常委会提出，大力推进职业教育产教融合、校企合作。聚焦办好"三件大事"、产业转型升级、实施创新驱动等，优化学科设置，加强实训锻炼，推动职业教育和企业需求有效对接。还要大力推进职业教育产业化、市场化，扎实推进职业院校管理体制改革，探索开展职业院校股份制、混合所有制改革，等等。

　　我们可以期待，推动职业教育改革发展的好消息会越来越多出现在《河北日报》的报道当中。

（2021 年 4 月 19 日刊发）

靠什么实现"首诊在基层，小病不出村"

河北日报副总编辑　李恕佳

为了让老百姓在家门口就能享受高质量的医疗服务，2019年，河北启动了乡村一体化管理试点工作。两年来，衡水市实现了村卫生室和村医全覆盖，老百姓享受到了"首诊在基层，小病不出村"的医疗服务。对此，《河北日报》进行了探访报道。

在我看来，村卫生室应至少具备两项基本功能。一是"普医"。长期、系统地普及医疗卫生知识，引导群众树立科学的医疗卫生观念。二是初级诊疗。提供最基本的公共卫生、医疗服务，及时准确治疗小病、常见病，对大病作出初步诊断。

衡水让老百姓在家门口实现"病有所医、有效就医"，得益于以下3条。

首先，消除乡村医疗"空白点"。实现了114个乡镇卫生院、4922个行政村卫生室全覆盖，同时，实行乡内村医统一调配，保障村级医疗服务全覆盖。

其次，硬件设施、医疗设备齐全。所有村卫生室都实现了诊室、治疗室、公共卫生室和药房等四室分开，面积达标、布局合理，并全部配齐了医疗设施设备。

最后，强化村医队伍建设，保证人数够、水平够。按照"服务人口数量、服务现状、预期需求、地理条件"等，为每个行政村配备乡村医生；组织开展岗位培训，并定期统一考核，考核结果作为村医执业注册、签约续聘、待遇发放的主要依据。

在我看来，和"有地方、有设备"相比，"有人、有水平"更为关键。

过去，基层群众"有病就去大医院"，这里面当然有一些地方基层医疗人手短缺、设备不齐全等因素，但更重要的原因在于基层医疗人员能力水平参差不齐，难以取得患者信任。

近年来，为解决这样的问题，国家高度重视基层医疗队伍建设，大力推动优质医疗资源向基层倾斜。比如，实施"百医驻村""一村一医"人才战略等；比如，利用5G新技术开展远程医疗手术，探索用AI辅助乡村医生诊断……这些都为提升农村医疗服务提供了新思路。

推动实现"首诊在基层，小病不出村"，"有地方、有设备"问题好解决，只要加大投入，短期内就能做到，但"提高能力水平、赢得群众信任"却没那么容易。这里面，需要采取进一步加大培训力度、鼓励引导更多有真才实学的医护人员投身基层等措施，更需要基层医疗工作者认真履行职责，用一次又一次高水平医疗服务，赢得信任、吸引群众。我想，这应该是今后相关工作的一个重点。

（2021 年 4 月 21 日刊发）

党史学习教育：贵在深入 重在实效

河北日报副总编辑 李恕佳

当前，党史学习教育正在深入开展。全省各地各领域各行业，创新措施、机制、平台和载体，高标准高质量完成学习教育各项任务，把学习成效转化为工作动力和成效，切实为群众办实事解难题。对河北各地各行业党史学习教育的特色、亮点，《河北日报》在《学党史　悟思想　办实事　开新局》专栏刊发了系列报道。

出实招值得推广，求实效应该点赞。同时也要预防一些不良现象的出现，形式主义就是预防的重点。

省外有媒体报道，党史学习教育中一些形式主义现象露了头。比如，有单位要求手抄党史读本100天；有的以学习教育为借口组织旅游，到红色景点打个卡、拍个照就算完成了任务；还有的学习就是"挂机""刷分"；等等，不一而足。

形式主义不是个新问题，在以往的学习教育中也有不同程度的表现。正因为如此，习近平总书记在党史学习教育动员大会上强调，要把学习成效转化为工作动力和成效，防止学习和工作"两张皮"，要坚决克服形式主义、官僚主义。

从一些报道中可以看出，学习教育中的形式主义现象主要表现有两种。

一是学习教育的"打开方式"不对头。

比如，有的充满"懒汉思维"，"以开会代替学习""以材料应付教育""以书面总结代替实际行动"，"只有规定动作，没有自选动作"；比如，有的热衷投机取巧，把方式方法创新变成"作秀"，只重"面子"不重"里子"，只图热闹不求实效。

二是个别党员干部学习目的有偏差，只是为了做做样子、完成任务，偏离了悟思想、办实事、开新局的要求。

孔子有句话："古之学者为己，今之学者为人。"意思是说，古人学习是为了提高自己的修养和水平，而现在的人学习却是为了做给别人看。我想，"为谁学""为什么学"的问题如果解决不好，学习教育中的形式主义就难以杜绝。

个别地方学习教育中出现的形式主义现象为我们敲响了警钟，河北各地如何打好"预防针"、提高"免疫力"？我想可以在两个方面对症下药。

其一，切实加强教育引导，让广大党员干部充分认识开展党史学习教育的极端重要性，从内心深处端正学习目的和态度。

其二，加强组织领导，明确"实"的导向、严格"实"的标准，强化效果考评和监督。在这方面，扎实开展"我为群众办实事"实践活动就是一个最有效、最直观的标尺。

日前召开的省委党史学习教育领导小组会议强调，要积极察民情访民意，综合运用实地走访、集体座谈、民意调查等方式，全面了解群众所思所想所盼。要积极解决实际问题，认真实施 20 项民生工程等重点任务，推出一批为民惠民便民的实招硬招，实施一批直接造福于民的项目工程，解决一批损害群众利益的矛盾纠纷。

可以说，这些要求就是防治形式主义、官僚主义的良药，落实好这些要求，切实把好事办实、实事办好，党史学习教育就能入脑入心，就能持续推向深入。

（2021 年 4 月 23 日刊发）

推荐《大河之北》的十大理由

河北日报副总编辑 王 宁

如果问大家这样一个问题，中国唯一兼有平原、湖泊、高原、草原、森林、山地、沙漠、海滨等地貌景观的省份是哪一个？很少有人想到答案会是河北。打破"存在感"较低的印象，河北自然景观之瑰丽、人文历史之厚重，亟须重新被发现、认知和建构。全景式打开这部"浓缩国家地理读本"的，就是刚刚由花山文艺出版社出版的全媒体读物《大河之北》。

这本书是在河北日报特别策划、推出的深度连续报道《大河之北——河北自然地理解读》的基础上完成的。全书约 40 万字、200 余幅图片，同时制作了 6 个篇章的视频和全部音频，读者扫描书中的二维码即可收听收看。

仔细想了想，《大河之北》至少给了我 10 个方面的启示，或者说是向大家推荐的十大理由。

第一，对家乡知之愈深，才能爱之愈切。人们总想着去看看世界有多大，却忘记了家乡有多惊艳。当我们随着这本书穿越太行燕山、徜徉坝上草原、俯瞰河北平原、攀登长城雄关，一定被它的雄奇瑰丽所征服——这就是可爱的河北，真实而美丽的燕赵家园。

第二，以故事为魂，记录才会有血有肉。这本书的撰稿人是河北日报专业部和驻各市的资深记者，他们花了近两年时间走遍燕赵山水、工厂农村，寻访专家学者、能工巧匠。全书既有非常专业的地理解读，又有娓娓道来的乡愁故事，是科学阐释与新闻写作的完美结合。

第三，文学与故土从来都是那么难舍难分、水乳交融。河北作家中的一些人被称为"荷花淀派"，即使在讲述抗日故事的时候，也不忘对河北大平原的赞美，让人顿生"江山如此多娇，岂容豺狼践踏"的喟叹。

第四，亿万年的地质构造演变，使这里烧造出邢窑、定窑、磁州窑的顶级器物，诞生了近代中国第一炉钢、第一袋水泥、第一座煤矿、第一条铁路。

第五，有了大自然造就的平原沃野、崇山峻岭、河湖淀泊，才有了燕赵故都、渤海粮仓，有了"新中国从这里走来"的赶考出发地，有了冬奥赛场的冰雪奇缘和承载千年大计、国家大事的未来之城。

第六，农牧分界线让长城把最美的篇章留在了河北。因为它们有拱卫京师的重任，所以修造得最为坚实雄伟。跟北京八达岭等景区长城相比，河北长城多了些野性与不羁，是自然与人文景观融合的杰作。

第七，这里有北纬38度的肥沃丰饶，有北纬40度的甜蜜芬芳。全国每收获10斤小麦，就有超过1斤是来自燕赵沃土。赵州雪花梨、宣化葡萄、深州蜜桃、京东板栗、兴隆红果……还有保定、沧州的"驴火"，不论圆的还是方的，都能征服你的味蕾。

第八，谁说纸媒没人看，内容好、写得好，篇幅再长也不乏读者。《大河之北》报道连续刊载了半年多时间，受到广大读者的追捧，客户端阅读量更是历久弥"多"。我相信现在结集成全媒体读物，会赢得更多受众的青睐。

第九，阅读《大河之北》还不过瘾，行走大河之北是必须的。趁着即将到来的五一假期，河北的朋友不妨背起行囊，在本省走一走，饱览她的秀丽与雄壮。外地的宾客一定要来河北看一看，领略她的慷慨与豪迈。

第十，第十我还没想好，等你在评论区来补充。如果你的看法被选中，我们会送出记者签名的，可读、可听、可视的全媒体读物《大河之北》。

（2021 年 4 月 26 日刊发）

"办不成事"窗口，该点赞更应反思

河北日报副总编辑　王　宁

2021年4月21日，河北保定市民服务中心大厅多了一个新窗口——"办不成事"反映窗口。市行政审批局负责人介绍，设立"办不成事"专项通道是优化营商环境的一项服务创新，目的是倾听诉求，打造解决企业和群众办事难题的"直通车"。

近日，北京、南京、山东等多地政务服务中心相继开设"办不成事"反映窗口，专门受理企业、群众没能顺利办理的服务事项，引起广泛关注和热议。

在我看来，设立"办不成事"反映窗口，专门办理"办不成的事"，是更好服务企业、服务群众，提高政务服务质量的有效方法，也是改善营商环境的针对性措施。比如，北京的一位先生，由于户籍和居住地不一致，社保缴纳档案也不知道存放在哪儿了，退休手续办不了。来到"办不成事"窗口后，仅用两天时间就办好了。可见窗口虽小，兜底的却是百姓生活的"大事"和企业发展的"要事"，对常规办事窗口也是个监督，无疑值得点赞。

然而点赞之余，也不妨多一些反思。

其一，原来的一些"窗口"为啥办不成事？

民众到服务窗口办事，涉及工商、税务、房产、水电等各种各样问题，如何让前来办事的民众最多跑一次，是各个窗口的职责。如果民众在对应的窗口没有办成事，把希望寄托在"办不成事"窗口，那说明原先所对应的办事窗口没有真正负起责任，没有认真为百姓办事。

其二，怎么保证"办不成事"窗口一定能办成事？

同样是办事窗口，既然其他窗口"只跑一次"的规定有时会落空，那"办不成事"窗口会不会出现同样的问题？如果"办不成事"窗口也可能出现难办事的情况，又该怎么解决？总不能再设立一个什么窗口吧？

其三，如何从"办不成事"窗口中获取改善整体服务的经验？

"办不成事"窗口的设立除了帮群众办成事以外，更重要的就是要从"办不成的事"中学会总结分析、归纳剖析，梳理出共性问题，从而改进服务、完善制度。如何举一反三，补齐工作中的短板，最大限度让群众少遇到"办不成事"的情况，值得有关部门深入思考。

我想说的是，"办不成事"窗口不应该是一个长期性的存在。什么时候到这个窗口前办事的群众不见了，才体现政务服务水平真正提高了；有朝一日这个窗口因为没有涉企业务而取消了，才说明营商环境达到了一流水平。

（2021 年 4 月 28 日刊发）

河北制造需要更多"隐形冠军"

河北日报副总编辑　王　宁

你有没有听说过这么一个词：隐形冠军。它是一个定义企业的流行词，指那些规模不大但在细分市场具有领军地位的中小企业。"隐形"是因为这些企业往往处在产业链的中间环节，几乎不为大众所知。"冠军"则意味着它们在某一个领域掌握了独门绝技，市场占有率全球第一。

2021年5月7日的《河北日报》讲述了河北省一家"隐形冠军"企业的故事，它就是晨光生物科技公司。20年间，这家企业专注于从植物中提取精华素，从行业门外汉做到了辣椒红、辣椒精、叶黄素3个单品的产品质量、市场份额均居世界第一。由于晨光生物的努力，今天中国天然植物提取技术已代表了世界最高水平。

"隐形冠军"这个概念是由德国管理学家赫尔曼·西蒙提出来的。他在十几年前就出版了一本书，名字就叫《隐形冠军——未来全球化的先锋》。他认为，德国和日本制造业的强大不仅在于拥有西门子、宝马和丰田、三菱重工等大型企业，更在于拥有许多水平很高的中小企业。

比如，有这么一家德国企业，你每天都可能在使用它的产品自己却不知道。当你打开一些饮料或调味料的瓶盖，仔细观察会看到一个三角形中间有个字母B的图案，它就是世界最大的塑料瓶盖生产商百利盖的标志。这家公司近百年来只研究做好一件产品：瓶子盖，每年卖出900亿只，销售收入超过8亿欧元。

不论是晨光生物还是百利盖，这类企业都有两个显著特征。一是重视研发。"隐形冠军"企业的研发投入是普通企业的两倍以上，平均每名职工拥有的专利数是其他企业的5倍以上。二是专心致志。不少企业几代人都在一个看似不起眼的狭小领域心无旁骛精心耕耘，做到世界第一。反观国内一些企业，在某个领域掘取第一桶金之后，就迫不及待地拉长战线，今天做空调，明天造汽车，后天要搞5G产业，什么热就做什么，结果什么也没做好。

那么，世界上有多少家"隐形冠军"企业呢？赫尔曼·西蒙在第二届中国国际进口博览会上表示，他的团队已经在全球发现了近3000家"隐形冠军"，数量最多的是德国、日本和美国，而中国只有92家，可见差距还是非常大的。

河北省2015年就启动了中小企业"专精特新"培育工作，2021年省政府工作报告又提出培育一百家制造业"单项冠军"。晨光生物的成长故事告诉我们，企业未必一定要做大，但关键技术一定要做强，强到无法替代，让人望尘莫及。建设经济强省，河北需要更多像晨光生物这样名副其实的"隐形冠军"。

（2021年5月7日刊发）

青春的追寻

河北日报副总编辑　曹阳葵

从"坚决革命"的董振堂，到"相机纸笔做刀枪"的雷烨；从"愿拼热血卫吾华"的左权，到"救国才能顾家"的高捷成；从"拿出最大决心和牺牲精神为人民立功"的查茂德，到战斗在隐秘战线的"伪装者"孔繁蕤……在百年党史中，一大批革命先驱战斗或牺牲在燕赵大地，他们艰苦卓绝的奋斗故事，是激励我们接续奋斗的不竭动力。

是什么样的理想，让这些百多年前的"90后"，用一腔热血去浇灌？是什么样的情怀，让他们身陷囹圄仍初心不改？是什么样的力量，让他们面对生死依然义无反顾？在革命和战斗间隙，先烈们留下了一封封家书，也留下了一个个精神密码。

在《河北日报》近期推出的全媒体报道"奋斗百年路·启航新征程·循着家书访家乡"中，我们努力找寻其中的答案。从河北到福建，从山东到湖南，从甘肃到浙江……一个多月的时间里，我们一批以"90后"为主的年轻记者，循着红色家书，穿越大半个中国，去探究那个烽火岁月里最壮美的"青春之歌"。

在这样一次不平凡的党史学习教育中，我们心中的百年党史更加清晰和生动。"亲爱的：别时容易见时难……何日相聚？念、念、念、念！"左权将军的最后一封家书，是一位丈夫对妻子刻骨铭心的思念，更是一个铁血将军时刻准备牺牲的勇毅。

"若这次赴前方负了伤或者牺牲了，也是很光荣的，是为革命牺牲的，是有价值的……"28岁的查茂德奔赴战场前，悄悄留下了《与妻书》，这是一位热血青年的"执拗"，更是一名共产党员的坚贞不屈。

在这样一次汲取奋进力量的加油之旅中，我们内心的红色血脉奔涌澎湃，对美好未来的信心越发坚定；在雷烨烈士的家乡浙江省金华市新后项村，一列列"复兴号"列车从眼前呼啸而过，乡村振兴的美丽画卷在眼前徐徐铺展；在孔繁蕟烈士的故乡河北省邢台沙河市，美轮美奂的高科技玻璃产品，让一个又一个"河北智造"，映照出这片古老大地的全新生机。

在英烈誓死捍卫的家乡，山川秀美，如诗如画，全面小康阔步走来。这盛世，正如他们所愿。

（2021年5月10日刊发）

小菜单里的大变化

河北日报副总编辑　曹阳葵

在平山县西柏坡，当地农民陈素梅开了一家小餐馆。20 多年的时间里，小餐馆的菜单迭代升级，一变再变，就像一部"连续剧"，它记录着生活的变化，也见证着时代的发展。2021 年 5 月 14 日的《河北日报》，就讲述了这样一个菜单的故事。

小餐馆最初的菜单是"手写的硬纸板"。20 世纪 90 年代，到西柏坡旅游的人逐渐增多，陈素梅的小餐馆开业了。那时候，西柏坡一带还非常贫困，"人们在吃喝上还不太讲究，能吃饱就行"，菜单就简简单单写在硬纸板上：拍黄瓜、煎鸡蛋、煮面条。

升级后的第二版，是打印的"塑封菜单"。随着西柏坡旅游升温，全国各地的游客也多起来，小餐馆聘请了新厨师，除了本地特色菜，还推出了其他菜系的菜品。这时候的菜单，是正反两面打印的"塑封菜单"，简单明了，方便实用。

正准备推出的第三版，是游客看"菜"下"单"。近年来，红色游火爆全国，西柏坡旅游也迎来新高潮，游客们愈加注重原生态和就餐体验。陈素梅又准备换新菜单了——让游客全程自选，自己决定吃什么、怎么吃，"散养的土鸡，'跑步'的鸭，新鲜的瓜菜随手抓……"

从手写到打印再到自选，"小菜单"每一次变化的背后，是经济的发展，是时代的进步，让我们清晰地看到了"从解决温饱到奔向小康生活的幸福历程"。"小菜单"折射出的是20年间以陈素梅为代表的革命老区群众脱"穷帽"、奔小康的生活变迁，和他们的眼光与和理念的更新；更是整个社会的发展进步——从只要"吃得饱"，到要求"吃得全""吃得好"，再到讲求"吃得营养""吃得健康"。

幸福的生活，就浓缩在"柴米油盐"的更新换代里；发展的进步，就体现在普通人不断产生、满足"一衣一饭"的新需求中。用心发现一个个"小菜单"，我们就能看到满满的收获、足足的幸福；主动适应需求的变化，不断调整、丰富自己的"小菜单"，我们每个人就一定能和陈素梅一样，不断为自己也为别人创造更加幸福美好的生活。

（2021年5月14日刊发）

红色档案印初心

河北日报副总编辑　曹阳葵

在燕赵大地这片红色热土上，中国共产党带领广大人民群众进行了艰苦卓绝的革命斗争和建设，积累了丰富的党史档案资料、革命文物和社会发展见证物。每一份红色档案，都是一段独特的历史记忆，印证着中国共产党人的初心。

从百年征程回望，你可能知道，李大钊同志牺牲于 1927 年。但你知道吗？他的公葬仪式在 6 年后才得以举行，墓碑更是深埋地下长达 50 年之久；你可能知道，中国共产党第一个农村党支部诞生在河北，但你了解它成立的经过吗？见过我党第一位农民党员手书的思想自传吗？你可能听过江姐、刘胡兰等巾帼英雄的故事，但你知道冀南第一位女县委书记贾庭修的传奇经历吗？读过她在那个风雨如晦的年代里的亲笔信吗……

烽火岁月里那些可歌可泣的故事，你可以在河北日报新媒体平台最新上线的系列微纪录片《红色档案印初心》中找到答案。该纪录片由河北省档案馆与河北日报报业集团联合制作推出，目的是同广大受众一起，打开珍贵的燕赵红色档案，共同追寻蕴含其中的一个个感人至深的红色印记，更好地体悟共产党人的初心使命，更好地汲取团结奋进力量。

从《红色档案印初心》采制过程，我们深切地感受到，红色档案是开展好党史学习教育的宝贵资源。在这些红色档案里，蕴藏着宏大叙事的具体细节，鲜活生动，催人奋进。档案的价值在于利用。这些珍贵的红色档案，用现代化的手段呈献给整个社会，用喜闻乐见的方式走进人们的心里，它超越了记录和见证，被赋予历程再现和汲取前行动力的崭新意义。从这个角度看，《红色档案印初心》的上线推出，是开展好党史学习教育的创新举措，也是管理好、利用好红色档案的创新实践。

请和我们一起，登录河北日报、河北省档案馆新媒体平台，读红色档案，看初心永恒。

（2021 年 5 月 21 日刊发）

今天，你打疫苗了吗？

河北日报副总编辑　贾　伟

最近一段时间，"打疫苗了吗？"成为大家见面时的问候语。疫苗接种问题，也成了"全民热议话题"。截至 2021 年 5 月 22 日，全国累计报告接种新冠病毒疫苗 4.9 亿剂次。不少网友留言说："我就是 4.9 亿分之一。"

4.9 亿！这个数字体现了我们国家疫苗接种取得巨大成绩。

众所周知，预防新冠肺炎最好的办法就是接种疫苗。从免疫学原理看，疫苗就是驻扎在人体内的"情报部队"，帮助免疫系统识别并灭杀入侵病毒。接种疫苗，从国家层面看是阻断传播，从个人层面看是不要出事。当初致死率极高的传染病"天花"，就是被疫苗消灭的。新冠肺炎是易感疾病，从整体上控制疫情，关键还是要靠疫苗。

同时也要看到，与 14 亿多的人口总数相比，4.9 亿还不足以建立起强大的免疫屏障。要达到足够的群体免疫力，需要绝大多数人都接种疫苗——根据经验和研究，疫苗接种率达到 70%—80% 时，才能产生群体免疫。按照这一比例，我们国家至少需要 10 亿人接种新冠疫苗。

实现"全民接种疫苗"这一目标，中央大力部署，地方积极努力，但最终还需要公众积极配合。因此，钟南山院士才一次又一次呼吁大家去打疫苗，并告诫我们千万不要幻想自然免疫，因为它"不现实、不科学、不人道"。有医生则说"不打疫苗就吃亏了"——当不接种者给自己、家庭、社会都带来健康风险时，那确实是吃亏，而且吃的还不是小亏。

为了早日回归没有疫情的宁静生活，还需要更多的朋友"撸起袖子"、接种疫苗。这样做，是为自己加上一把"安全锁"，为家庭幸福构筑一道"堡垒"，为健康中国贡献"一臂之力"。

此外，多说一个"小惊喜"。最近打完疫苗后，我的河北健康码有了"金边新皮肤"——看着绿码四周的金边、左上角的针剂图案，我感到，自己安全多了。

今天，你打疫苗了吗？如果还没有，请赶快去排队吧。

（2021 年 5 月 24 日刊发）

用互联网擦亮河北品牌

河北日报副总编辑　贾　伟

在不久前举办的 2021 年中国品牌日活动中，河北几家企业的做法让人眼前一亮。

君乐宝乳业在人民日报微博客户端举办的《发光吧！国货》直播间推广新产品，3 分钟销售额突破 200 万元；

惠达卫浴在云展馆中，智能化展示自己的卫浴、洁具、五金产品；

明尚德玻璃科技股份有限公司通过抖音号与网友进行直播互动，对产品进行全方位展示；

……

这些做法，都是顺应时代发展，借助"互联网＋"技术扩大品牌影响力的生动实践，也是当下品牌建设最有效的方式之一。

按照过去的实践和理论，品牌建设具有长期性——一个企业，要想拥有知名品牌，必须经过一个长期的口碑积累过程。正因如此，对很多后发企业和地区来说，即使产品和服务质量再好，也难以在较短时间内在品牌上取代先行者。

互联网的出现，改变了市场信息传播方式，也改变了品牌成长、建设的轨迹，极大缩短了品牌塑造周期。利用互联网，一些企业创造了"品牌奇迹"。比如，仅仅用了 13 年，阿里巴巴年交易规模就突破了 3 万亿元，成为全世界闻名的零售品牌，而达到同样的规模，当年的沃尔玛足足用了 54 年。

在河北省，同样有类似的例子。近年来，明尚德公司连续推出现象级产品——"猫爪杯"、七彩温变电水壶、全透明恒温玻璃餐垫……迅速提升、扩大了品牌知名度和影响力。一个重要原因，就在于他们充分利用互联网，及时准确掌握消费需求、进行产品营销和品牌传播。辛集皮革、白沟箱包、高阳毛巾……河北省众多传统特色产业企业，也积极引进国内外电商平台，发展集直播基地、网红孵化、营销策划于一体的全新业态，拓展了更为广阔的市场空间。

互联网给品牌竞争开辟了新的赛道。期待更多河北企业在提升质量和服务的同时，运用新技术，发挥新优势，用好互联网，把"河北品牌"擦得更亮。

（2021 年 5 月 26 日刊发）

为群众办实事　没有"最好"
只有"更好"

河北日报副总编辑　贾　伟

最近《河北日报》的《我为群众办实事》专栏，先后刊登了这样两则报道。

一是河北省解决"三点半难题"再出新举措。2019 年，河北就已经部署推行免费校内课后服务，解决"三点半难题"。2021 年，面对群众"时间能不能再延长，内容能不能更丰富"等新期待，各地各学校纷纷创新完善课后服务，各项措施不断提质升级，更好做到了让"孩子开心，家长省心"。

二是河北省老旧小区"改"有章法，"美"有温度。2018 年以来，河北共改造城镇老旧小区 6311 个，惠及居民 141 万户。2021 年，河北首次把"完整居住社区建设"纳入老旧小区改造，除了原有设施的提升，还增加了养老、托育、助餐、便民市场等公共服务设施建设，让社区居民生活更方便、更宜居。

解决"三点半难题"和改造老旧小区，具体内容不同，方法措施差别更大。但把这两件事放在一起琢磨、分析，就会发现一些规律性的东西。

第一，为群众办实事，没有最好，只有更好。这两项工作，河北一直开展得不错，但随着时间的推移，群众又产生了新的需求。2021年工作的特点，就是顺应群众新期待、新需求，努力实现从"有"到"好"，从"好"到"更好"，所以才得到了群众的高度评价和广泛欢迎。

第二，为群众办实事，必须脚踏实地、讲求实效，不搞形式主义、不做表面文章。2021年这两项工作，都是在原有工作基础上踏踏实实做"加法"，没起新名字，没贴新标签，有效保证了工作的连续性。比方说，如果想标新立异，"老旧小区改造"完全可以改叫"完整居住社区建设"，但是这样一来，名字的确"高大上"了，却少不了重新宣传动员、让群众理解接受，"样子"新了，效果却差了。

其实，从大的方面讲，"实事"无非是那么几大类，我们也一直在办。但要真正把实事办好，关键就在于持之以恒、一抓到底，不断进行新完善、实现新提升，而不是玩一些赶时髦的花架子。我想，这就是河北"升级版"解决"三点半难题"和改造老旧小区的成功之道，也是我们应该从中得到的经验和启示。

（2021 年 5 月 31 日刊发）

读者为什么关注"强省会"

河北日报副总编辑　李恕佳

日前，河北省召开会议，专门研究部署推进省会建设发展工作。会议提出，积极融入以首都为核心的世界级城市群，扎实推动省会建设高质量发展，努力打造现代化国际化美丽省会城市。一时间，"强省会"成为《河北日报》读者持续关注、热议的高频词。

在我看来，"强省会"成为上下关注的一个焦点，原因至少有3个方面。

其一，"强省会"正在成为更多省区的战略选择。在全国不少省区"十四五"规划的建议里，"强省会"频频出现。山东、江苏再次明确"强省会"战略；江西、广西则将"强省会（首府）"作为"十四五"的重点发展方向；广东强调支持广州建设国际大都市、强化省会城市功能……有专家甚至认为，目前，不少省区已进入"省会建设的快车道"。这样的大背景下，河北强调"强省会"，恰逢其时，实属必然。

其二，目前的石家庄市距离强起来还有一定差距。从省内看，石家庄市的首位度还不够高。比如，在全省11个设区市中，2020年，石家庄的 GDP 位居第二，与第一位的唐山差距较大，同时，对全省的辐射带动作用也不够强。从全国范围看，不少省会的 GDP 占全省的比重都超过 30%，有的甚至超过 50%，而石家庄则不到 20%。这一方面说明河北"强省会"的必要性紧迫性，另一方面表明石家庄具有广阔的发展和上升空间。

其三，此次会议围绕贯彻落实新发展理念，推动高质量发展，打出了"强省会"的一系列组合拳。比如，提升规划建设管理水平、构建现代化经济体系、抓好生态建设、办好民生实事。

引人注意的是，会议强调要"更加注重增强综合经济实力，更加注重提升城市品质，更加注重改善生态环境，更加注重延续历史文脉，更加注重增强承载能力和服务功能"。还有，会议强调了省会的辐射带动作用，要求石家庄通过"强省会"，"当好全面建设经济强省、美丽河北的'排头兵'"。

我想，从这些信息里面可以看出，河北省的"强省会"，是石家庄市自身高质量发展的"强"，也是带动全省发展的"强"。现代化国际化美丽省会城市——这样一个不断强起来的"国际庄"，值得广大读者、广大网友的关注和期待。

（2021 年 6 月 7 日刊发）

转型升级：传统产业改造提升期待提速

河北日报副总编辑　李恕佳

2021 年 6 月 9 日的《河北日报》，刊发了两条项目开工消息。

一条是"第二季度，邢台市 130 个项目集中开工"。消息很短，不到 200 个字，引起我关注的，是这样一句话，"集中开工的项目中，传统产业升级项目数量最多"。

另一条是"定州今年第二批 38 个重点项目集中开工"。报道分析，其特点之一是工业项目占比高，有 35 个，主要涉及定州特色优势主导产业，有助于加快定州传统产业转型升级步伐。

回顾近期同类的报道，可以发现在其他一些地方新开工项目中，也有同样的现象。在这里，先给这些地方点个赞。

当前，河北正处在转型升级的关键时期。实现转型升级，必须加快传统产业改造提升。

从理论上看，转型升级主要包括两个方面，一是培育壮大高新技术产业，实现无中生有；二是改造提升传统产业，推动有中生新。而且，新动能和传统动能不是"二选一"的对立关系，只有平衡好二者的关系，才能真正实现经济结构优化升级。过去，有的地方片面强调发展高新技术产业，出现了高新技术产业园区林立、传统产业勉强糊口或者被迫搬迁的现象，结果不但转型升级效果不好，还引发了许多问题。现在，有的地方一讲解决"卡脖子"技术难题，就什么都自己干、搞重复建设，专盯"高大上"项目，不顾客观实际和产业基础，结果成了烂尾工程。

从实践来看，培育壮大高新技术产业和改造提升传统产业"双轮驱动"，是转型升级的成功经验。20 世纪是日本经济的一个重要转型时期。为解决产业结构不合理等问题，日本坚持深度开拓新技术产业与积极发展优势传统产业并重，尤其重视用先进技术来改造和提升传统产业，成功实现了产品由"重、大、长、厚"向"短、小、轻、薄"的转变，形成了建设世界工业强国的发展能力。

从现实来看，传统产业是河北全省和大部分地区的当家产业，同时也是优势产业。这种情况下，显然有必要把传统产业当成转型升级的主战场，借力新技术、新工艺、新装备、新机制，强链、补链、延链，推动产业链向中高端跃升。否则，就有可能因为新旧动能转换接续不畅，导致经济发展失速等问题。近年来，省委、省政府针对钢铁、石化、装备制造、建材、食品、纺织服装等 9 个重点产业，分别制订转型升级专项计划，大力推动实施，取得了良好效果，道理就在这里。

对河北各地来说，大力推动转型升级，就要坚决去、主动调、加快转，深入实施"万企转型"和"千项技改"工程，促进传统产业高端化、智能化、绿色化变革。"传统产业升级项目数量最多"——期待河北日报报网端微报道更多这样的消息。

（2021 年 6 月 9 日刊发）

让农险真正成为农民的保护伞

河北日报副总编辑　李恕佳

日前，《河北日报·保险生活周刊》刊发了一条有关"农业保险"的新闻——

前些时候，安平县、故城县突然遭遇恶劣气象灾害，导致农作物大面积受损。两县相关部门迅速启动了自然灾害应急预案机制，开辟快速理赔通道，给农民群众吃了定心丸。

春种一粒粟，秋收万颗子。风调雨顺的年份，农民兄弟可以喜获丰收，可遇到自然灾害怎么办？该由谁来为他们托底、护航？读了这条新闻后，我又查阅了相关的材料，对农业保险有了新的认识和思考。

其一，农业保险必不可少。联合国粮农组织发布的 2021 年版《灾害和危机对农业及粮食安全的影响报告》显示，农业吸收了 63% 的自然灾害影响和经济损失；2008—2018 年，自然灾害使发展中国家农业部门损失了价值 1080 多亿美元的作物和牲畜，亚洲是受灾最严重的地区，总体经济损失高达 490 亿美元……联合国粮农组织总干事屈冬玉表示，自然灾害的影响是广泛的，风险增加已成为新常态，气候变化将进一步加剧这些挑战。

我国是农业大国，河北是农业大省，农业保险对稳定农业生产和整个经济社会发展，具有非常重要的意义。

其二，农业保险发展需要提质提速。近年来，农业保险越来越受到重视。2017—2018年，国务院在河北、河南等13个粮食主产省选取了约200个县，推出了农业大灾保险产品。2021年的中央一号文件，明确提出了一系列促进农业保险发展的政策。但总体来看，农业保险的险种、覆盖面、参保率、赔付力度等都还不够，需要进一步提质提速。

其三，农业保险也需要"保险"。"大灾不赔，小灾赔不了多少。""农民不满保险结果，保险公司抱怨无利可图。"这是目前农业保险面临的一大尴尬。这里面的原因当然是多方面的。在我看来，农民认知度不高、参保率低，没能形成强大的大数效应是一个重要原因。解决这个问题，需要各地各级政府拿出有力措施，还要加强宣传引导。比如，在河北的部分地区，政府承担了种粮大户等的全部保费，让不少经营主体"涉险过关"，起到了很好的示范、引导作用。

我想，当这样的做法越来越多，农业保险的发展就有了"保险"，我们的农业发展也会更加"保险"。

（2021年6月11日刊发）

要保护的不止传统村落

河北日报副总编辑　李恕佳

刚刚结束的端午假期，短途游、周边游很是热门。我身边的不少人，就去了太行山沿线的古村落。他们说，在那里看到了记忆中的家乡，感受了浓浓的乡愁。

河北有许多传统村落，沉淀着丰富的物质和非物质文化遗产，被称为"中国北方农耕文明的活化石"。日前，《河北日报》刊发了《邢台市传统村落保护条例》下月起正式施行的消息——以地方性法规的形式对传统村落进行专项保护，这在河北省尚属首例。

不单单是邢台市，还有石家庄市、邯郸市等地，都在立足实际，合理开发传统村落旅游资源，以旅游业为主导，推动形成"旅游＋"产业体系，助力乡村振兴和发展。

保护传统村落有多重要？习近平总书记多次强调，新农村建设一定要注意乡土味道，体现农村特点，记得住乡愁，留得住绿水青山。2021年的中央一号文件提出，"编制村庄规划要立足现有基础，保留乡村特色风貌"。不久前，国家乡村振兴局再次要求，"保留乡村特色风貌，不搞大拆大建"。

　　一个时期以来，一些地方传统村落保护做得并不好——有的一味拆了旧房建新村，结果让新农村有了"新"却丢了"村"；有的打着开发的旗号，随意新建，破坏了村落的古貌；有的"重旅游开发、轻文化保护"，让传统村落遭受"旅游性开发破坏"的威胁……

　　在这样的背景下，河北省越来越多的地方不断加大保护力度，合理开发利用传统村落资源。这样的消息实在让人感到高兴。

　　2021年是全面推进"乡村振兴"元年。对于传统村落保护，应该从"乡村振兴"和整个经济社会发展的高度，重新加以审视。

　　全国人大农业与农村委员会主任委员陈锡文指出，乡村振兴不是简单地加快乡村发展，而是要更好发挥城市没有的、独特的功能。在他看来，乡村的主要功能体现在3个方面，一是确保粮食和重要农产品的供给，二是提供生态屏障和生态产品，三是传承一个国家、一个民族、一个地域的优秀传统文化。

　　我理解，让乡村发挥好这些独特功能，关键是要明确一个认识——乡村振兴，振兴的是乡村，必须保护好一个个"乡村元素"，比如传统村落，比如耕地牧草，比如树木溪流……希望在河北日报报网端微的报道里，能越来越多地看到这样的消息。

（2021年6月16日刊发）

污水变清流　乡村更美丽

河北日报副总编辑　李恕佳

在我的印象中，生活污水一直都是农村人居环境整治的一个突出短板。2021 年 6 月 18 日《河北日报》刊登了《河北"量村定制"治理农村污水》的报道，让我觉得，以前的"老印象"要改一改了。

在故城县董学村，村民家里就安上了"污水处置系统"，污水废水都能收集起来再利用，不仅能浇花，还用来冲厕、洒扫，过去污水横流的街巷，如今彻底变了样……

董学村是河北大力推进农村生活污水治理的一个缩影。近年来，河北农村越来越多的地方积极推进污水治理，探索形成了一批行之有效的治理模式，比如邱县的粪污一体化治理模式、吴桥"1 个中心 +N 个村庄统一治理"模式、武邑以镇带村治理模式、枣强和深州粪污干湿分离车治理模式，等等。如今，全省已有 32474 个村庄建成生活污水无害化处理设施，覆盖率达到了 70%。

河北省农村污水治理的有力有效推进，应该说主要得益于两点。

一是因地制宜、"量村定制"，不图"高大上"，只求"真管用"。

根据实际需要、实际情况选择合适的、现实的模式，治理方案具体到村，甚至每一户、每一种污水。比如，适合进入污水处理厂管网的就进管网，适宜建村社污水集中处理设施的就建集中处理设施，适合分户处理的就分户就地处理……让农村污水治理真正能落地、能见效，可推广、可持续。

二是立足循环利用，让污水真正成为资源，价值得到充分利用。比如，洗浴、洗涤、餐厨等废水经过处理后，用于冲厕、浇灌或抑尘；冲厕废水经过再次处理，水质可以达到一级 A 标准，根据需要用于农田灌溉。我想，对污水价值的充分挖掘和利用，实现了污水治理和乡村发展的双赢，调动起了广大农民群众参与的积极性、主动性。

建设美丽乡村、推动乡村振兴，要做的工作很多，还面临着不少"老大难"。工作怎么推进？难题怎么解决？在我看来，经验就在农村污水治理里——一是求真务实，精准施策；二是坚持更好服务农民群众的准则，追求具体工作推进和群众直接得利、受益"双赢"，甚至"多赢"。我想，做到这些，乡村振兴的其他工作，就都能像农村污水治理一样，落地落实、高效推进。

（2021 年 6 月 18 日刊发）

天价彩礼，该"歇菜"了！

河北日报副总编辑　王　宁

近 3 年来，河北省河间市已有 413 对新人结婚实现"零彩礼"——这是 2021 年 6 月 21 日《河北日报》的一篇报道。"零彩礼"成为新闻，说明河间市推进婚姻领域移风易俗的做法值得借鉴，也折射出当下一些农村地区令人咋舌的天价彩礼现象。

据一项在华北某地农村的调查显示，适婚男性如要娶妻，需支付的彩礼数额高达 10 万余元，甚至超过 20 万元。有的还要在县城准备一套房、一辆小汽车，再加上婚庆开销，没有几十万元这一摊子是支撑不下来的。

结婚送彩礼最早可追溯到西周时期的"纳征"之礼。在中国传统文化中，彩礼既有确定婚姻关系的功能，也是表达双方情感的载体。著名社会学家费孝通在《江村经济》中写道，女子出嫁后便成为男方家庭的一员，彩礼是男家对女家转让劳动力的补偿。

在我看来，近年天价彩礼之所以愈演愈烈，既有历史原因，更有现实背景。彩礼在性质上被异化的同时，也离传统内涵越来越远。

从人口结构分析，农村适婚人口比例本来就男多女少，不少农村女青年通过外出务工嫁到城镇，但城市女性很少会嫁到农村，适婚女性"供不应求"，彩礼难免上涨。

从社会层面来看，彩礼在一些地方已经演变成一种"面子工程"，"你要得多我要得更多、彩礼越高面子越大"的攀比心理，加剧了天价彩礼现象蔓延。

从经济角度观察，彩礼所承载的"补偿"功能正在淡化，"资助"色彩日益凸显。往往越是经济不发达的地方彩礼要得越高，让很多原本就不富裕的家庭雪上加霜。

5月31日，中共中央政治局会议在审议《关于优化生育政策 促进人口长期均衡发展的决定》时，特别点名要求对"婚嫁陋习、天价彩礼"这些不良社会风气进行治理。

我赞成这样一种观点，治理天价彩礼是一个系统工程，非一纸行政命令可以解决，需要多措并举、久久为功。除了加强宣传引导、建立乡规民约，关键是要大力发展当地经济，全面推进乡村振兴。只有生活更加富裕了，社会保障完善了，人们才不会在彩礼上打主意了。

2021年4月，民政部将河间市等15个县（市、区）确认为全国婚俗改革实验区。我们期待这些地方对天价彩礼等婚嫁陋习动真碰硬、系统施策，探索并总结出可复制的好经验、好做法。

近段时间以来，全社会都在谈论三孩政策的问题。我忽然想，一个儿子娶媳妇彩礼就二三十万元，3个儿子的话，那该是怎样的负担和压力啊？于国于民，于情于理——天价彩礼，真该"歇菜"了！

（2021年6月21日刊发）

交房即交证，这才叫"急群众所急"

河北日报副总编辑　王　宁

49位业主，一边拿钥匙，一边"零等待"拿到了房产证——看了《河北日报》刊登的报道《衡水新建商品房"交房即交证"》，我想肯定会有不少人"很羡慕"，同时心里也在问："我啥时候才能拿到房产证？"

房产证是买房行为有效、合法的证明。按照法理，通过联合验收、完成竣工验收备案的房地产项目，在房屋交付时，只要购买者缴纳了契税、住宅专项维修资金，收房时就应该拿到房产证。

但在现实中，购房人拿到新房钥匙后，通常还需要等几个月甚至几年时间，才能拿到不动产权证。有的房子住了十几二十几年，新房快成了旧房，还在眼巴巴地等着盼着"大红本"。

迟迟拿不到房产证的后果有多严重？

首先，没有房产证，就不是法律意义上的房产拥有者。一旦发生产权纠纷，别说所有权了，就连居住权也难以保障。用老百姓的话说，只有拿到了房产证，房子才是自己的，心里才踏实。

其次，没有房产证，与房产相关的各项权益得不到保障。如果你想卖房，要么没人买，要么只能卖个"骨折价"；如果你想抵押贷款，对不起，银行不给办；如果你的孩子想上学，一些地方公立学校大概率不会收……

房产证迟迟拿不到手，责任往往不在购房者，多是因为开发商或建设单位遗留的一些历史问题。比如，有的开发商手续不全就开工上马，房子卖完了还缺这缺那；有的建设单位没有完成规划中的公共配套设施建设，无法满足规划验收和工程验收条件……按照法律法规和相关政策，房产证自然办不下来。

花光了积蓄、背着贷款买了房，却拿不到房产证，成了很多群众的操心事、揪心事、烦心事。开发商或建设单位的欠账直接转嫁或者分摊到购房者头上，显然非常不公。历史遗留问题各种矛盾交织，解决起来难度很大，但绝不能因为难就拖下去。

志不求易者成，事不避难者进。在为民办实事过程中，要不要碰硬骨头，检验初心与使命；敢不敢啃硬骨头，体现决心与意志；能不能啃下硬骨头，考验能力与水平。衡水新建商品房"交房即交证"改革，无疑是挑了一根硬骨头，真正称得上急群众之所急，值得大大点赞。"交房即交证"更应成为房产交易的标配，值得大力推广。

顺便说一句，解决"有房没证"问题，只盯着新建商品房还不够，以前欠下的旧账，也该下真功夫理一理了。

（2021 年 6 月 23 日刊发）

百年风华　燕赵荣光——思想伟力

河北日报副总编辑　王　宁

再过几天，我们将迎来伟大的中国共产党诞生 100 周年的光辉日子。礼赞百年风华，致敬燕赵荣光——河北日报大型全媒体主题报道《奋斗百年路，启航新征程》也进入高潮。

河北是革命的土地、英雄的土地，新中国从这里走来。河北是完整见证党的一百年光辉历程为数不多的省份之一，更见证了一个百年大党穿越时空的思想伟力。

思想伟力，从一粒"种子"生发。

1919 年，北京大学一位年轻教授在《新青年》上发表了一篇系统介绍马克思主义理论的文章，并公开申明自己对马克思主义的信仰。此后，他更是明确提出，对待马克思主义必须研究它"怎样应用于中国今日的政治经济情形"。这位教授便是从河北乐亭大黑坨村走出来的中国共产党主要创始人之一李大钊。在这之前，李大钊和老家的亲戚有这样一段对话。亲戚问："你在北京倒是干啥呀？"李大钊笑着说："点种！"

改变一个国家的命运，开始就是一粒火种。正如习近平总书记在纪念李大钊诞辰 120 周年座谈会上指出的那样："今天，我们更加感受到李大钊同志历史眼光的深邃和思想价值的珍贵。"以科学的态度对待马克思主义，正是中国共产党人坚持不懈的思想追求，贯穿于我们党的百年奋斗历程。

思想伟力，从一场"赶考"彰显。

1949 年 3 月 23 日，土坯房前，老槐树下，挥别依依不舍的父老乡亲，毛泽东同志率领中共中央机关自西柏坡动身前往北平。行前，毛泽东同志自信地说，"进京赶考去！""退回来就失败了，我们决不当李自成。"

平山县西柏坡，中国革命的最后一个农村指挥所。在这里，我们党完成了"由革命党转向执政党"的思想准备。党的七届二中全会上，毛泽东同志指出，夺取全国胜利，这只是万里长征走完了第一步，革命以后的路程更长，工作更伟大、更艰苦，因此"务必使同志们继续地保持谦虚、谨慎、不骄、不躁的作风，务必使同志们继续地保持艰苦奋斗的作风"。

"两个务必"包含着对我国几千年历史治乱规律的深刻借鉴，包含着对我们党艰苦奋斗历程的深刻总结，包含着对胜利了的政党永葆先进性和纯洁性、对即将诞生的人民政权实现长治久安的深刻忧思，思想意义和历史意义十分深远。

思想伟力，从一颗"初心"绽放。

1982 年春天，29 岁的习近平从北京来到了河北，怀着"为老百姓做实事"的从政初心，与正定人民共同奋斗了 1000 多个日日夜夜。从"大包干"到"半城郊型经济"，从"人才九条"到"六项规定"……习近平新时代中国特色社会主义思想中的许多理念，与他在正定的探索思考一脉相承。

习近平总书记多次语重心长地说，党的根本宗旨就是全心全意为人民服务，实现中华民族伟大复兴，必须坚持以人民为中心。从昔日的县委书记到今天党的总书记，这份为民初心始终不曾动摇、历久弥坚。

党的十八大以来，习近平总书记8次视察河北省，在河北向全党全国发出脱贫攻坚动员令，对河北工作提出"四个加快""六个扎实""三个扎扎实实"的总要求，谋划推动京津冀协同发展、规划建设雄安新区、筹办北京冬奥会……创新、协调、绿色、开放、共享，新思想的光辉指引河北，领航中国！

（2021年6月28日刊发）

百年风华　燕赵荣光——精神永恒

河北日报副总编辑　王　宁

据中共中央党史和文献研究院梳理，中国共产党在不同革命时期、不同地区和不同领域形成的各种革命精神达 90 多种，它们是我党不断成长壮大、从胜利走向胜利的基因密码。在这个光彩夺目的精神谱系里，许多伟大精神在燕赵大地上孕育形成、发扬光大。

有一种精神叫"太行山"——太行精神，挺起中华民族不屈的脊梁。

八百里太行，五百里在河北。在国家和民族危亡的关键时刻，八路军三大主力师强渡黄河，挺进抗日前线，转战太行山区。数以万计的将士在这里前仆后继、浴血奋战，用血肉铸成抗日救亡的钢铁长城。平山团、阜平营、灵寿营，老百姓成建制参军打鬼子。母送子、妻送郎、兄弟竞相上战场，"九千将士进涉县，三十万大军出太行"。《没有共产党就没有新中国》在这里唱响，《团结就是力量》在这里诞生。

太行精神是中国共产党领导太行儿女不怕牺牲、不畏艰险的革命英雄主义精神，是在极其艰苦的条件下百折不挠、艰苦奋斗的精神，是为民族解放万众一心、敢于胜利的精神，是为人民利益英勇奋斗、无私奉献的精神。

有一种精神叫"西柏坡"——西柏坡精神，树立起党的精神建设重要新坐标。

在中国共产党革命精神谱系中，西柏坡精神是具有承上启下重要功能的一环。它产生于中国革命重要的历史转折关头，决定着中国革命的前途和命运，它体现为敢于斗争、敢于胜利的彻底革命精神，善于破坏旧世界、善于建设新世界的开拓创新精神，坚持依靠群众、坚持团结统一的民主团结精神。而"两个务必"，即谦虚谨慎、艰苦奋斗的精神，是西柏坡精神的核心。

"这里是立规矩的地方。"2013年7月11日，习近平总书记来到西柏坡，勉励各级党组织和广大党员干部，不断学习领会"两个务必"的深邃思想，继续把人民对我们党的"考试"、把我们党正在经受和将要经受各种考验的"考试"考好。

有一种精神叫"唐山抗震"——唐山抗震精神，谱写了战天斗地的英雄史诗。

1976年唐山大地震，是20世纪人类史上最重大的自然灾害之一。在党中央的坚强领导和全国广大军民支持帮助下，唐山人民迅速从废墟上爬起来、站起来、强起来。震后第10天，产出第一车煤；震后14天，电网并网发电；震后28天，炼出第一炉钢。历经10年重建，10年振兴，20多年快速发展，英雄城市实现了涅槃重生。

2016年7月，习近平总书记在唐山调研考察时满怀深情地说："在同地震灾害斗争的过程中，唐山人民铸就了公而忘私、患难与共、百折不挠、勇往直前的抗震精神。这是中华民族精神的重要体现。"

有一种精神叫"塞罕坝"——塞罕坝精神，创造了荒原变林海的人间奇迹。

从"六女上坝"的无悔选择，到望火楼夫妻几十年如一日的漫长守望，半个多世纪以来，塞罕坝林场的建设者们听从党的召唤，在"黄沙遮天日，飞鸟无栖树"的荒漠沙地上艰苦奋斗、甘于奉献。从一棵树到一片林，塞罕坝构筑的不仅是"美丽高岭"，更是"精神高地"。

习近平总书记热情赞誉他们"用实际行动诠释了绿水青山就是金山银山的理念，铸就了牢记使命、艰苦创业、绿色发展的塞罕坝精神"，"是推进生态文明建设的一个生动范例"。

（2021 年 6 月 30 日刊发）

百年风华　燕赵荣光——英雄无悔

河北日报副总编辑　王　宁

燕赵自古多慷慨悲歌之士。崇侠尚义的传统与共产主义崇高信仰、伟大事业相结合，这片英雄的土地上谱写了可歌可泣的英雄史诗。斗转星移，英雄无悔。他们的背影从未因时间流逝变得暗淡，反而在历史长河中熠熠生辉。

英雄何以无悔？因为他们对理想信念忠贞不渝。

1927 年，李大钊被军阀杀害时，年仅 38 岁。这位中国共产党创始人之一和中国接受并传播马克思主义的第一人这样预言："红花的种子，将撒遍各地。""共产主义在世界、在中国必然要得到光荣的胜利！"

在与民族敌人殊死搏斗中，狼牙山五壮士高呼"中国共产党万岁"纵身跳下悬崖；在决定中国命运的最后决战中，19 岁的战士董存瑞高喊"为了新中国"，让敌人的碉堡和自己的身体一起消失在冲天的火光中……

革命理想高于天，理想信念之火一经点燃就会产生巨大的精神力量。马本斋、王锡疆、节振国、刘耀梅……我们还能说出很多闪光的名字，他们是共和国的奠基者，却没有看到新中国诞生的那一天。他们生命的霞光，化作鲜红的五星红旗。

英雄何以无悔？因为他们对这片土地爱得深沉。

1955年，16岁的吕玉兰高小毕业回到家乡临西县务农。她听从党的号召，带领家乡人民造林治沙，成为著名全国劳动模范。1966年6月14日，《河北日报》头版头条刊登了吕玉兰的体会文章《十个为什么》。她说："天大的事由地大的人去干"，"农业要上去，干部要下去"。

14次创造黑色金属矿山掘进全国纪录的马万水，练就一气打450锤不换手的本领，为的是"永争先、攀高峰"；创造了"邯钢经验"的改革先锋刘汉章，擎起"全国工业战线的一面红旗"。

还有张贵顺、耿长锁、邢燕子、马胜利……他们是新中国的建设者，是改革开放的探路人。他们埋头苦干、敢为人先。他们献身的事业，是迈向富强的基石。

英雄何以无悔？因为他们对人民群众满怀深情。

扎根深山35年，推广实用技术36项，累计带动贫困山区10万群众脱贫——被誉为"太行新愚公"的李保国说，"太行山的父老乡亲都富起来了，我的事业才算成功"。

还有为民服务"永远在线"的人民警察吕建江，还有那些坚守脱贫攻坚一线的驻村"第一书记"……抗震、抗洪、抗疫，每当人民生命财产受到威胁，一声声"召必来，战必胜"的铮铮誓言，一封封按满红色手印的请战书，化作一面面高高飘扬的鲜红党旗。

李保国那句"我见不得老百姓穷"，道出了他们质朴而真挚的情怀。他们是新时代的奋斗者，把人民放在心中最高位置。他们坚守初心、不辱使命，续写着追梦路上的新儿女英雄传。

天地英雄气，千秋尚凛然。在历次革命斗争和社会主义建设中，有近 22 万燕赵英雄儿女牺牲在这片红色热土。他们中有铁肩担道义的学者，有视死忽如归的战士，有汗滴禾下土的农民，有十年磨一剑的工匠……但他们有一个共同的名字：共产党员。

在河北每一处秀丽山川、每一片丰收田园、每一幢雄伟建筑，在7400 万燕赵儿女心中，都耸立着这样的丰碑——那就是崇高，那就是伟大，它们属于那些为了人民美好生活、为了民族伟大复兴献出一切的英雄们。

思想伟力，穿越时空；精神永恒，震撼心灵；英雄无悔，浩气凌云。致敬，百年风华！致敬，燕赵荣光！

（2021 年 7 月 2 日刊发）

"四个伟大成就" 书写恢宏史诗

河北日报副总编辑　曹阳葵

在庆祝中国共产党成立 100 周年大会上，习近平总书记系统总结了 100 年来为实现中华民族伟大复兴，中国共产党团结带领中国人民创造的"四个伟大成就"：新民主主义革命的伟大成就、社会主义革命和建设的伟大成就、改革开放和社会主义现代化建设的伟大成就、新时代中国特色社会主义的伟大成就。

中国共产党辉煌的 100 年，是一个艰苦卓绝、感天动地的奋斗历程；"四个伟大成就"，书写了中华民族几千年历史上最恢宏的史诗，她书写在我们脚下的每一寸土地上，书写在每一个人的心中，也书写在我们的一篇篇报道里——

看，这是"京张铁路"的前世今生。

100 多年前，京张铁路虽然由中国人自己设计建造，但主要部件甚至铁钉都是从国外进口。如今的京张高铁，不但完全由中国自主设计建造，而且还开启了智能铁路先河，具有完全自主知识产权的"复兴号"飞驰而过，极大地拉近 2022 年冬奥会举办地北京和张家口的时空距离。

看，这是"淀上人家"的生活变迁。

在白洋淀，80多年前，《小兵张嘎》的主人公原型之一赵波和乡亲们一起，组成"雁翎队"，划着"鹰排"，扛着"大抬杆"，浴血奋战、抗日救国。如今，他的女婿王木头，一边在白洋淀抗战纪念馆讲解那段红色历史，一边全身心投入雄安新区这座未来之城建设当中。

看，这是一道训令和一条标语的隔空对话。

从1941年秋季开始，由于日军"扫荡"和旱灾，晋察冀边区赤地千里。1942年，聂荣臻同志签发"树叶训令"，命令全区所有部队，把村庄周围15里以内的树叶，全部让给老百姓，部队到远离村庄的无人区采摘树叶充饥。如今，在阜平县骆驼湾村村口，"我们过上了好日子"的标语熠熠生辉。从习近平总书记在这里发出脱贫攻坚动员令，短短9年，阜平整体脱贫，千年小康梦终圆。

"四个伟大成就"，让我们真切地体会到，只有共产党才能救中国，只有中国特色社会主义才能发展中国；只有共产党才能给中国人民越来越幸福美好的生活。

（2021年7月5日刊发）

伟大建党精神点燃精神火炬

河北日报副总编辑　曹阳葵

在庆祝中国共产党成立 100 周年大会上，将目光聚焦我们党启航的最初时刻，寻根求本、溯源而上，第一次提出了中国共产党的伟大建党精神："坚持真理、坚守理想，践行初心、担当使命，不怕牺牲、英勇斗争，对党忠诚、不负人民。"习近平总书记强调，这是中国共产党的精神之源。

从小到大、由弱到强，中国共产党的百年奋斗历程，是一部重整河山、改天换地的革命史、奋斗史，也是一部淬炼升华、感天动地的精神锻造史。革命先驱李大钊说："历史的道路，不全是平坦的，有时走到艰难险阻的境界，这是全靠雄健的精神才能够冲过去的。"

在建立党组织较早的燕赵大地，伟大建党精神熠熠生辉，一位位革命先驱，对马克思主义勇往奋进以赴之、殚精瘁力以成之、断头流血以从之。

他，是党的主要创始人之一李大钊，在绞刑架前从容镇定地宣告："不能因为你们今天绞死了我，就绞死了伟大的共产主义！"

他，是河北第一位共产党员邓培，牺牲前始终严守党的机密，正告敌人："共产党员是不怕死的。"

他，是全国第一个农村党支部创建者弓仲韬，带领全家走上革命道路。他说："作为共产党人，就要舍得出家财，豁得出性命。"

像一颗火种，伟大建党精神点燃了一个个熊熊的精神火炬，形成中国共产党的精神谱系，支撑起一百年来党的事业发展进步的巍巍大厦。伟大建党精神，是立党兴党强党的精神原点、思想基点，也是中国共产党人的安身之魂、立命之本。

西柏坡精神、唐山抗震精神、塞罕坝精神、抗疫精神……100年来，河北大地上孕育、诞生的一个又一个伟大精神。这些伟大精神，无不以伟大建党精神为源流。

从伟大建党精神这个根、这个魂出发，继承革命传统，赓续红色血脉，弘扬中国共产党精神谱系，我们就能更好成为新时代的先锋，就能用精神之火、信仰之光，激发奋勇前进的磅礴力量。

（2021 年 7 月 7 日刊发）

"全面小康"铸就伟大光荣

河北日报副总编辑 曹阳葵

在庆祝中国共产党成立 100 周年大会上，习近平总书记代表党和人民庄严宣告："经过全党全国各族人民持续奋斗，我们实现了第一个百年奋斗目标，在中华大地上全面建成了小康社会，历史性地解决了绝对贫困问题，正在意气风发向着全面建成社会主义现代化强国的第二个百年奋斗目标迈进。"这是中华民族的伟大光荣！这是中国人民的伟大光荣！这是中国共产党的伟大光荣！

"民亦劳止，汔可小康。"千年期盼，今朝梦圆。"全面建成小康社会，强调的不仅是'小康'，而且更重要的也是更难做到的是'全面'。"近年来，在河北大地上，"既小康更全面"的故事不断精彩上演。

有这样一份优异答卷，完美兑现"全面小康路上一个都不能少"的庄严承诺：2012 年岁末，党的十八大后，习近平总书记第一次赴农村地区视察，就来到河北省阜平县，考察扶贫工作，向全党全国发出脱贫攻坚的动员令。2020 年 2 月，河北 7746 个贫困村全部出列，62 个贫困县全部摘帽，现行标准下全省农村贫困人口全部脱贫。

有这样一条爆款短视频,《河北一分钟》浓缩河北发展巨变"大图景":2019年,每1分钟,2149吨货物在港口吞吐,光伏发电新增装机7.8千瓦,3.8吨坝上蔬菜进入北京市场,27件清河羊绒衫带来温暖陪伴,8名游客到避暑山庄领略康乾盛景……

有这样一组数据,准确体现了河北人民一个接一个的"小确幸":"十三五"期间,人均可支配收入从18118元增加到27136元,城乡低保标准分别增长59.9%和104.1%,学前教育增加普惠性学位25万个,城镇街道居家养老服务中心覆盖率提高到100%;2020年,PM2.5平均浓度较2015年、2017年分别下降40.0%、27.7%……

全面小康,书写在消除绝对贫困的人间奇迹里,也书写在"应保尽保"的社会保障体系中;书写在不断增多的蓝天里,更书写在所有人"一年更比一年好"的生活里……

（2021年7月9日刊发）

"九个必须"指引未来航程

河北日报副总编辑　曹阳葵

在庆祝中国共产党成立 100 周年大会上，习近平总书记回顾了我们党百年奋斗的光辉历程，展望了中华民族伟大复兴的光明前景，强调以史为鉴、开创未来，必须坚持中国共产党坚强领导，必须团结带领中国人民不断为美好生活而奋斗，必须继续推进马克思主义中国化，必须坚持和发展中国特色社会主义，必须加快国防和军队现代化，必须不断推动构建人类命运共同体，必须进行具有许多新的历史特点的伟大斗争，必须加强中华儿女大团结，必须不断推进党的建设新的伟大工程。

习近平总书记指出："我们党一步步走过来，很重要的一条就是不断总结经验、提高本领，不断提高应对风险、迎接挑战、化险为夷的能力水平。"回顾历史，是为了映照现实、远观未来，是为了总结历史经验、把握历史规律，增强开拓前进的勇气和力量。"九个必须"，正是我们从百年党史"教科书"中汲取的精神营养。

在习近平总书记"七一"重要讲话中，"九个必须"凝聚着中国共产党的百年历史经验，进一步深化了对共产党执政规律、社会主义建设规律、人类社会发展规律的认识，是当代马克思主义的丰富和发展；"九个必须"立足时代、着眼未来，科学回答了党和国家事业发展的领导核心、价值追求、理论指导、战略支撑、外部环境、力量来源等一系列重大问题，具有很强的思想性、针对性和指导性，为我们在全面建成社会主义现代化强国新征程上以史为鉴、开创未来提供了行动指南。

在百年奋斗历程中，每到重大历史节点，我们党都通过总结经验和深入思考，推动马克思主义中国化达到新境界，推动中国革命和建设事业取得创造性发展。"九个必须"清晰地说明过去我们为什么能够成功，指出未来我们怎么才能继续成功；牢记"九个必须"，把握精髓要义，明确实践要求，不断增强贯彻落实的思想自觉和行动自觉，我们就能在新的征程中更加坚定、更加自觉地牢记初心使命、开创美好未来。

（2021 年 7 月 12 日刊发）

@广大青年：请党放心，强国有我

河北日报副总编辑　曹阳葵

在庆祝中国共产党成立100周年大会上，习近平总书记指出，未来属于青年，希望寄予青年。他谆谆教诲，新时代的中国青年要以实现中华民族伟大复兴为己任，增强做中国人的志气、骨气、底气，不负时代，不负韶华，不负党和人民的殷切期望！

从阴霾密布，到繁花似锦，百多年来，我们党的事业就是在一代又一代青年的接续奋斗中薪火相传、蓬勃发展。正像习近平总书记所说的那样："青年一代有理想、有本领、有担当，国家就有前途，民族就有希望。"

在100年前，一群新青年高举马克思主义思想火炬，在风雨如晦的中国苦苦探寻民族复兴的前途。28岁时，李大钊成为我国最早的马克思主义传播者，发出了这样的呐喊："以青春之我，创建青春之家庭，青春之国家，青春之民族，青春之人类，青春之地球，青春之宇宙"；1921年，一群平均年龄28岁的青年，在嘉兴南湖的一条小船上，完成建立中国共产党这一开天辟地的壮举……

"在中国共产党的旗帜下，一代代中国青年把青春奋斗融入党和人民事业，成为实现中华民族伟大复兴的先锋力量。"每次读到这句话，我都会想起塞罕坝林场建设者艰苦奋斗、甘于奉献的感人事迹。

"为首都阻沙源、为京津涵水源。"1962 年 2 月，369 名平均年龄不到 24 岁的青年响应国家号召，踏上沉睡的高原，开始在漫天风雪中植树造林。之后，带着前辈的嘱托，第二代和第三代塞罕坝人继续护林、营林，改善生态……三代塞罕坝人用自己的青春，书写了荒漠变林海的绿色传奇；用一代代接续奋斗，让"美丽的高岭"绿色常在。

"请党放心，强国有我！"2021 年 7 月 1 日上午，共青团员和少先队员代表集体献词，简短的献词铿锵有力，在天安门广场上空久久回响、激荡人心。今天，我想和青年朋友们再次齐诵这一青春誓言——"请党放心，强国有我！"

（2021 年 7 月 14 日刊发）

@ 全体党员：党有号召，我必行动

河北日报副总编辑　曹阳葵

在庆祝中国共产党成立 100 周年大会上，习近平总书记代表党中央向全党发出伟大号召，"全体中国共产党员！党中央号召你们，牢记初心使命，坚定理想信念，践行党的宗旨，永远保持同人民群众的血肉联系，始终同人民想在一起、干在一起，风雨同舟、同甘共苦，继续为实现人民对美好生活的向往不懈努力，努力为党和人民争取更大光荣！"这是党的召唤、人民的召唤，更是新时代新征程中国共产党人继续前进的冲锋号。

向全体党员发出的号召，是向着第二个百年奋斗目标阔步前进的动员令。"听党话、跟党走。"这是党性的要求，也是我们党战胜各种风险挑战、不断从胜利走向胜利的重要保证。

新冠肺炎疫情暴发后，党中央号召"让党旗在防控疫情斗争第一线高高飘扬"，全国 3900 多万名党员、干部战斗在抗疫一线，1300 多万名党员参加志愿服务，共同筑起抗击疫情的钢铁长城，为打赢疫情防控阻击战、歼灭战，为夺取疫情防控和经济社会发展"双胜利"提供了坚强保障。

在 2012 年冬天，习近平总书记顶风冒雪来到河北省阜平县骆驼湾村和顾家台村，向全党全国发出脱贫攻坚的动员令。此后 8 年多时间里，河北广大党员干部积极投身脱贫攻坚主战场——6.1 万名驻村干部、1.6 万名驻村第一书记、7746 个驻村工作队、34.8 万名帮扶责任人，和贫困群众同吃、同住、同劳动，成为带领脱贫列车全速前进的"火车头"……

对历史最好的致敬是书写新的历史，对未来最好的把握是开创更加美好的未来。新的征程已经开启，伟大号召已经发出，新的光荣就在眼前。党有号召，我必行动。我们每一名共产党员，都要有这样的决心和自觉。党的百年奋斗历程、伟大成就，见证着"党的号召"的巨大力量，也同样见证着全体党员"响应号召"的巨大力量。

（2021 年 7 月 16 日刊发）

心中有信仰　脚下有力量

　　百年风雨兼程，百年接续奋斗。今天，我们已经如期实现第一个百年奋斗目标，踏上了全面建成社会主义现代化强国、实现第二个百年奋斗目标新的赶考之路。七一前后，针对如何走好新的赶考路，习近平总书记多次寄语全党同志，提出明确要求，指明"应考方法"。

　　在庆祝中国共产党成立 100 周年大会上，习近平总书记指出，"中国共产党为什么能，中国特色社会主义为什么好，归根到底是因为马克思主义行！"他强调，在新的征程上，必须坚持用马克思主义观察时代、把握时代、引领时代。

　　从中国共产党 100 年波澜壮阔的奋斗历史中，我们不难发现，信仰、信念、信心，始终是我们战胜一切强敌、克服一切困难、夺取一切胜利的强大精神力量。

　　我想起几年前一部热播电视剧中，一位共产党人的一段话："世界上的理想有两种：一种，我实现了我的理想；另一种，理想通过我得以实现，纵然牺牲了我的生命。"这段话让我深受触动，至今记忆犹新。这就是共产党人对"小我"和"大我"的深刻认识，是对革命信仰的解读和阐释。

在河北日报的全媒体报道中，有这样几封烈士家书，深刻地说明了信仰的力量。

牺牲前，史钦琛烈士致信母亲——"终身献于革命事业"；

在狱中，赵云霄烈士给女儿写下绝笔信——"小宝贝，你的父母是共产党员"；

出征时，左权烈士给母亲写信——"决心与华北人民共甘苦、共生死"……

在我们的报道后面，有网友留言："家书里有深情，有信仰，交织成波澜壮阔的百年画卷。致敬风华正茂的中国共产党，致敬所有青春无悔的优秀党员，致敬继往开来、生生不息的民族力量！"

实现伟大理想，从来没有平坦的大道可走。新的赶考路上，依然有"雪山""草地"需要跨越，依然有"娄山关""腊子口"需要征服。我们，依然需要信仰这个最有力的精神支柱。否则，精神上就会"缺钙"，就会得"软骨病"，就会在风雨面前东摇西摆。只有理想信念坚定的人，才能始终不渝、百折不挠，不论风吹雨打，不怕千难万险，坚定不移为实现既定目标而奋斗。

在这里，我想和大家一起，再次学习习近平总书记在"七一勋章"颁授仪式上讲的一段话——"心中有信仰，脚下有力量。全党同志都要把对马克思主义的信仰、对中国特色社会主义的信念作为毕生追求，永远信党爱党为党，在各自岗位上顽强拼搏，不断把为崇高理想奋斗的实践推向前进！"

（2021 年 7 月 19 日刊发）

永远守好人民的心

河北日报副总编辑　贾　伟

中国共产党的百年历史，就是一部践行党的初心使命的历史，就是一部党和人民心连心、同呼吸、共命运的历史。"江山就是人民、人民就是江山，打江山、守江山，守的是人民的心。"习近平总书记这一精辟论述，是对党的百年历史的深刻总结。走好新的赶考路，必须一如既往，守好人民的心。

中国共产党根基在人民、血脉在人民、力量在人民。100年来，正因为一切为了人民，我们党才赢得了人民的支持，获得了不断从胜利走向胜利的强大力量。

李大钊追求"庶民的胜利"，所以他宣传马克思主义的文章迅速引起强烈反响，在亿万人心中种下"红花的种子"。

孔繁蕠烈士誓言，"如果不死的话，要好好地为大众的利益去干一番"；查茂德烈士立志，"拿出最大决心和牺牲精神为人民立功"……共产党人为大众奋斗、为人民牺牲，人民群众"最后的一碗米用来做军粮，最后的一尺布用来做军装，最后的老棉被盖在担架上……"

"铁姑娘"吕玉兰，坚信"说一千，道一万，不如带头干"；"太行山上的新愚公"李保国，立志"把我变成农民，把越来越多的农民变成'我'"……靠着和人民想在一起、干在一起，共产党人赢得了群众的信任和爱戴，激发、凝聚起了战天斗地、改天换地的磅礴力量。

"国以民为本，社稷亦为民而立。"建党百年，中国共产党开辟的伟大道路、创造的伟大事业、取得的伟大成就，无不彰显了对民心的守护，无不源于对初心使命的坚守。这样的守护和坚守，体现在党的大政方针里，也表现在每一位共产党员的实际行动里。

走好新的赶考路，需要所有党员干部传承红色基因、牢记初心使命，用实际行动赢得人民的心、守住人民的心。这里面最关键的，就是按照习近平总书记的要求，"永远保持同人民群众的血肉联系，始终同人民想在一起、干在一起"，"继续为实现人民对美好生活的向往不懈努力"。

（2021 年 7 月 21 日刊发）

越是艰险越向前

河北日报副总编辑　贾　伟

百年党史，是一部坚韧不拔的斗争史。白色恐怖的革命环境、日寇侵略的严峻形势、"一穷二白"的薄弱基础、多种多样的自然灾害、风云变幻的国际环境……我们党在内忧外患中诞生，在磨难挫折中成长，在攻坚克难中壮大，靠的就是"越是艰险越向前"的斗争精神。

这种斗争精神，是枪林弹雨中的舍生忘死、冲锋陷阵、赴汤蹈火。

狼牙山五壮士、董存瑞、赵先有、节振国……一位位英烈，"明知九死一生，依旧阔步前行"，把生的希望让给他人，把死的危险留给自己，所以才有了民族解放、国家独立。

这种斗争精神，是在人民群众生命和财产安全受到严重威胁时，站得出来、冲得上去、豁得出去。

地震来临，"先群众后党员，先工人后干部，领导必须最后撤离"；洪水来袭，干部蹚着齐腰深的水把群众举过头顶；疫情突发，"我是共产党员，我先上"响彻抗疫最前线……所以才有了岁月静好、山河无恙。

这种斗争精神，是在工作中勇挑重担，在党和人民最需要、工作条件最艰苦的地方冲锋陷阵、顽强拼搏。

脱贫攻坚 8 年间，河北省 6.1 万名干部走出机关、走出城镇，扎根基层、扎根群众最需要的地方，皮肤由白净变黝黑、头发由浓密变稀疏，甚至将生命定格在脱贫攻坚征程上……所以才创造了全面建成小康社会、告别整体性贫困的历史性成就。

我们已走过千山万水，但仍需跋山涉水。踏上全面建设社会主义现代化国家新征程，更需要永葆不畏强敌、不惧风险、敢于斗争、勇于胜利的风骨和品质。

京剧《智取威虎山》里有这样一个唱段："共产党员要时刻听从党召唤，专拣重担挑在肩……明知征途有艰险，越是艰险越向前。"我想，对于每一位党员干部来说，踏上新的赶考路，消极地躲任务、怕困难，是绝对不能容忍的；满足于不出错、过得去，也是远远不够的。保持"越是艰险越向前"的英雄气概，保持"敢教日月换新天"的昂扬斗志，才是共产党员应该有也必须有的姿态，才能创造无愧于党、无愧于人民、无愧于时代的业绩。

（2021 年 7 月 23 日刊发）

永葆清正廉洁的政治本色

河北日报副总编辑 贾 伟

在"七一勋章"颁授仪式上，习近平总书记强调："共产党人拥有人格力量，才能赢得民心。全党同志都要明大德、守公德、严私德，清清白白做人、干干净净做事，做到克己奉公、以俭修身，永葆清正廉洁的政治本色。"

"政者，正也。""廉者，政之本也。"清正，是共产党员的立身之本；廉洁，是领导干部的立业之基。永葆清正廉洁的政治本色，是我们党始终紧抓不放的生命工程。

1926 年 8 月，党中央就向全党发出《坚决清洗贪污腐化分子》的通告，这是我们党发布的第一个反贪污腐化文件。

1949 年 3 月，从西柏坡出发"进京赶考"前，党中央制定了著名的"六条规定"，对我们党"考出一个好成绩"发挥了重要的作用。

新中国成立后不久，我们党就专门成立了中央及各级党的纪律检查委员会……

永葆清正廉洁的政治本色，更是习近平总书记高度重视的大事——从当年在正定制定实施"六项规定"，到在宁德制定执行"十二项规定"，再到党的十八大后中央政治局制定并执行"八项规定"；从明确提出"三严三实"，到反复强调"明大德、守公德、严私德"，都充分反映了习近平总书记对永葆清正廉洁政治本色的持续思考。

1949年，时任美国驻华大使司徒雷登曾感慨地说，共产党战胜国民党靠的不是飞机大炮，而是廉洁，以及廉洁换来的民心。今天，飞机大炮换成了"糖衣炮弹"，党员干部时常面对各种"花样围猎"。必须谨记：破一次规矩，就会留一个污点；触一次底线，就会身败名裂；搞一次特殊，就会减一分威信；谋一次私利，就会失一片人心。在新的赶考路上，如果做不到清正廉洁，就不可能考出好成绩。

2021年6月25日，习近平总书记在中共中央政治局第三十一次集体学习时强调："全党同志要增强忧患意识，以永远在路上的坚定执着将全面从严治党向纵深推进，严于律己，不断提高政治判断力、政治领悟力、政治执行力，始终做一名合格的共产党员，为把党建设得更加坚强有力作出应有的努力。"每一位党员干部，都应该把这段话牢牢记在心里，时时见于行动。

（2021年7月26日刊发）

河北为什么这样"红"

河北日报副总编辑　贾　伟

　　河北日报昨天推出一款新媒体产品:《河北为什么这样"红"?》一上线就火遍整个网络。有网友留言:"作为河北人,看湿了眼眶!作为一个刚刚入党的新党员,更要学习老一辈的革命精神,让自己活得更有价值!"

　　在党内最高荣誉"七一勋章"的29位获得者中,有5位是河北籍。战功赫赫的百战老兵王占山,河北丰南人;忠诚干净担当的领导干部典范李宏塔,河北乐亭人;新中国胸外科事业的奠基人辛育龄,河北高阳人;坚守初心的红军老战士郭瑞祥,河北魏县人;把一生献给人民文艺事业的著名演员蓝天野,河北饶阳人。河北,成为名单中出现频率最高的省份。5枚勋章,5位"河北星",一种"河北红"。

　　为什么是河北?为什么这样"红"?

　　如果用一句话回答,原因就是:河北是一块革命的土地、英雄的土地,是"新中国从这里走来"的土地。

　　这片土地上,红色基因早已深深扎根——

　　中国共产主义运动的先驱李大钊从这里走来,把红色火种撒遍中华大地。

中国北方第一个红色政权——中华苏维埃阜平县政府在这里建立，哺育出第一个敌后抗日根据地——晋察冀根据地，也哺育出最大的抗日根据地——晋冀鲁豫根据地。

玉田农民暴动在这里发起，打响了中国北方武装反抗军阀的第一枪。

左权、董振堂、董存瑞，无数革命先烈从这里出发，或在这里洒下热血……

这片土地上，红色血脉也一直在赓续传承——

"不绿塞罕坝，誓死不后退！"三代塞罕坝林场人，离开繁华的城市，来到苦寒的坝上，将昔日的沙漠荒原改造成百万亩茫茫林海。

"活着干，死了算！""农民教授"李保国，明知自己的身体状况，仍选择为初心燃尽生命。他用科技之手把荒山秃岭变成绿水青山，再打造成"金山银山"。

脱贫攻坚一线，有把家从城市搬到农村的扶贫干部；疫情侵袭之时，有"我是党员我先上"的医护人员；"三件大事"的建设现场，有夜以继日、步履不停的坚守者……

这就是始终流淌在河北人血液中的、被信仰浇灌的、穿越时空仍历久弥新的"河北红"。

在回答"你为什么入党"的问题时，很多网友这样说："想成为光""有幸被照亮，而我也想去发光。"

与"七一勋章"中的"河北星"一起闪耀，河北这片红色土地用这样的方式，赓续初心，接续奋斗。

（2021年7月28日刊发）

察实情才能办好实事

河北日报副总编辑　李恕佳

　　"下访解民忧、调研谋振兴、一线办实事、宣讲怀党恩"——在"我为群众办实事"实践活动中，围场满族蒙古族自治县深入开展"四下基层活动"，推动党员干部下基层直面群众，办实事共谋发展。对此，《河北日报》进行了报道。

　　调查研究是做好工作的基本功。习近平总书记强调，经常走出领导机关，深入实际、深入基层、深入群众，进行各种形式和类型的调查研究，非常有益于促进领导干部正确认识客观世界、改造主观世界、转变工作作风、增进同人民群众的感情，有益于深切了解群众的需求、愿望和创造精神、实践经验。

　　在我看来，围场的"四下基层"有两点值得点赞。

　　一是保证"下"是真下，"问"是真问。深入基层，要"身入"，更要"心入"；问需于民，要"口问"，更要"心问"。这样才能察真情、知实需、得真知。

　　为确保下基层不走过场，围场制定了"技术规范"。为保证频次，建立了"三个三"下基层调研帮扶机制——每周三为乡村振兴走访日和党史宣讲日、每月第三周各级领导干部下沉基层一线集中解决问题、每次走访调研时间不少于 3 个小时;为保证调研的覆盖面,规定在每次走访中,"两代表一委员"、省市县驻村工作队、乡镇村组干部、基层党员群众代表"四必见"……

二是立足解决问题,保证"有问必答"。联系群众是为了服务群众,发现问题是为了解决问题。只有出实招、求实效,做好"后半篇文章",下基层才真正有意义、有作用、有价值。

为确保调研之后各项工作取得实效,围场实施了一系列举措。比如,每次下基层都有台账清单,要求党员干部每个月梳理汇总问题、成果或成效,偷懒应付将被问责;比如,实行方向图、任务图、流程图、责任图、效果图"五张图"闭环管理,确保上下协同,推进问题解决……

察实情才能更好办实事,聚民智才能更好开新局。这里面的一个重要前提,就是怎样用制度的方式,保证党员干部真正做到深入基层、深入群众,扎扎实实开展调查研究。在我看来,围场的"四下基层活动",好就好在这一点。

习近平总书记曾深刻指出:"现在的交通通信手段越来越发达,获取信息的渠道越来越多,但都不能代替领导干部亲力亲为的调查研究。"我想,倡导领导干部亲力亲为的调查研究,围场的经验值得借鉴。

(2021 年 8 月 11 日刊发)

依法节水　你我同行

河北日报副总编辑　李恕佳

2021年7月1日起，《河北省节约用水条例》（以下简称《条例》）正式施行，标志着河北"节约用水"走上了法治化轨道。连日来，河北日报报网端微刊发了多篇相关报道，宣传、解读《条例》，引导大家"依法节水"。

依法治水、依法节水有多重要？

河北是京畿要地，水资源保护和地下水超采综合治理事关全局和长远发展。长期以来，河北水资源先天不足，人均水资源量为307立方米，是全国平均水平的1/7左右，地下水超采总量、超采面积均占全国的1/3，是超采最为严重的地区、全国最大的地下水漏斗区。近年来，河北节水成效显著，但与水安全形势需求、生态文明建设和经济社会高质量发展要求相比，仍存在节水不充分、不均衡、不可持续等问题，节约用水刻不容缓。

一方面水资源紧缺；另一方面一些人节水意识却不强，用水粗放、用水浪费等现象严重，水资源刚性约束不强。在这样的背景下，制定、实施相关法规，依法深入推进节水行动，是应对水资源短缺和减少污水排放、改善水生态环境和减少地下水开采最直接、最有效的科学方法，是推动经济社会高质量发展、加快新时代全面建设经济强省美丽河北的必然选择。《条例》的实施，将进一步拧紧"节水龙头"。

在我看来，《条例》有这样 3 个明显特征。

其一，有"长度"。《条例》突出抓"两头"——一个是源头，从水额分配、水资源配置抓起；另一头是"水龙头"，支持鼓励使用节水器具，农业节水到田间地头。从"源头"到"水龙头"，《条例》充分体现了"节水"链条的"长度"。

其二，有"宽度"。《条例》涉及全社会各个方面的节约用水，涵盖用水管理、农业节水、工业节水、城镇节水、非常规水源开发利用、激励保障、法律责任等内容。全方位全覆盖，体现了"依法治水"的"宽度"，表明了"零容忍"的坚定决心。

其三，有"惩罚"也有"激励"。《条例》既强调靠政策手段、市场手段，还强调靠法治手段。强调运用法治手段规范全社会用水行为；坚持把"节水优先"、落实最严格的水资源管理制度、建立水资源刚性约束体系贯穿水资源取用全过程和经济社会发展各行业、各领域。同时，还规定了节水奖励、金融支持、科技支撑等多项激励措施。这样奖惩并重、双管齐下，效果自然值得期待。

在这里，我想和大家说两句话。第一句，《条例》已经正式实施，再浪费水，咱就可能违法了。第二句，贯彻落实《条例》，建设节水河北，需要每个人的自觉行动，需要你我同行。

（2021 年 8 月 13 日刊发）

万里长城，让我们真正走近你

河北日报副总编辑　　王　宁

日常生活中，你会发现太多长城的身影。

她，是河北酿造葡萄美酒的商标；她，是河北制造最牛汽车的品牌；她，是河北广播电视台的台标；她，是河北新媒体集团的芳名。截至目前，中国商标网系统中含"长城"的商标多达4431个。居民身份证上，有长城，她是中国的象征；我们的国歌中，有长城，她已成为中国人的灵魂高地。

不知你有没有想过，在众多伟大工程和雄伟古建中，为什么只有万里长城能够成为华夏文明的代表性符号和中华民族的精神象征？

寻找这个问题的答案，不妨读一读河北日报新媒体平台近期推出的大型全媒体报道《大河之北——河北人文地理解读》之"长城篇"。我的读后感，可以概括为三句话。

其一，无与伦比的宏大体量和绝美意境，长城配得上我们这个泱泱大国。

东起大海，西至大漠，长城横亘大半个中国，历经了十几个王朝、2600余年时间的营建。经国家文物局认定，中国长城遗迹总长达

21196.18 公里，是世界上修建时间最长、工程量最大的冷兵器时代国家防御工程。

群山为座、云天为幕，长城把自然之美与人文之美融为一体，展示出中华民族"天人合一"的至高境界。1860 年，德国著名考古学家希里曼见到长城时受到极大震撼，赞叹她是"人类双手所曾创造的最奇伟的作品"。

其二，在中华民族发展、延续和融合过程中，长城发挥着不可替代的作用。

观察长城，你会发现她与 400 毫米等降水量线基本吻合，构成农耕与游牧文明的分界线。曾几何时，我们误解过长城。记得 20 世纪 80 年代中期，长城一度成了反思传统文化的对象，甚至被认为是农业文明落后保守、闭关锁国的标志。

事实上，大部分时间里，长城并不是戍守封闭的隔离墙，而是民族交融的大舞台。长城有"关"，也有"口"。"关"，保障了中原农耕文明得以长期延续、稳定发展。"口"，则让长城两边的人民在和平环境中商贸往来、交流互通。长城内外是故乡——中华民族共同体意识，在这漫长的碰撞与融合中逐渐形成。

其三，经历全民族抗战的洗礼，长城真正完成了"民族象征"的身份构建。

1933 年春，中国军队在喜峰口、古北口等地发起"长城抗战"，成为早期抗日斗争的重要组成部分。1937 年秋，红色摄影先驱沙飞在涞源插箭岭和浮图峪拍摄了《战斗在古长城》《八路军在古长城上欢呼胜利》等一系列经典照片——战士威武挺拔的身影与远处雄伟蜿蜒的长城相互映衬，鼓舞起一个古老国家抵抗外来侵略的勇气与力量。

从《义勇军进行曲》到《长城谣》，从"用我们的血肉筑成我们新的长城"到"四万万同胞心一条，新的长城万里长"，长城都是振奋民族精神的重要元素。中国人心目中的长城形象从此有了根本升华，成为中华民族不屈不挠、团结奋斗的精神象征。

2019年8月20日，习近平总书记在嘉峪关考察时满怀深情地说，长城凝聚了中华民族自强不息的奋斗精神和众志成城、坚韧不拔的爱国情怀，已经成为中华民族的代表性符号和中华文明的重要象征。

不到长城非好汉，不读懂长城未免有些遗憾。希望《大河之北》"长城篇"不仅能吸引你有一天亲自去爬爬长城，还能让你透过长城，看到中华儿女在历史的风风雨雨中，为追求和平幸福生活、实现民族伟大复兴付出的不懈努力！

（2021年8月16日刊发）

铁腕拆违，势在必行

河北日报副总编辑　王　宁

近 1 个多月以来，石家庄市大规模开展整治私搭乱建、拆除违章建筑专项行动，范围之广、力度之大前所未有。对此，绝大多数市民拍手叫好，认为早该这么做了。但也有一些人对此有些担心，觉得这会给市民日常生活带来不便，会让一些人少了生计、没了住处。

让老百姓生活便利，理所应该；部分人的就业和生计，必须考虑。可是，倘若将这些问题与拆除违建对立起来，实在是一大认识误区。

众所周知，违法建筑既违反城市规划，又有悖建筑美学，已成为城市"疮疤"。灰头土脸的门头房、脏乱差的初级市场、安全隐患极大的临建等，不仅严重影响公众利益和城市形象，而且挤占城市发展空间，损害法律尊严和社会公平。石家庄长期被戏称为"大村庄"，给人的印象有些"土气"，能说与此没有关系吗？

更何况，有些违章建筑，是滥用权力与民争利的经营房，是违规操作脱离监管的霸王房，这些都是不折不扣的"硬骨头"，以往没人去啃，没人敢惹。如果不治理这些城市顽疾，不动这些个别人的奶酪，城市发展就会裹足不前，城市更新就会原地踏步。

如今，河北省明确提出"强省会"战略，要加快建设现代化、国际化美丽省会城市。唯有把这些私搭乱建的房子拆掉，城市面貌才能变得更清爽；唯有把这些非法侵占、低效利用的土地置换出来，才能腾出更多的"笼子"，引入更多的"好鸟"，为产业转型、城市升级提供新空间。

从长远和现实看，拆违不仅不会影响民生，还会让城市面貌更亮丽，让百姓生活更美好，今天的正定古城就是一个生动例证。

几年前，正定古城也存在不少违建——古老城墙被自建临建的民宅、商铺遮挡，名胜古迹被私搭乱建淹没。2017年开始，正定以斩钉截铁的态度、壮士断腕的魄力和务求实效的精神，坚决打响拆违攻坚战，共拆除违建临建6400多处，平整铺设路面40.6万平方米，城市品位得到极大提升。如今的正定古城，大街小巷清爽整洁，配套设施应有尽有，历史文化可感可知，家园宜居宜业，游客越来越多，千年古郡焕发勃勃生机。

在依法治国的语境下，城市拆违就是一道法治思维和民生考量的综合题。石家庄这次集中拆违，既坚持铁腕铁面，又不是一拆了之，而是对拆后土地修复及综合利用同步推进，目的就是更加方便市民生活，更好地解决百姓生计，让扩容提质的红利惠及人民。一个宜居宜业、清爽美丽、人见人爱的"国际庄"，值得我们大家共同期待！

（2021年8月18日刊发）

"链长制"，这个可以有！

河北日报副总编辑　王　宁

河长制、湖长制、路长制、林长制……近些年，在公共管理和社会治理领域，这样的制度创新不断出现。随着国内外形势的变化，类似做法也出现在经济领域，比如产业链"链长制"。

《河北日报》报道了曲周县围绕智能制造、生物健康等重点产业，推行"链长制"取得明显成效的做法。近年来，全国已有湖南、浙江、合肥等20多个省、市陆续推行了此项制度。2020年10月，河北省也提出在高新技术产业开发区建立"链长制"，全面提升发展能级和水平。

在全球产业链加速重组背景下，有效推进延链、补链、强链，是畅通国民经济循环、构建新发展格局的时代要求。任何一家企业和一个地方产业集群想要实现产业链供应链自主可控，都需要加强与产业链上其他企业融通合作，"链长制"应运而生。

从实际情况看，各地"链长制"的组织架构、运行模式各具特色，但有3个方面是共通的。一是这些地方"链长"大多由主要领导担任，甚至由省长"挂帅";二是被纳入"链长制"关注的,正是相关省、市目前及未来重点发展的核心产业和集群;三是严守市场和政府边界,到位而不越位。

"链长制"的作用有多大?不妨看看去年新晋 GDP"万亿俱乐部"的省会城市——合肥。

近年来,合肥一直坚持由市领导专人专门抓重点产业,抓重点产业链。2020 年 6 月,合肥正式启动"链长制",由市委、市政府相关领导担任 12 个重点产业链的"链长"。其中,市委书记担任集成电路产业链"链长",市长担任新型显示产业链"链长"。

曾经,合肥集成电路产业是"一张白纸"。如今,全市拥有集成电路产业企业近 300 家,聚集从业人员超过 2 万人,初步形成了数据存储、显示驱动、智能家电、汽车电子 4 个特色芯片产业板块布局。一个前几年籍籍无名的中部省会城市,变身为全国新兴产业链最齐全的城市。

实践证明,一个地方"链长"的链条有多长,产业链才能有多长;"链长"配备有多强,产业链就能有多强。

2021 年 7 月 30 日召开的中央政治局会议特别提出,要强化科技创新和产业链供应链韧性,开展补链强链专项行动,加快解决"卡脖子"难题。"链长制"让政府这只"有形之手"不掉链子,有效推进了延链、补链、强链,已经成为各地畅通"大循环""双循环"的有效手段和未来产业竞争、发展的一大亮点。

（2021 年 8 月 23 日刊发）

华药胜诉，告诉我们什么？

河北日报副总编辑　王　宁

　　17 年，几乎是一个婴儿长大成人的时间。华北制药集团有限公司却用了 17 年打了一场跨国官司，并赢得胜利。

　　当地时间 2021 年 8 月 10 日，美国联邦第二巡回上诉法院再次撤销了纽约东区法院作出的责令河北维尔康制药有限公司及其母公司华北制药集团有限公司赔偿原告损失 1.53 亿美元的一审判决，退回案件并指令地区法院驳回原告起诉且不得再诉。

　　这起案件始于 2005 年，被称为"美国对华反垄断第一案"。美国部分客商以价格共谋、形成垄断为由，对包括华药集团在内的中国 4 家主要维生素 C 生产企业提起诉讼，并要求赔偿 15.7 亿元人民币的损失。出于多种因素，其他 3 家企业同意与美方和解，只剩下华药"孤军奋战"，经历了败诉、胜诉、再审，又重新胜诉的历程，可谓一波三折。

　　打赢这场官司带给中国企业哪些启示？我想，可以从两个方面来看。

首先，华药胜诉，无疑开创了一个良好"先例"，具有示范意义。美国是判例法国家，有着"遵循先例"的传统，首例诉讼往往会成为过后同类案件的审判标准。美国对华发起反垄断诉讼案，华药是第一个，但绝不是最后一个。10多年来，不仅是维生素这样的原料药领域，在钢铁、光伏等资源领域，在互联网、通信等科技行业，中国企业一直都是欧美相关诉讼的"常客"。所以，该案胜诉不仅为华药挽回了巨大损失，更为中国企业开拓国际市场增强了信心。

其次，华药胜诉，关键在于美方法官在本案中采取了"国际礼让"原则。简单地说，就是为了尊重外国国家主权和司法主权，法院在某些特定案件审判中适用外国法律，或者限制国内法律的适用。诉讼过程中，中国商务部多次致函美国法院，说明相关中国企业的行为完全符合中国法律，美国法院基于中国企业在中国的合法行为而对其处以巨额惩罚性赔偿是完全不合适的。因此，面对诉讼"大棒"，如何用好本国和他国法律保护自己，对"走出去"的中国企业是一堂必修课。

事实上，华药胜诉背后还有一个更重要的底层逻辑，那就是中国企业参与国际经济大循环，首先要有敢于斗争的勇气，同时还要有强大的核心竞争力。与17年前相比，今天世界维C产业和市场格局都发生了根本变化。全球超过90%的维C由中国药企生产，美国进口维C 80%来自中国，世界已离不开优质而又便宜的中国维C产品。这就好比参加长跑比赛，一骑绝尘的强者，不会被其他选手纠缠不清。

（2021年8月25日刊发）

塞罕坝：一片绿色，一种精神

河北日报副总编辑　王　宁

2021 年 8 月 23 日，在承德考察的习近平总书记走进塞罕坝这方"绿意空间"，看林海碧波、蓝天白云，更看人与自然和谐共生。

同林场三代职工代表亲切交流时，习近平总书记强调："抓生态文明建设，既要靠物质，也要靠精神。要传承好塞罕坝精神，深刻理解和落实生态文明理念，再接再厉、二次创业，在实现第二个百年奋斗目标新征程上再建功立业。"

这是习近平总书记再一次强调弘扬塞罕坝精神。2017 年，他对塞罕坝林场建设者感人事迹作出重要批示，对塞罕坝精神作出"牢记使命、艰苦创业、绿色发展"的高度概括，深刻揭示了塞罕坝精神的丰富内涵。

视觉上，塞罕坝是绿色的；精神上，塞罕坝是红色的。近 60 年来，塞罕坝人用心血浇灌大地，用生命呵护绿色，代代坚守，薪火相传。他们种下的不仅仅是一棵棵树，更是一种信念；他们筑就的不仅是一座"美丽高岭"，更是一座"精神高地"。

牢记使命，是塞罕坝精神的内核。为首都阻沙源、为京津涵水源；视林场为家园，将绿化当事业——塞罕坝人几十年如一日，听从党的召唤，牢记人民重托，为京津地区构筑起一道坚实的生态屏障。

艰苦创业，是塞罕坝精神的支撑。从"六女上坝"无悔选择，到望海楼夫妻漫长坚守，塞罕坝人谱写了一部可歌可泣的艰苦奋斗史。曾经写出《谁是最可爱的人》的作家魏巍为此赋诗："若问何花开不败，英雄创业越千秋。"

绿色发展，是塞罕坝精神的追求。每年可涵养水源1.37亿立方米，释放氧气54.5万吨；从单一的林业产业到生态旅游、绿化苗木、森林碳汇等多业并举，塞罕坝人生动诠释了"绿水青山就是金山银山"的理念。

山河承载岁月，生态护佑生命。作为"国之大者"，生态文明建设在习近平总书记心中始终是一盘着眼长远的"山水大棋"。

2005年，时任浙江省委书记的习近平在浙江安吉县余村提出"绿水青山就是金山银山"——经济发展与环境保护，看似两难之中，孕育出一个全新理念。党的十八大以来，生态文明建设步履更加坚定有力。2012年，生态文明建设纳入"五位一体"总体布局；2015年，"绿色"列入新发展理念；2017年，"污染防治攻坚战"成为"三大攻坚战"之一；2018年，"生态文明"写入宪法……

习近平总书记对河北知之深、爱之切，对燕赵大地的一山一水、一草一木满怀深情。在唐山，他要求"在治理污染、修复生态中加快营造良好人居环境"；在雄安新区，他强调"一定要把白洋淀修复好、保护好"……他希望河北广大干部群众"认真贯彻创新、协调、绿色、开放、共享的发展理念，加快建设经济强省、美丽河北"。

这一次，习近平总书记亲临塞罕坝考察，既是对塞罕坝人艰苦奋斗、无私奉献的肯定和鼓舞，更是对不断推进生态文明建设的再一次明确宣示。进入新发展阶段，生态文明建设方向更明、标准更高、力度更大。弘扬塞罕坝精神，勠力同心、久久为功，定能使河北更美丽、中国更美丽，定能让人民更幸福、民族得永续。

（2021 年 8 月 27 日刊发）

心中的望火楼

河北日报副总编辑　曹阳葵

"在塞罕坝机械林场南端的天桥梁，有一座夫妻望火楼。它身形修长、一袭白装，楼上一面红旗猎猎迎风。在海拔 1800 米的高原上，望火楼就是一位忠诚的守护者，像是时刻都在屏住呼吸，警觉地俯瞰着万亩林海潮起潮落。"在 2019 年的一次"走基层"采访中，我走进大森林，夜宿望火楼，在莽莽苍苍中亲身体验那份坚守、那份担当。从那时起，塞罕坝望火楼和瞭望员赵福州、陈秀玲的故事，就在我心中扎下了根。

从大雪封山、"狼来了"到望火楼里过大年，从"指点江山"展示"瞭望秘笈"到细看一张张珍贵的相片，采访中的许多细节，我至今难忘。

在当天晚饭时分，听到妻子招呼吃饭，赵福州从位于 5 层的瞭望室下来，匆忙拿了些饭菜，打了个招呼，又转身回到楼上。一段时间过后，楼上传来老赵的请求："你上来瞭望，我下去和记者说会儿话。"陈秀玲答应着上了楼，说"这里好久没来过客人，老赵憋坏了"。一顿饭，在这里被分成上下两个"半场"——那一刻，我明白了什么是"耐得住寂寞"；明白在那个夜晚，我不只是个"提问者"，更是一个"倾听者"。

在次日凌晨 3 点，我起床和老赵一起值班瞭望。尽管已是 5 月天，可一进入瞭望室，仍然感到异常干冷，烤着电暖器，说话都打哆嗦。在后来的很长一段时间里，我都在想：冬天的瞭望室得有多冷？以前没有电暖器，"老赵们"靠什么熬过一个个漫漫长夜？

那一夜，老赵和我说了很多话，工作经历、树木特点、儿子孙子……言语质朴感人。有两句话印象特别深刻："这片林子是我看着长大的，跟自己的孩子一样。""干这工作，你得把心扎在这儿，把它当成一辈子的事儿。"我想，这就是塞罕坝人的精神内核吧。

习近平总书记在河北承德考察时强调："塞罕坝林场建设史是一部可歌可泣的艰苦奋斗史。""抓生态文明建设，既要靠物质，也要靠精神。""夜宿望火楼"的经历，让我更加深切地体会到，奇迹并不神秘，精神并不虚幻。它们，就在一天天的坚守里，就在一次次的"瞭望"中。

（2021 年 8 月 30 日刊发）

养老，是家事也是"国事"

河北日报副总编辑　曹阳葵

让千千万万老年人老有所养、老有所依、老有所乐、老有所安，是亿万家庭的家事，也是习近平总书记和党中央非常关心关注的"国事"。8月24日，在承德市高新区滨河社区考察时，习近平总书记指出，满足老年人多方面需求，让老年人能有一个幸福美满的晚年，是各级党委和政府的重要责任。他强调，要推动养老事业和养老产业协同发展，把老有所为同老有所养结合起来。

习近平总书记近年来在各地考察调研中，一次次走进社区、养老餐厅和养老服务站等，对"尊老""养老"作出一系列重要指示。2020年10月，党的十九届五中全会审议通过的"十四五"规划建议，首次将"实施积极应对人口老龄化国家战略"从卫生健康领域单列出来；2021年2月，中共中央政治局举行第二十八次集体学习，研究了包括养老保险制度、发展养老等社会福利事业、健全老年人关爱服务体系等一系列重大问题。

到2019年年末，河北老年人口达1518万多人，占总人口的

20%，高于全国平均水平 1.9 个百分点。近年来，河北"老有所养"各项政策不断加码，相关改革和实践不断深入。此次习近平总书记调研的滨河社区居家养老服务中心，就是通过政府购买服务、企业运营、社会参与的方式，有效解决了老年人文化娱乐、健康医疗、精神慰藉、生活照料等需求。他们的做法，值得借鉴。

在加快养老服务发展方面，河北近年来成效明显，但与逐步加深的人口老龄化程度相比，还存在一些不足。2020 年，河北省人大常委会专题调研报告就建议，应吸引、扶持各类市场主体广泛参与养老服务，补齐农村养老服务短板，推动养老机构"打开围墙"进社区、进家庭。

事关国家发展全局，事关亿万百姓福祉，"养老"是各级党委和政府的事，也是全社会和每个人的事。让我们以习近平总书记此次考察为新的起点，深怀敬老之心、倾注爱老之情、笃行为老之事，就一定能更好地应对"银发潮"，守护最美夕阳红。

（2021 年 9 月 1 日刊发）

厚植我们的"精神命脉"

河北日报副总编辑　曹阳葵

在承德避暑山庄考察调研时，习近平总书记语重心长地说，"要保护好、传承好、利用好中华优秀传统文化，挖掘其丰富内涵，以利于更好坚定文化自信、凝聚民族精神"。保护好、传承好、利用好中华优秀传统文化，是弘扬中国精神、凝聚中国力量的重要保证，也是习近平总书记一以贯之的理念和情怀。

20世纪80年代初，习近平同志在任正定县委书记期间，就高度重视优秀传统文化的保护、传承和利用——身体力行推动文物保护，修复隆兴寺，保护古寺碑，组织开展文物、古树普查，对文物古建划定保护范围……看到元代书法家赵孟頫撰写的名碑"本命长生祝延碑"沾满泥土，缺乏保护，他当即找到主管领导，提出严肃批评："我们对文物保管不好，就是罪人，就会愧对后人。"

从身边的正定古城出发，让我们看一看保护好、传承好、利用好优秀传统文化的作用有多大。河北省和正定县坚持保护为主、抢救第一、合理利用、加强管理，全力推动正定古城保护和风貌提升，"千年古郡、北方雄镇"的历史风貌得到有效恢复。今天的正定，古城记忆可见可触，历史文化可感可知，百姓家园可商可居。故宫博物院原院长单霁翔曾这样评价："参观完正定古城，我一直在想，对于文化遗产而言，什么叫文化遗产保护好了？它只要有魅力、有尊严，才叫保护好了；对于城市民众来说，什么叫文化遗产保护好了？只要他们为文化遗产而自豪，文化遗产就在他们的生活中，就在他们的身边，他们可以自豪地对游客说，'这就是我们的正定，我们的文化遗产'，才是保护好了；对于游客来说，什么叫文化遗产保护好了？游客到这里来，来了不想走，走了还想来，才叫文化遗产保护好了。正定做到了。"

习近平总书记说："优秀传统文化是一个国家、一个民族传承和发展的根本，如果丢掉了，就割断了精神命脉。""只有坚持从历史走向未来，从延续民族文化血脉中开拓前进，我们才能做好今天的事业。"如何厚植我们的"精神命脉"，不妨到正定走一走、看一看、学一学。

（2021 年 9 月 3 日刊发）

职称评定让"农把式"香起来

河北日报副总编辑　贾　伟

最近，饶阳县有一件"新鲜事"：67名"农把式"喜获职称等级证书，成为衡水市首批"有职称"的农业技术员。从新闻报道中看，这件事有"三新"——

一是对象"新"。教师可以评职称，会计可以评职称，我们编辑记者也可以评职称，这些大家都知道，但对不少人来说，农民评职称却是头回听说。

二是标准"新"。不唯学历资历、不唯论文奖项，"农把式"评上职称的关键，是"过硬的农业理论知识和生产实践的经验"。

三是待遇"新"。评上职称的"农把式"，不但可以优先参加各类评优评先，而且在信息技术获取、产品推介、学习交流、政策资金扶持等方面获得更优厚的待遇。

我查了一下资料，饶阳县这件事其实并不算新鲜。

2011年，平泉县就开始了给农民评职称工作，当年就有607名农民获得技术职称；近年来，威县、石家庄市藁城区等很多县市也开展了相关的试点工作。在全省层面，2014年，河北省就启动了高素质农民培养试点工作，截至 2020 年，已累计培养高素质农民 25 万多人，指导农民参加职业技能鉴定和农民职称评定 1 万多人。

尽管有先例，这次饶阳"农把式"评职称，还是让人觉得"新鲜"。这恰恰从另一个角度说明，在广大农村，"土专家""田秀才"的潜力还没有充分挖掘出来，农村人才的评价与上升机制还有很多需要改进和完善之处。

乡村振兴是一篇大文章，需要各类人才来书写。既要有科技人才、管理人才，也要有能工巧匠、乡土艺术家；既需要有号召力的带头人，也需要善经营的"农创客"、懂技术的"田秀才"。只有让各类乡土人才留得安心、增强信心，才能让农业成为有奔头的产业，让农民成为体面的职业。我想，当农民评职称这样的"新鲜事"越来越多，并且逐渐变得"不新鲜"，我们农村的面貌就一定能越变越"新鲜"。

（2021 年 9 月 13 日刊发）

为商户找"新家" 让拆违有"温度"

河北日报副总编辑　贾　伟

最近，石家庄市的集中拆违正在有序进行中，也持续受到各界关注。据报道，为了解决拆违后部分商户面临的选址难、经营难等实际问题，石家庄市采取有效措施，积极为他们找"新家"，让群众感受到实实在在的温暖。

拆违，是为了"让城市更美丽，让生活更美好"。围绕这一目标，石家庄市从一开始就坚持拆建并重，强调处理好拆违建和保民生的关系。尽管如此，有一种担心或者说质疑却似乎始终没有消除——有人认为，如此大规模集中拆违，会让不少人丢了饭碗、少了生计。我想，上面这篇报道，应该是对这种认识的有力回应。

"不仅租金低，而且环境好"——正如报道中所说，越来越多的商户，在政府的帮助下，从临街违建的摊点搬到了环境整洁、设施齐全的正规摊位，从"老、破、旧"的小市场，搬到了高大上的便民市场，实现了提档升级。可见，拆违不但没有砸了谁的饭碗，而且让大家的饭碗捧得更长久、更牢靠、更体面。

那么，还有没有拆违商户暂时找不到"新家"？还有没有"打工人"不能很快找到工作？肯定会有。这一点，不能否认，更不能视而不见。

从报道中我们看到，石家庄市对这些问题并没有回避，并且一直在千方百计解决。比如，尽快摸排空余摊位提供给商户、为拆违商户开通证照办理绿色通道、推出减免租金等优惠政策等。

除此之外，我还看到一些行之有效的做法，也很值得推广。比如，有的地方提出"拆几个市场，就建一个超市"；有的地方针对拆违失业人员开展职业技能培训；有的地方举办拆违拆临就业创业专场招聘会；等等。这些做法的好处在于，系统考虑了拆和建、人和事、转型和提升等多方面问题。毕竟，拆违并不是做一道加减题那样简单。

既保拆违力度，又保民生温度。面对拆违带来的暂时不便，一方面，需要有关部门的焦虑感更强点、行动更快点、措施更实点；另一方面，也需要广大市民把眼光放远点、理解更多点，这样，石家庄的拆违就会更和谐，群众就能尽快端上更好的"饭碗"，搬到更好的"新家"。

（2021 年 9 月 15 日刊发）

用好"揭榜挂帅"这个好办法好机制

河北日报副总编辑　李恕佳

　　2021年9月16日，保定市正式实施科技项目"揭榜挂帅"机制，面向全国广撒英雄帖，探索"谁被卡谁出题，谁出题谁出资，谁能干谁来干"的"赛马制"，深化科研项目管理改革。河北日报的报网端微，专门对此事进行了报道。

　　近几年，"揭榜挂帅"机制一直是科技创新领域的高频词——国家层面，自2016年起，习近平总书记在不同场合多次强调；2020年和2021年，连续被政府工作报告"点名"；2021年3月，正式写入《国民经济和社会发展第十四个五年规划和2035年远景目标纲要》……在各地，越来越多的省市开始进行相关探索，并在关键技术创新上取得显著突破。

　　什么是"揭榜挂帅"？简单来说，就是一种以科研成果来兑现科研经费投入的机制，也称"科技悬赏制"。这一机制一般具有这样几个特征：其一，以重大需求为导向，面向全社会公开张榜、"下单"；其二，以"能者上、智者上"为原则，让真正的高手揭榜、挂帅；其三，以解决问题成效为衡量标准，对成果进行奖励。

　　和以往的科研课题资助方式相比，"揭榜挂帅"是重大理念革新、革命性制度创新，具有明显的优势。首先，强调需求导向，也强调结果导向，需求明确、导向清晰，可以确保科研经费"好钢用在刀刃上"；其次，打破了地域、身份等限制，建立起了公开信息、公平竞争、公正评选的科技创新生态体系，有利于提高科技创新效率，激发全社会创新创造活力。

　　"揭榜挂帅"的作用有多大？不妨来看看贵州省。

　　贵州被称为"西南煤海"，但喀斯特地貌让煤层赋存条件复杂，导致开采条件很差，安全生产压力很大——薄煤层、急倾斜煤层智能化采掘一直是个"卡脖子"难题。2017年1月，贵州在全国率先推出"揭榜挂帅"制，将目标瞄准采掘自动化、智能化这一世界性难题，发布了3批技术榜单，吸引了省外一批高端团队"揭榜挂帅"，推动贵州采煤机械化水平在两年多时间里快速提升到100%。与此相对应，截至2020年11月底，贵州煤矿生产安全事故发生率同比下降81%，创历史同期最好水平。

　　"揭榜挂帅"是个好办法、好机制。构建新发展格局，很重要的一点，就是实现科技创新自立自强。近年来，"揭榜挂帅"被不断"点名"的背后，是强烈的发展需求和强大的"国家决心"。期待这样的创新探索能在河北开花结果、不断完善，为推动高质量发展注入强大动力。

（2021年9月27日刊发）

"信易+"加什么、怎么加

河北日报副总编辑　李恕佳

近日，唐山市滦州市积极开展"信易+"守信激励工作，推出一项新的"信易+"应用——第一批57名信用"红名单"人员，获得了哈啰共享单车的免费骑行年卡。

什么是"信易+"？顾名思义，"信"是守信的信，"易"是容易的易，"+"就是加各种应用——合到一起，就是通过各种应用，让守信的人在生活的方方面面更便利、更自信。

让信用的无形价值转变成有形价值，让守信有用、有感，才能引导、激励更多的人去守信。"信易+"，就是这方面一个有益的探索。

2018年，为推动全社会信用建设，国家发改委牵头启动了"信易+"系列项目，主要包括缓解守信中小微企业融资难、融资贵问题的"信易贷"；方便创新创业主体租赁办公设备和办公空间的"信易租"；让守信主体更舒适、更便利的享受出行服务的"信易行"；让守信主体更便利获得行政审批服务的"信易批"；让守信个人享受优质旅游服务的"信易游"五大项目。同时，倡导在更多民生领域创新更多应用。

的确，与生活联系越紧密、越广泛，守信者的受益和便利才能越来越多、越来越可感，"信易+"的作用也才能得到充分发挥。因此，近几年来，不少地方都在进行"信易+民生"的探索和尝试。

在北京市，"信易+"扩大了"惠民"范围，人们通过"信易康"，可以先就医后付费；在西城、朝阳、丰台、石景山等区，借助"互信预付帮"平台，实现了教育培训、美容美发、健身等领域的预付式消费信用保障。

在河南省开封市，信易贷、信易服、信易购、信易行、信易医、"信易住+餐饮"6个领域12个应用场景，已针对开封市行政区域内年满18周岁的自然人落地。

在天津市，经开区针对区域实际情况独创了"信易医""信易+停车""信易+住宿"等新应用，保障"红名单"主体享受更多信用红利……

这些创新应用，让"信易+"涵盖了更多的民生领域，让信用的价值体现到了日常生活的更多方面，有力推动了当地的社会诚信体系建设。这些成功创新应用，各地可以互相学习，甚至克隆。

当然，生活丰富多彩，民生领域宽广，许多"信易+生活"应用，绝不是某个部门、行业单打独斗就能完成的。滦州的此次应用创新，就是该市与"哈啰出行"合作的结果。我想，对于"信易+"加什么、怎么加，滦州的做法都值得借鉴。

（2021年9月29日刊发）

为"全天候"政务服务点个赞！

河北日报副总编辑　李恕佳

　　10月8日是2021年国庆假期后的第一个
工作日。

　　过去7天里，河北日报报网端微组织了国庆专题报道。比如，及
时关注假日期间全省市场消费、交通出行、旅游度假等情况；比如，
推出了6组国庆主题专版报道、"看百年巨变，国庆节逛遍7省市博物
馆"视频直播；还有"带你游遍河北"系列长图、"老家看新景"系列
微视频、"打卡服务区100道网红菜"系列微视频等动态报道……

　　这当中，有这样一条消息引起了我的"特别关注"——黄骅市聚
焦农村群众办事难问题，打造"全天候"政务服务。

　　政务服务中心是政府服务群众的主要载体和平台，面对的大多是
群众的"急难愁盼"。黄骅对政务服务和"高频刚需"便民服务项目
"应上尽上"，建成了全省县级市中第一个智慧政务自助服务区。

　　在黄骅，一大批特色助农综合服务站，把政务服务送到了农民群
众"家门口"；通过"裕农通"服务平台，村民可以随时自助办理行
政审批线上申请、生活服务和缴费、农机农资购买等86项业务；行

动不便或者不会使用服务平台怎么办？别担心，有代办员"跑腿上门服务"……

这一整套措施，让黄骅的涉农政务服务，由"朝九晚五"变成"24小时不打烊"；让有政务服务需求的群众想办就办、随时能办，实现群众需求与政务服务的"零时差"。

黄骅的"全天候"政务服务好在哪？当然好在现代信息技术的应用，也好在服务项目的周备。但在我看来，还有一点也很重要，这就是相关配套措施周密、到位。比如，代办员"跑腿上门服务"，就有效抹平了"数字鸿沟"，保证了"全天候"政务服务所有人都用得上、用得好。这，难道不正是一些数字化、信息化服务措施所欠缺的吗？

像黄骅这样的"全天候"政务服务，必须"点个赞"！

（2021年10月8日刊发）

节约用电，没有"过去时"

河北日报副总编辑　王　宁

电，成为最近人们关注的热点。刚刚过去的国庆长假，北京、广州、深圳等地相继暂停了大型灯光秀表演。河北省一些地方也发出倡议，引导机关、学校、企事业单位和广大民众养成节约用电、合理用电的好习惯……在全国多地用电紧张的形势下，倡导加强节约用电，显然更具针对性与指向性，彰显的是责任与担当。

应该看到，当前部分地区供电紧张与什么"大棋论""阴谋论"根本扯不上关系，而是多重因素叠加的结果。其一，疫后中国经济复苏强劲，电力需求快速增长；其二，煤炭价格大涨，电煤供应紧张，火电企业发电动力不足。另外，部分地方限电还和没把握好产业升级节奏、没做好平时能源管理有关。

号召节约用电，任何时候都是必要之举，并不是非要等到电力供应紧张才开始强调。一段时间以来，因为电能供应充足，大家对早些年频繁"拉闸限电"的场景似乎淡忘了，居民家里"电表"的数字也很难引起人们对"电从哪里来"的关注。节约用水、节约粮食近来蔚然成风，但无论单位和个人，还普遍缺乏节约用电、精准用电意识。

现实中，从街头巷尾到办公楼，从宾馆饭店到居民楼，灯泡空亮、设备空转的情况司空见惯。一些单位用电无所顾忌，办公楼里空调夏天冷得要穿外套，冬天热得可穿短袖；不少员工对用电更不在乎，上班后电器全开、下班后不关的不在少数；有些居民家里使用频率不高的电器长期插电，不仅造成无谓的浪费，而且埋下用电风险隐患。

厉行节约，始终是我们党的光荣传统。2019 年 3 月 5 日，习近平总书记参加全国人大会议内蒙古代表团审议时指出，"过去我们党靠艰苦奋斗、勤俭节约不断成就伟业，现在我们仍然要用这样的思想来指导工作"，"不论我们国家发展到什么水平，不论人民生活改善到什么地步，艰苦奋斗、勤俭节约的思想永远不能丢"。

节约用电，没有"过去时"。各单位不妨借鉴狠刹餐饮浪费之风的做法，像节约每一粒粮食那样节约每一度电，盯紧每一台电器、精确到每一分钟、细化到每一个人。普通百姓也应进一步增强节电意识，能不开的电器不开，可少用的电器少用。省下的每一度电，对单位是节约成本，对个人是节省开支，对社会则能让紧张的电能用到刀刃上。

借此机会，我想说一下近来不少城市越来越流行的灯光秀。

在城市电力供需平衡的情况下，合理安排一些灯光秀既有利于提升城市形象、烘托节日氛围，又能繁荣城市经济、丰富百姓生活。但在电力供需紧张的背景下，如果还继续搞灯光秀，不仅会挤占有限的电力资源，也会起到不良示范作用，就显得不合时宜了。

其实，城市夜空也不是一年到头越亮越好。近来，国内外一些城市提出规划"暗夜保护区"，倡导"该亮则亮，该暗则暗"。比起千篇一律、整齐划一的灯光秀，不规则、差异化的万家灯火，更能营造出现代都市静美内敛的温馨气氛和深邃包容的恢宏气质。

被灯光秀照亮的城市固然绚丽多彩，但也经不住过度开发。在"限电"背景下适时"关灯"，对那些沉迷于"不夜"的城市来说，或许正是一次理念升华的机会。

（2021 年 10 月 11 日刊发）

社区"长者食堂"，暖胃更暖心

河北日报副总编辑　王　宁

又到赏菊登高时。10 月 14 日，我们将迎来九九重阳节——一个尊老、敬老、爱老、助老的节日。

近段时间，在廊坊广阳区雨后春笋般出现 6 个社区"长者食堂"，惠及老人 7000 余人。它让老年人在家门口就能吃上可口饭菜，不仅品种丰富，价格还实惠，在很大程度上解决了老人行动不便、做饭困难、营养不足等难题，也让居家养老有了更坚实的支撑。今天的《河北日报》对此作了详细报道。

根据相关调查，老年人的头号需求是"就医"，其次就是"就餐"。第七次全国人口普查结果显示，河北省常住人口中，60 岁及以上人口接近 1500 万，占总人口近 20%，已进入中度老龄化社会。高龄、独居和失能半失能老人越来越多，买菜难、做饭难问题越来越突出。社区"长者食堂"这种模式，正是解决"舌尖上养老"问题的优选项。

上海是国内最早推出老年社区助餐的城市之一。截至 2020 年年底，全市已建成集膳食加工配制、外送及集中用餐等功能于一体的社区"长者食堂"226 家和遍布社区家门口的助餐点 1000 余家。患有慢性病的老人可以在那里吃到少油、少糖的个性化餐食。智慧结账系统的引入,让老人可以在挑选菜品时看到每个菜的营养成分,并在结账时对每餐的摄入热量和菜品价格一目了然。

作为嵌入式养老的重要载体,"长者食堂"解决的也不仅是"舌尖上"的养老问题,同时成为一种寻求精神交流和慰藉的平台。"长者食堂"的志愿者们可以随时关注就餐老人的状态,发现异常情况及时和社区沟通,发挥着特殊关爱作用。

当然,做好社区"长者食堂"是一项系统性工程,靠"小打小闹"不行,光有热情也不够。老年人普遍对价格敏感,讲求实惠、方便、健康,"长者食堂"面临较大的成本控制压力。从上海等地的成功经验来看,基本上采用了"政府推动 + 市场化运作"的模式,既保证了公益性,又解决了场地、资金、人员不足等问题,实现了"政府搭平台、企业获微利、老人得福利"的三赢。

8 月 24 日,习近平总书记在承德考察时强调,"满足老年人多方面需求,让老年人能有一个幸福美满的晚年,是各级党委和政府的重要责任"。我想,居家养老,势必助餐先行。发展社区"长者食堂"不是一个"可做可不做"的问题,而是一个"如何做得更好"的问题。在全省推广更多的社区"长者食堂",打造老年人"舌尖上的幸福晚年",是全社会亟待关注的一件利国又利民、暖胃更暖心的大好事。

（2021 年 10 月 13 日刊发）

河北"驴火",向沙县小吃学什么

河北日报副总编辑　王　宁

　　河北省河间市秉持"小火烧,大民生"理念,明确龙头化带动、连锁化辐射、品牌化建设、政府引导孵化产业链的路子,不断推动驴肉火烧产业做大做强、做优做精。《河北日报》对此作了报道。

　　把"特色小吃"做成支柱产业,让"地方风味"香飘五湖四海。河间市的做法无疑值得期待。

　　河北各地特色小吃众多,以传播范围和名气而论,首推驴肉火烧。"驴火家族"有圆形的"保定驴火"和长方形的"河间驴火",不仅广泛流传于华北平原,还逐渐走向全国各地。卤好的驴肉拌着汤汁与酥脆的火烧相遇,实现肉与面的完美融合。但毋庸讳言,从产业层面看,河北"驴火"面临着"有名气、缺品牌""有产业、缺龙头""有数量、缺集群"等现实问题。

　　一种看上去并不起眼的风味小吃,能发展成多大规模? 对经济发展、群众增收能起到多大带动作用? 不妨看看名扬四海的沙县小吃。据报道,如今沙县小吃全国门店超过 8.8 万家,并拓展到全球 60 多个国家和地区，年营业额超过 500 亿元，实现和带动 30 万人就业。

沙县小吃的成功，是人民首创精神的生动写照，是一个"不断破圈"的奋斗故事。"人多地少收入低"的现实，让"向往美好生活"的沙县人从闽中山区走向全国，将小吃店作为养家糊口的生计。曾几何时，沙县小吃一度处于餐饮业"鄙视链"的末端。但是，从业者憋着一口气不断提升品质，吸纳其他快餐品牌的优点，改进消费体验，硬是让沙县小吃从一个地方品牌变成了"国民品牌"，乃至享誉全球。

沙县小吃的成功，是当地政府因势利导，走企业化、品牌化之路的结果。多年来，当地政府通过出台帮扶政策，培训从业人员，推进标准化，引导连锁化，成立小吃集团，加强商标保护，让沙县小吃在留住"烟火气"的同时，逐渐摒弃了路边小店的弊端，逐渐向产业化、集约化发展。这再次证明，在尊重产业规律、尊重群众能动性的基础上，"有为政府"合理的顶层设计，带来的不只是"加法"，甚至是"乘法"效应。

"民以食为天，沙县小吃非常受欢迎。"2021 年 3 月 23 日，习近平总书记在福建了解沙县小吃发展现状和前景时说："沙县小吃在现有取得成绩的基础上，还要探索，还要完善，还要办得更好。现在的城市化、乡村振兴都需要你们，这就叫做应运而生，相向而行，我希望你们再接再厉，继续引领风骚！"

沙县小吃走过的路，对于今天正在加快品牌化、标准化经营的河北"驴火"，大有可借鉴之处。创造河北的"沙县式传奇"，河间已经强力起跑。期待河北"驴火"越来越火，早日成为"火遍天下"的大产业。

（2021 年 10 月 15 日刊发）

管住电动车进楼，须解决"停在哪儿"

河北日报副总编辑　王　宁

　　我想大家都对近期两起电动自行车进楼引发的火灾事故一定记忆犹新。成都某小区一电动车进电梯后瞬间爆燃，导致 5 人不同程度烧伤，其中一名未满周岁的婴儿被送进 ICU 抢救；北京通州某小区一名住户将电动自行车带入楼内充电引发锂电池爆炸，造成 5 人死亡。事故现场触目惊心，再次敲响电动车消防安全警钟。

　　据《河北日报》报道，为了阻止电动车进楼，廊坊市某小区近日给电梯装上了"黑科技"。只要有人把电动车推进电梯，就会有语音提示将车退出。如果执意不退，电梯就会停止运行，直到车主把电动车推出去。

　　这套"黑科技"叫作电动车阻隔系统。电动车一旦进入电梯，光幕会进行智能识别并传送给控制系统，指示电梯不关门或不启动，同时发出警报声。目前，廊坊全市已有 10 个小区、1 座写字楼完成了电动车阻隔系统安装。

　　电动车是很多居民出行的必备交通工具，而车载电池的安全问题一时难以彻底解决，但如果能守住电动车进楼关，危害就会大大降低。2021年8月1日，应急管理部《高层民用建筑消防安全管理规定》开始施行，明确禁止在高层民用建筑公共门厅、疏散走道、楼梯间、安全出口停放电动自行车或者为电动自行车充电。禁止电动车进楼，必须痛下狠手、绝不留情，廊坊部分小区的做法值得借鉴。

然而记者走访发现，不少小区电动车进楼现象依然大量存在。在我居住的小区，尽管物业在电梯门口醒目地张贴了"电动车进电梯是严重违法行为"的告示，一些住户还是熟视无睹，把"电驴"推了进去。

电动车进楼屡禁不止，除了与一些住户安全意识淡薄、小区管控不力有关，还与小区电动车配套设施不到位有很大关系。大部分小区没有电动车停放空间和配套设施，导致充电不便甚至车辆丢失，成为车主不惜麻烦甚至明知有风险也要推车上楼的原因。

在我看来，电动车进楼已成为新的民生痛点。解决"停在哪儿""怎么停"，才是问题关键所在。近日，杭州某小区在停车场专门划出一块电动车停放区，同时设置了40个充电桩，一个充电桩一次可给10辆车充电，只要投币或者刷卡就可以使用，很快实现了电动车"零上楼"。

既做好"楼上监管"，又搞好"楼下服务"；既要有廊坊小区的"黑科技"来监管电动车主行为，又要像杭州小区那样提供存放便利、场地安全、收费合理的服务。当老百姓没有了丢车、充电之忧，自然就不会硬往楼上推车了。

（2021年10月20日刊发）

柔性执法，让交通管理更有温度

河北日报副总编辑　王　宁

前几天，石家庄市一位装修工人因违反规定临时停车被交警罚款 100 元。他心情沮丧地说："都怪我不小心，半天的活儿白干了。"

这样的事如果出现在沧州市，因为是初次违规，驾驶人就可能不被罚款，而是可以选择发微信朋友圈征集关注等方式免予处罚。据《河北日报》报道，近几个月来，针对轻微交通违法，沧州市在辖区范围内实施"五选一"柔性执法措施，获得广泛好评。

不仅仅是沧州如此，最近一段时间以来，山东、山西、上海、广东多地对于轻微交通违法行为也都有类似做法。比如，浙江省杭州市对 3 个月内车辆无杭州范围内交通违法记录，在规定的道路内首次发生违反限行规定通行、驾驶人未按规定使用安全带、不按规定临时停车等三类交通违法行为，予以警告，不进行罚款及记分。

没有吃过罚单的驾驶人可谓凤毛麟角，全国每年交通罚款数额高达上千亿元。交通柔性执法之所以渐渐成为一种趋势，一个重要原因在于，对大多数人来说，轻微交通违法行为并非故意为之，大多数情况属于情有可原。尤其是在道路交通环境日益复杂的今天，有的是因为不熟悉路况首次违停，有的是因为道路资源有限迫于无奈造成压线，还有的是因为车辆限号频繁变更，一时忘了限号日而误闯限行，等等。

这些轻微违法行为虽然可能给行车带来一些安全隐患，但本质上看事故风险较低、对公共交通影响较小。与之前那种生硬、冰冷的"一罚了之"相比，柔性执法正是以"有限度地容错"，让守法车主在"不得已"或"无心之失"的时候，获得"被原谅"的机会，旨在正向鼓励、积极倡导机动车驾驶人乃至全体交通参与者自动、自觉地遵守交通法规，做到文明安全出行。

2021年7月15日，新修订的行政处罚法首次提出"首违不罚"，规定"初次违法且危害后果轻微并及时改正的，可以不予行政处罚"。从这个角度而言，柔性执法彰显的是教化的力量，体现的是执法的温度，展现的是"宽严相济"的法理精神，更是社会治理观念的更新。

对于柔性执法，也有人担心可能"纵容一些人违法"，我看这种担心没有太大必要。柔性执法并不意味着任意裁量，更不意味着我行我素，而是有着刚性底线和精准掌握。比如，一辆车在一个记分周期内只能给一次机会，初犯和偶然过失以提醒和教育为主，而对屡教不改者就须依法予以处罚。至于酒驾醉驾、严重超速、超员超载等严重违法行为，则必须一如既往严查严处，决不姑息迁就。

（2021年10月22日刊发）

这样的"恳谈会"有新意

河北日报副总编辑　贾　伟

　　《河北日报》2021 年 10 月 25 日刊登了这样一条消息——石家庄市建立企业家、市民与市长恳谈会制度，市长在每个月的第一个周末，分别与企业家或者市民"面对面""零距离"直接交流。

　　说起"恳谈会"，大家都不陌生。最近几年，许多地方都有类似的安排。山东聊城由市领导轮流主持"星期六企业家工作日"活动；浙江温州开办"亲清政商学堂"，分批安排企业家和党政干部同在一个课堂学习培训；我们河北省的邯郸，探索实施基层干群恳谈会，消解政策落实"梗阻"；2020 年年底，《河北日报》还报道过邢台的民营企业家"圆桌会议"……

　　按说，"恳谈会"已经不算新鲜事，但石家庄的"恳谈会"还有一些新意。

　　一是参与的对象、"恳谈"的内容更广。在石家庄，能跟市长面对面的，不仅有企业家，还有市民。10 月 9 日，就有 12 位市民代表应邀参加恳谈，就老百姓关心的问题与市长进行了座谈。如果说向企业家问计求策，是大多数地方的普遍做法，那么由市长直接向市民征集意见，就是石家庄"恳谈会"的一点创新了。

二是时间更固定，频次也更高。各地的"恳谈会"其实都在向制度化、常态化发展，但有的是针对某个特定领域、围绕某个特定议题，不定期或者随机举办；有的虽然有固定周期，但也多是一个季度或者两个月，像石家庄这样，每个单月的第一个周末和每个双月的第一个周末，分别召开企业家恳谈会和市民恳谈会——时间这么固定、频次这么高，的确还不多见。

我想，只凭这两点新意，石家庄的"恳谈会"就完全可以发挥更大的作用。有例为证——从2016年起，广州开始举办市领导与民营企业恳谈会，到2021年7月，一共举办了14次，累计解决企业诉求262项。石家庄这个更大范围、更常态化、更制度化的"市长恳谈会"，它的效果无疑更加值得我们期待。

（2021年10月25日刊发）

这个"采暖季"应成精准供热"加速季"

河北日报副总编辑　贾　伟

又到一年"采暖季"。入冬以来，冷空气频繁来袭，"保证供暖"成了关注度最高、最热的民生话题之一。河北日报的报网端微信公众号也实时关注着省内各地的供暖准备工作。

综合往年的情况看，尽管准备比较充分，但"采暖季"多多少少还是会出现一些问题。比如，有的热得够呛，有的达不到标准；比如，管网还会"跑冒滴漏"，末端暖气不热，前端成本高企；比如，因"串联"导致"蹭热""缴费纠纷"等问题……2021年的情况也许更复杂，部分地区的限电、煤炭短缺等，给"保供"带来新的挑战。老问题和新考验叠加，更需要实施"精准供热"。

精准供热，就要精准应对需求，精准提供服务。这里的重点，应该是调整供热方法。加快推进老旧管网、供热站智能改造等，让热量合理分配，解决"近热远冷""上热下冷"等老问题；再有，"看天供暖"要真"看天"，"弹性供暖"要更有"弹性"。

精准供热，还要实施精细化管理，精准利用能源。这是做好供暖的重要保障，也是供热企业转型发展的现实要求。2020年，曹妃甸工业区实现智慧供热全覆盖，运用科技手段，对供热运行情况进行精确分析，作出科学判断后调节运行，从而实现能源充分利用，在保障供暖的前提下，年节约能源16.9%。这一做法如果能广泛推广，作用和意义无疑都很重大。

最近我们也看到，针对"煤炭价格上涨"等问题，国家发改委表示，要依法对煤炭价格实施干预措施，确保供应；国家能源局表示，要优先保障发电供暖用煤；我省各地各供暖企业也采取了很多措施保煤炭供应……这些都是"为确保人民群众温暖过冬"拿出的实际举措。

精准供热，利国利民，势在必行。能不能真正做到精准供热，考验着服务意识、治理能力，也考验着发展理念、大局意识。期待今年这个采暖季，能够成为各地大力推进精准供热的"加速季"。

（2021年10月29日刊发）

办好"时间银行"需要全方位 "通存通兑"

河北日报副总编辑　贾　伟

老人发出服务需求，志愿者"接单"上门；今天存储为老人服务的时间，明天则享受免费养老服务……"时间银行"这一社区养老模式，受到老年人欢迎，赢得各方点赞，媒体也多有报道。

20 世纪 80 年代，美国开始倡导实施"时间银行"。在我国，20 多年前就有地方开始试水"时间银行"；2018 年，民政部明确将"时间银行"纳入全国居家社区养老服务改革试点范围……

"时间银行"是个好模式，但"好事办好"并不容易。媒体报道说，上海某居委会在 1998 年就创立了"时间银行"，但在运行 10 多年后"破产"。主要原因是，不同类型的志愿服务强度不好折算、"时间存折"容易遗失、搬离原居住地后"存折"无法兑现等，让志愿者存储的时间最终成了"坏账"。

为了解决以上问题，各地采取了不少措施。江苏、上海、北京等地出台相关法规，保证"时间银行"全域通兑。青岛建立了"电子时间银行"。成都更是把"时间银行"搬上了区块链，保证存储的服务时间"永不过时"……

这些办法都挺好，依我看，还可以增加一条：推动养老服务和其他各类志愿服务"通存通兑"。这样，可以调动起更多年轻志愿者的参与积极性。

显然，"时间银行"应该吸引更多年轻人参与，而不应只是老年人之间的"互帮互助""现存现取"。但对于年轻人来说，将来的养老服务"远水"，似乎难解当下生活中的"近渴"。同时，很多年轻人并不具备养老服务技能，"时间银行"如果只吸纳"养老服务时间"，就有可能把他们拒之于门外。

所以，"时间银行"的"通存通兑"，应该包括这样两项内容：一是允许年轻人把"养老服务时间"兑换成当下的其他服务；二是使年轻人当下的其他各类"志愿服务时间"，都可以在将来兑换养老服务。

我想，如果实现了这样的全方位"通存通兑"，"时间银行"就会有源源不断的源头活水，就能盘活更多社会资源，更好地发挥作用，成为撬动全社会爱心更加有力的支点。

（2021 年 11 月 1 日刊发）

给"外卖骑手们"一个明确的劳动关系

河北日报副总编辑　贾　伟

这期读报，先讲一个案子。

2019年4月，在北京打工的外卖骑手邵新银，送餐途中发生交通事故，被诊断为九级伤残。在律师的帮助下，这位来自河北的骑手在北京提起劳动仲裁。让人没想到的是，这件看似简单的案子，却由于派单、投保、发工资、缴个税的主体跨越了北京、四川、重庆3地，涉及至少5家公司，使邵新银陷入劳动关系难以认定的法律困境。历时两年多、经历了5场仲裁或诉讼，至今仍未妥善解决。

提起这个案子，是因为看到这样一篇报道：河北省贯彻落实人社部等8部门文件精神，印发有关实施办法，针对规范用工、制度保障、权益保障、机制保障等多方面问题，对新就业形态劳动者的劳动保障权益进行了明确。特别是关于规范用工的制度性要求，有望解决邵新银们的难题。

邵新银只是数百万外卖骑手之一。在全国，包括快递员、外卖送餐员、网约车驾驶员在内，新就业形态劳动者数量已经接近1亿人，而且还在持续增加。他们的出现，展示着经济发展的勃勃生机，也极大方便了我们的生活。但长期以来，很多劳动者的合法权益却难以得到有效保障，被形容为"有就业无门槛、有劳动无单位、有风险无保险"。

为什么会这样？劳动关系不明确，是一个重要原因、根本性因素。

新就业形态的劳动用工大致分两种情况：一种是劳务派遣。在许多外卖平台，一般由第三方公司和骑手签订劳动合同，平台再与第三方公司签订劳务派遣协议。一种是居间合同。一些众包公司将自身定位为"撮合平台"，只与劳动者签订服务合同，而不签订劳动合同。这两种情况的共同点是，用工平台与劳动者都不存在直接的劳动关系。这就使一些平台公司找到了规避风险的借口，也成为劳动者维权的最大"痛点"和"堵点"。

明确的劳动关系，是维护劳动者权益的重要基础，是实施相关法规的必要依据。如今，维护新就业形态劳动者权益的法规越来越完备、越来越明确，关键是抓好落实。怎么落实？最急迫也最重要的是，真正做到规范用工，给劳动者一个明确的劳动关系。这样，才能从根本上解决维权难题，才能为其他维权条款的落地落实奠定基础。

也许有人担心，新就业形态的最大优势，就是灵活性、共享性，明确劳动关系会不会对此造成冲击？我想，从本质上看，这两点其实并不矛盾，完全可以相辅相成、相得益彰。当然，具体如何操作，还需要在实践中逐步探索、仔细权衡。

（2021 年 11 月 5 日刊发）

我们是记者

河北日报副总编辑　曹阳蔡

在硝烟弥漫的战场，我们和冲锋的战士一样，跃出壕沟，手中的笔和相机就是刀和枪；在世纪工程现场，我们和建筑工人一样，挥汗如雨，和大坝、大桥、大港一起见证成长；当疫情肆虐，我们和白衣天使一样，义无反顾，逆行而上；当雪落崇礼，我们又像片片雪花，追逐着风和健儿，感受着冬奥赛道上的速度和力量。对，我们是记者！在第22个中国记者节到来之际，我今天致敬我们自己！你看到我们的时候，我们在纸上、在屏幕上；你看不到我们的时候，我们一直在路上。

在"人人都有麦克风"的时代，各种信息泥沙俱下，新闻工作面临的挑战前所未有。越是这样，我们就越感责任重大，定要排除万难，当好事实真相的记录者、社会共识的凝聚者，当好舆论场的整流器、正能量的放大器。

新闻工作天然与责任相联，新闻记者负有特殊而光荣的使命。只有责任，能拨开一切迷雾；只有使命，能穿越一切形态。新闻工作者要"做党的政策主张的传播者、时代风云的记录者、社会进步的推动者、公平正义的守望者"。牢记这份责任，我们就能走出"乱花渐欲迷人眼"的纷扰，坚守新闻人的初心，抵达"乱云飞渡仍从容"的境界。

在众声喧哗中，社会更渴望真实、客观的讯息，更需要讲真话、可信赖的记者。我们，将一如既往，视真实如生命，"俯下身、沉下心，察实情、说实话、动真情"，用沾满泥土的双脚行走大地，用辩证的眼光阅读生活，用理性的思维分辨真伪——真实、客观地把时代声音和时代故事记录下来、传播开来。

在媒体融合时代，对记者的要求也更高更严了。故步自封没有出路，不懈创新才能勇担重任。我们要把握传播规律、紧跟技术潮流，从"纸上"到"网上""掌上"，从"编辑""记者"变"小编""主播"，不断用创新讲好故事，用创新扩大传播，用创新展现时代。

（2021 年 11 月 8 日刊发）

"微更新"带来"大幸福"

在河北省会石家庄市，有一条不长的街道叫煤机街，经过"小街小巷改造提升"后，凭借亮丽"颜值"近日出圈，成为新的网红打卡地。很多人在"朋友圈"里自豪地说："我们如此热爱石家庄"，"青春是独一无二的，愿青春不老不负韶华"。看到这一景象，许多人不由得心里一暖——我们的城市，就该是这个样子！

从石家庄、保定到邯郸、邢台，一段时间以来，河北省许多城市都开展了小街小巷改造提升行动。"脏乱差"变成"洁齐美"，焕然一新的小街小巷让城市变得更有温度。

对每一位市民而言，城市让生活更美好，直接体现在居住生活的小区里、出门必经的小巷里。人们既关心城市有多大、有多高，更在意身边的一砖一瓦精不精、美不美；既留意大工程、大项目有没有、有多少，更盼望小区里的路更平、地更绿。

小街小巷改造提升正是城市更新的重要内容，是城市发展必须进行的"微更新"。一座城市要发展，既得"上新"，又得"更新"。有专家说，新区建设是在白纸上画画，但老城区、老建筑改造更像考古挖掘——大拆大建容易伤筋动骨，改造提升更需"温柔细心"。

几年前，一些一线城市就已经开始重视"微改造"。上海启动了"行走上海 2016——社区空间微更新计划"；深圳实施了"趣城"系列计划；广州把"微改造"作为与全面改造并重的城市更新方式。实践证明，"微更新"真的有大作用——细小的除旧布新，让整个空间焕然一新；局部"小手术"，激活整片区域的活力。小而美的改造，直接给居民带来"大幸福"。

和一线城市相比，我们的城市建设增量空间还比较大，但市民对细节、精致、品质生活更加向往。城市对幸福的营造，居民是最大的受益者。当家门口的环境更好了、业态更丰富了，生活更便利了……老百姓的幸福，也就可感可及了。

（2021 年 11 月 10 日刊发）

从全会公报看人民情怀

河北日报副总编辑　曹阳蔡

在中国共产党成立 100 周年、开启全面建设社会主义现代化国家新征程的重要节点，党的十九届六中全会在北京召开。全会提出，100 年来，党领导人民进行伟大奋斗，积累了宝贵的历史经验，这就是坚持党的领导、坚持人民至上、坚持理论创新、坚持独立自主、坚持中国道路、坚持胸怀天下、坚持开拓创新、坚持敢于斗争、坚持统一战线、坚持自我革命。

在 7000 多字的全会公报中，"人民"一词贯穿全文，先后出现 50 多次，充分彰显为人民谋幸福、为民族谋复兴，是一代代中国共产党人的"国之大者"。一切为了人民、一切依靠人民，始终把人民放在心中最高位置，是 100 年来我们党领导人民不断从胜利走向胜利的一大法宝。

在 2021 年《河北日报》庆祝建党 100 周年系列报道中，我们的报网端微讲述了一个又一个中国共产党"为了人民""赢得人民"的动人故事。其中，有两个故事让我印象深刻，最为感动。

看！这是停在西柏坡纪念馆里的小推车！它原本只是几十年前的

一种生产工具，但在三大战役中，却成了制胜"利器"。淮海战役中，543万支前群众自发用自家的小推车，向前线运送粮食、被服和武器弹药……三大战役期间，多达141万辆小推车走上前线，为战争胜利提供了坚强保障。

听！"我还要叫王家川"！1939年5月，一位叫王家川的平山籍八路军战士，一人杀死8个敌人后壮烈牺牲。在他牺牲后的第9天，他的弟弟用"王家川"的名字报名参军。接待的同志让他用自己的名字，他说："俺一定叫王家川。俺还有个弟弟，如果有一天俺和日本鬼子拼了，俺弟弟也来当兵，还要叫王家川！"

"江山就是人民、人民就是江山，打江山、守江山，守的是人民的心。"经常看看、想想"小推车"和"王家川"的故事，我们就一定能更好领悟这一论断；就能在新的征程上，始终把"人民"放在价值序列的首位，作为制定政策的依据、衡量得失的标准、发展目标的指向，守住守好人民的心。

（2021年11月12日刊发）

共同富裕要靠共同奋斗

河北日报副总编辑　李恕佳

"扎实推动共同富裕。"近日，河北省第十次党代会报告中的这句话成了网友们关注的话题，相关的讨论和解读，多次出现在河北日报报网端微上。

推动共同富裕，离不开相应的制度安排。省党代会报告从多个方面回应了这一社会关切，得到了网友们的"点赞"。

习近平总书记指出："幸福生活都是奋斗出来的，共同富裕要靠勤劳智慧来创造。"回望打赢脱贫攻坚战的历程，可以发现，正是凭借广大群众"只要有信心，黄土变成金"的坚定、"宁愿苦干，不愿苦熬"的实干，我们才完成了消除绝对贫困的艰巨任务。同样，在通往共同富裕的道路上，奋斗仍然是最亮丽的底色；只有共同奋斗、不懈奋斗，才能实现共同富裕。一句话，共同富裕要靠共同奋斗。

奋斗，是推动社会前进的动力，也是个人通往幸福的阶梯。奋斗对于推动共同富裕的意义和作用，可以从多个角度进行解读。在我看来，其中很重要的一个角度，就是正确认识"三次分配"。

构建初次分配、再分配、三次分配协调配套，是在高质量发展中促进共同富裕的基础性制度安排——第一次分配由市场主导，是通过市场实现的收入分配；第二次分配由政府主导，通过社保、税收等制度调控社会平均财富；第三次分配是由社会道德驱动，靠公益道德让富人回馈社会财富。

我理解，这一基础性制度安排，强调了正确处理效率和公平的关系，同时也再次凸显了奋斗的重要性。对于这一点，不妨从两个方面来认识。

其一，初次分配让人获得基本财富，也是个人财富的主要来源——个体富裕，首先要依靠个人奋斗；共同富裕，最终要靠共同奋斗。

其二，初次分配强调效率，目的是"做大蛋糕"，第二次、第三次分配强调公平，目的是"分好蛋糕"。显然，只有把蛋糕做得更大，每个人才能分到更多。而要把蛋糕做大，就一定离不开所有人的共同奋斗。

总之，共同富裕不是平均富裕，任何人都不可能"躺赢"，只有人人参与、人人尽力，才能实现人人享有；相关制度安排只能为"人人参与、人人尽力"提供更好的条件和平台，能不能把"制度红利"转化成个人的"富裕红利"、转化到什么程度，还是要看个人的努力程度、奋斗精神。

世界上从来就没有"免费的午餐"，天上也不会掉馅饼，实现美好生活新期待最重要、最可靠的支撑是自己的奋斗。让人高兴的是，这几天，在河北日报报网端微上，大家不仅表达着对共同富裕的期待、憧憬，更传递着拼搏奋斗的坚定信心和决心——

"共同奋斗＋制度安排"，一定能让共同富裕的美好图景在燕赵大地上展现。

（2021 年 12 月 1 日刊发）

"碳达峰、碳中和"里有生活品质 也有生活方式

河北日报副总编辑　李恕佳

　　河北省第十次党代会报告提出，要"加快建设绿色低碳、生态优美的现代化河北"；"统筹治污减排降碳协同增效，积极稳妥有序推进碳达峰、碳中和"。

　　近年来，"双碳"成为高频词——我国向世界宣布碳达峰、碳中和的目标；中央经济工作会议把做好碳达峰、碳中和工作确定为 2021 年 8 项重点任务之一；2021 年全国两会期间，碳达峰、碳中和被首次写入政府工作报告……河北出台碳达峰行动方案，把"推动碳达峰、碳中和"作为 2021 年重点任务，并制定了"十四五"时期碳达峰、碳中和中长期规划……

　　那么，当省党代会报告特别强调"绿色低碳、生态优美"和"碳达峰、碳中和"时，你又想到了什么？我想，很多人的第一反应，应该是"蓝天白云""绿水青山""畅快呼吸""森林绿地"……总之，就是高质量的生态环境、更有品质的生活。

　　其实，"碳达峰、碳中和"里，有生活品质，也有生活方式。换句

话说就是，推进碳达峰、碳中和，能够有效提升生活品质，同时也需要我们转变生活方式；碳达峰、碳中和，我们每个人既是受益者，也都是参与者、推动者。

每一个人都是排放源，碳达峰、碳中和与所有人息息相关。实现"双碳"目标，转变生活方式和转变生产方式一样重要。

比如，交通领域是碳排放"大户"。据统计，我国交通运输领域碳排放占全国终端碳排放约 5%，而且还在以年均 5% 以上的速度增长。出行时，少开私家车，远距离坐公交车，近距离骑单车。这样的绿色出行，就是在推动碳达峰、碳中和。

比如，调低电视屏幕亮度、及时拔下家用电器插头、用电饭煲蒸米饭时提前浸泡 10 分钟……自备购物袋、垃圾分类投放、循环用水、吃饭光盘……这样的日常生活，也是为实现"双碳"目标贡献力量。

比如，买车选小排量或新能源的，家用电器选低能耗的，网购时不选过度包装的电商平台，少购买纸杯等一次性商品、多使用可循环的产品……这样的消费方式，实际上是在"用脚投票"，能够倒逼企业和商家加快转变生产方式、经营方式，同样是在推动节能减排、绿色发展。

同呼吸，共奋斗。习近平总书记指出："生态文明建设同每个人息息相关，每个人都应该做践行者、推动者。"生态文明建设，需要从我做起；绿色生活，需要落实到举手投足、点点滴滴。我相信，当越来越多的人养成自然、环保、节俭、健康的生活习惯，自觉践行勤俭节约、低碳环保的绿色生活方式，"双碳"目标就一定能够实现，我们就能更好享受碳达峰、碳中和里的高品质生活。

（2021 年 12 月 3 日刊发）

让院士"生长基因"变成河北创新动能

河北日报副总编辑　王　宁

2021年两院院士增选结果日前正式揭晓，总共有149人当选。其中，中国科学院增选院士65人，中国工程院增选院士84人。本次院士增选中，河北省共有4位学者入围有效候选人名单，并有两位学者闯入最后一轮评比，可惜都未能当选。

院士增选每两年进行一次，几乎每次增选结果都会引发热议。人们之所以关注所在地的院士拥有量，是因为作为我国科学技术和工程科技领域的最高荣誉称号，无论是中国科学院院士还是中国工程院院士，都意味着高超的科研能力和重大而富有创造性的科研成就。作为相关科技领域的领军人物，院士不仅是体现科研水平的标高，更是推动一个地方创新发展的关键力量。正如习近平总书记所说："两院院士是国家的财富、人民的骄傲、民族的光荣。"

本次增选后中国科学院院士总数为860人，中国工程院院士总数为971人。江苏在这次增选中有16人当选，全省拥有两院院士118人，为全国各省份最多。而作为环京津大省，河北省拥有的两院院士总数在全国来说是比较少的，目前在冀工作的两院院士仅有19名，省属高校中，仅燕山大学、河北大学、河北医科大学、石家庄铁道大学拥有院士坐镇，这与河北的经济发展体量很不相当。

与此同时，我注意到另一个数据。如果按历年两院院士籍贯统计，河北"出产"的院士并不少，达到121名，排在江苏、浙江、山东等省份之后，名列全国第8位。比如，获得国家最高科技奖的王大中院士、师昌绪院士就是河北人，这说明燕赵大地人杰地灵，培养"院士胚子"的基础教育并不差。一边是强大的院士"生长基因"，另一边是相当比重的院士落户外省，这种倒挂现象很值得关注。

应该看到，院士较少跟河北缺乏重点高校和重点科研院所有很大关系。很长一段时间，河北没有"985高校"，"211高校"只有1所。一方面，积极引进和培养院士后备力量及高端人才，迫切需要增强本省高校和研究机构的学科优势，做大做强顶尖人才成长和会集平台。让更多高端领军人才回得来、留得下、干得好。让院士"生长基因"变成强大创新动能，对于加快建设现代化经济强省、美丽河北具有重要战略意义。

另一方面，在下大力培养本土院士和引进外省院士的同时，河北还应践行"不求所有，但求所用"的人才理念，充分用好环京津的独特区位优势和重大国家战略布局的历史机遇，更多与省外院士合作，更多建立真正发挥作用的院士工作站，形成"引天下英才为我所用"的局面。

（2021年12月6日刊发）

政务服务热线，就是要能办事、办成事

河北日报副总编辑　王　宁

最近一段时间，12345 政务服务热线还真有点"热"。

先是河北省衡水市高新区建设局工作人员白某训斥咨询物业费缴纳等相关问题的居民："12345 能办什么事啊？什么事也不办。"后有河南商丘市睢阳区一社区书记回怼反映问题的市民："他打 12345 投诉，我有 100 个法子对付他。"这些雷人雷语，引发舆论关注。目前，相关责任人均已被停职，等待进一步调查处理。

事情到此似乎告一段落，但对有些网友的观点，我并不完全认同。比如，有人认为出现这样的事不过是个别工作人员作风问题，有人觉得 12345 热线本身只是群众和企业向相关职能部门反映问题的窗口和渠道，无法直接推动问题的解决。

必须看到，12345 热线设立的背后，是党和政府为解决群众急难愁盼所付出的巨大努力。河北省 12345 政务服务便民热线开通一年来，共帮助 723.76 万群众解决了 952.09 万件各类诉求。而一再出现的雷人雷语也暴露出一些地方 12345 政务服务热线还有进一步优化的空间。

反思之余，我有三句话不吐不快。

第一句，个别地方政务服务热线"前台受理"和职能部门"后台办理"还存在脱节现象。

12345 政务服务热线，一头连着政府，一头连着千家万户，是政府与百姓之间的"连心桥"。群众遇到大事小情，经常会想到拨打 12345 求助或投诉，足见其在百姓心中的地位和分量。因此，12345 政务热线不能沦为简单的"传声筒""复读机"，而应充分发挥平台作用，积极联手相关职能部门履职尽责，为民办事。否则，热线就可能变成"凉线"。

第二句，对于群众的诉求，是否能够真正解决，关键还在于对接的职能部门是否给力。

12345 不仅是一条了解民众诉求的热线，更是一把衡量政府服务水准的标尺。若相关职能部门的处置、办理能力跟不上，为难的是求助的群众，受损的是 12345 的公信力。国务院办公厅在《关于进一步优化地方政务服务便民热线的指导意见》中明确要求，优化流程和资源配置，确保企业和群众反映的问题和合理诉求及时得到处置和办理。

第三句，处理一个当事人不难，难的是举一反三，难的是找准症结，难的是刀刃向内，难的是坚决整改。

根据通报，衡水市高新区建设局已和反映问题的业主取得联系，将依法依规解决问题，当地及时回应社会关切的做法值得肯定。各地也不妨检视一下 12345 政务服务热线的运作情况，看看其办不办事、办了多少事。服务热线接受求助与投诉只是开端，关键还是相关职能部门要想办事、能办事、办成事，让 12345 真正成为便捷、高效、规范、智慧的政务服务"总客服"。

（2021 年 12 月 8 日刊发）

面对元宇宙，既要"冷"又要"热"

河北日报副总编辑　王　宁

忽如一夜春风来，千树万树梨花开。很多人还没明白咋回事，元宇宙概念就已经成为一个从科技界、资本圈到街头巷尾的热门话题。腾讯、字节跳动等互联网大厂纷纷进入相关领域，国内三大电信运营商加码元宇宙基建，国外的脸书、微软等顶流互联网公司也在积极布局。

2021年12月10日《河北日报·数字经济专刊》刊发了工信部赛迪研究院电子信息研究所副所长陆峰的文章《元宇宙技术应用须理性看待》，大家不妨读一读。

元宇宙是什么呢？最近几天，我在网上狂搜各路专家的解读。说实话，作为一名文科生我没有看懂。有人认为这个涉及 VR、AR、5G、云计算、区块链等前沿技术的概念，代表着下一个互联网时代；也有人认为它就像泡沫一样，不过是快节奏时代转瞬即逝的圈钱手段，如果真的进入虚拟世界则意味着人类的没落。

元宇宙到底是什么？1992年，美国科幻作家尼尔·斯蒂芬森在小说《雪崩》中提出了元宇宙的雏形，体验者戴上耳机和目镜，就可以通过虚拟分身的方式进入由数字技术构建的与现实世界平行的虚拟世界。在我看来，对元宇宙概念最形象的描述是电影《头号玩家》。在电影里玩家头戴 VR 设备，脚踩可移动基座进入虚拟世界绿洲，在绿洲里面视觉、听觉甚至触觉，都与真人的体感如出一辙。玩家不仅可以在里面玩游戏，还可以进行社交和交易。

随着数字技术快速发展，未来世界将是何种样貌，谁也无法准确预知。面对元宇宙，我觉得既要"热中有冷"，又要"冷中有热"。

近期而言，需要"热中有冷"。元宇宙概念瞬间爆燃，有人为炒作的成分，也为继续炒作留下空间。一些公司自己还没弄明白，就开始蹭热度，把元宇宙当成一个筐，啥都往里装，其目的就是浑水摸鱼、圈地捞钱。就像前几年的区块链和量子纠缠一样，一时间玩概念的公司遍地开花。资本也好、大众也罢，须理性看待当前的元宇宙热潮，警惕任何以科技和未来为名义的忽悠。

远景来看，不妨"冷中有热"。对待新鲜事物，在保留一份审慎和理性的同时，更应该保持探索的热情。事实证明，一些新概念往往承载着人们对技术发展的信心以及对未来美好生活的期待，不少已经变成现实。元宇宙的探索将推动实体经济与数字经济深度融合，游戏、社交、娱乐、消费等方式都可能走向新的阶段，或许是继互联网之后人类生活方式的又一次巨变，也是企业发展的新风口、产业竞争的新赛道。

作为媒体从业人员，我甚至在想，元宇宙或许真的能给未来的受众带来"身临其境"的传播体验。即使元宇宙从概念到现实的路还很漫长，我们仍可以期待梦想花开的那一刻。

（2021 年 12 月 10 日刊发）

劳务品牌，不仅是"就业名片"

河北日报副总编辑　王　宁

在河北张北县有这样一群人。夏季农忙时，他们是奔波在田间地头的农民；冬季农闲时，他们摇身一变，成为专业的司炉工。他们有一个统一的称谓——张北司炉工。

每年一到供暖季，张北司炉工们就在当地就业服务局的安排下，离开家乡，前往首都北京，到各个供暖企业上岗就业。为北京千家万户送去温暖的同时，实现打工种地双丰收。如今，张北县每年向北京输送司炉工达 1000 余人，人均年增收近 1.8 万元。2021 年 9 月，"张北司炉工"被人社部授予"带动就业类劳务品牌"称号。

劳务品牌是有着鲜明地域标记、过硬技能特征和良好用户口碑的劳务标识。毫无疑问，劳务品牌是一张响当当的"就业名片"。

从某种意义上说，劳动力也是商品，劳务品牌是劳务质量、劳务数量以及劳务收入的重要标志。一个叫得响的劳务品牌，能够使劳动力获得更加广阔的就业空间。这样的劳务品牌带动就业人数多，从业人员就业更加稳定、收入更高、权益更有保障。例如，冠名"山东好汉"的保安在全国广受好评，"安徽保姆"每年为该省创收数亿元。进入新发展阶段，抓好劳务品牌建设是扩大就业规模的重要切入点。

如果从产业升级和乡村振兴的大背景来看，劳务品牌又不仅仅是一张"就业名片"。

每一个劳务品牌，背后都是一个地方独特的人文、资源禀赋，体现这个地方一个行业或产业的比较优势。打造劳务品牌，眼光和目标不能只盯着更多的劳务输出、更高的务工收入。如今，不少劳务品牌已从"体力型"向"技能型"转变，从劳务输出向集工程承包、商品制造、售后服务于一身的综合性品牌转变，有力带动了上下游产业集聚发展。比如江苏"盱眙龙虾厨师"延伸为集种养、物流、餐饮、加工于一体的全产业链。目前，全国年产值达 100 亿元以上的综合性劳务品牌已有 13 家，江西"南康木工"、湖北"监利玻铝商"的品牌年产值分别达 2000 亿元和 1000 亿元。

应该看到，河北劳务品牌建设已有初步基础，但总体来说全国知名的劳务品牌还不多，特别是与河北 1200 多万的农民工总量和完备的行业门类相比明显不足。为切实加强全省劳务品牌建设，省人社厅、省发改委等部门近日印发《关于劳务品牌建设的实施意见》，提出到"十四五"末，所有县（市、区）至少培育 1 个劳务品牌，打造 100 个省级劳务品牌。

我们相信，通过规范化培育、技能化开发、规模化输出，河北更多的劳务品牌一定能成为市场化运作、品牌化推广、产业化发展的"金色名片"。

（2021 年 12 月 13 日刊发）

发展跨境电商　河北其势已成

河北日报副总编辑　王　宁

　　互联网时代，足不出户就能买全球、卖全球。这"一买一卖"之间诞生了一个新的贸易业态——跨境电商。据《河北日报·地方新闻版》报道，作为全省首个跨境电商综合试验区，2021 年前 10 个月，唐山市跨境电商交易额 168.91 亿元，相关市场主体达 967 家，各项指标居全省第一。

　　跨境电商，顾名思义就是做国际生意的电商。在传统外贸时代，交易过程要经过生产商、出口商、进口商、渠道商、批发商、零售商等五六个环节，而跨境电商是通过电子商务平台将境内外消费者和商家直接联系起来，大大提升了效率。

　　数据显示，我国跨境电商规模 5 年增长近 10 倍，相关企业已超过 60 万家。持续两年的新冠肺炎疫情使线上外贸规模呈爆发式增长，2021 年上半年我国跨境电商进出口总额 8867 亿元，同比增长 28.6%。毫不夸张地说，跨境电商已成为 2021 年最火的风口，未来还有更大的成长空间。

作为一种新型国际贸易组织方式，跨境电商运转有三个环节。第一是商品，第二是平台，第三是物流。

做外贸当然先要有商品。中国是"世界工厂"，几乎无所不造。特别是中国率先控制了疫情复工复产，国外庞大的消费需求，只有中国供应链能够满足，所以中国卖家在这方面有绝对优势。

平台构建有两种方式。一种是在亚马逊、eBay 和速卖通等海外平台开店，其中亚马逊因为流量很大，消费者主要来自发达国家，对价格不敏感，最受中国卖家欢迎。另一种是自建网站，也就是独立站，但刚开始往往要向 Meta（也就是原来的 facebook）等社交媒体购买流量。

有了商品和平台之后就要进行物流配送，这个环节有邮政小包、国际物流公司、专线物流和海外仓 4 种方式。邮政小包覆盖面广、价格便宜，目前 70% 左右的商品是通过这种方式配送的。海外仓则是先通过一般贸易的方式把商品运到海外仓库，消费者一下单就直接配送，不仅速度快还能提供更好的售后服务。

从亚马逊中国卖家数据来看，广东跨境电商最多，接下来是山西、浙江和福建。山西制造业不算发达，又是内陆省份，居然排名第二，超出很多人的想象。原因之一就是跨境电商打破了时空限制，各类企业都可以在不同地区平等开展全球贸易。更重要的是山西大力弘扬"货通天下"的晋商精神，抓住跨境电商崛起的历史机遇频频出招，建立了比较完善的分销和物流配套体系。

对于产业结构调整任务繁重的河北来说，通过跨境电商带动和加速产业转型升级、更好服务和融入新发展格局，具有重要意义。《河北省促进跨境电子商务健康发展三年行动计划（2021—2023）》提出，到 2023 年全省跨境电商进出口总额突破 400 亿元。随着唐山、石家庄和雄安新区 3 个跨境电商综合试验区相继设立，河北加快发展跨境电商其时已至、其势已成。

（2021 年 12 月 17 日刊发）

书写新时代的"创业史"

河北日报副总编辑　曹阳葵

在中国文联十一大、中国作协十大开幕式上，习近平总书记发表重要讲话，希望广大文艺工作者心系民族复兴伟业，热忱描绘新时代新征程的恢宏气象；坚守人民立场，书写生生不息的人民史诗。

为时代放歌，为人民抒写——"每一个时代的文学，都有新的写法"。习近平总书记在讲话中提到了当代作家柳青，今天的话题就从一篇中学课文《梁生宝买稻种》说起：冒着春雨，"头上顶着一条麻袋，背上披着一条麻袋，抱着被窝卷儿"；舍不得住店，睡在火车站；舍不得吃小饭铺的饭，只喝免费的面汤就馍……多年以后，梁生宝的形象依然触手可及，梁生宝们的创业故事和创业精神依然令人心潮澎湃。

《梁生宝买稻种》节选自柳青长篇小说《创业史》，作品通过梁生宝互助组"买稻种""新法育秧""进山割竹"等一系列生活故事，忠实记录了新中国成立后广大农村如火如荼的互助合作运动，生动描绘了广大农民告别旧生活、探索新生活的过程，回答了"中国农村为什么会发生社会主义革命和这次革命是怎样进行的"这样宏大的"时代之问",被誉为"经典性的史诗之作"。

为创作《创业史》,柳青辞去县委副书记职务、保留常委职务,定居皇甫村,蹲点 14 年。习近平总书记在 2014 年文艺工作座谈会上说:"因为他对陕西关中农民生活有深入了解,所以笔下的人物才那样栩栩如生。柳青熟知乡亲们的喜怒哀乐,中央出台一项涉及农村农民的政策,他脑子里立即就能想象出农民群众是高兴还是不高兴。"

心系民族复兴伟业,热忱描绘新时代新征程的恢宏气象;坚守人民立场,书写生生不息的人民史诗,认真践行习近平总书记的谆谆教诲,文艺工作者一定能书写好新时代的"创业史",让更多新时代的"梁生宝",深深刻印在一代又一代人的心里。

(2021 年 12 月 20 日刊发)

唱响新征程的"山海情"

河北日报副总编辑　曹阳葵

在中国文联十一大、中国作协十大开幕式上，习近平总书记发表重要讲话，他希望广大文艺工作者坚持守正创新，用跟上时代的精品力作开拓文艺新境界；用情用力讲好中国故事，向世界展现可信、可爱、可敬的中国形象。

为时代放歌，为人民喝彩！鲜活的文艺作品就是一滴晶莹的水珠，它能折射出整个时代的风采。我们今天的话题就从"破壁破圈"的电视剧《山海情》说起，故事发生在宁夏闽宁镇，20多年来，宁夏干部群众和福建援宁群体携手，让"干沙滩"变成了"金沙滩"。

在国内，《山海情》引发全民追剧热潮。据统计，该剧播出第一周平均综合收视率为1.34%，在腾讯视频播放量突破2亿次，微博主话题阅读量近14亿次……"戳心、动情、好看、耐品"，是观众在弹幕上自发给出的一致评价。

在海外，《山海情》同样热播。通过海外平台传播，亚洲、欧洲、大洋洲和非洲等区域观众反响热烈；参加春季戛纳电视节在线推广，受到海外市场广泛欢迎。

《山海情》为什么能"火出海"？一方面，是这个伟大的时代给创作者提供了好故事；另一方面，是创作者坚持守正创新，出色地演绎了好故事。像《山海情》这样的主题剧创作，容易陷入用艺术图解主题的套路，造成主题与故事的游离，也经常出现人物脸谱化、台词口号化、桥段符号化的通病。《山海情》则从百姓视角切入，用"生活流"的手法取代大开大合的"强情节"，把"扶贫"这个重大主题，镶嵌在"生活"的点点滴滴之中。

在讲话中，习近平总书记满怀深情地指出，当代中国，江山壮丽，人民豪迈，前程远大。"以文化人，更能凝结心灵；以艺通心，更易沟通世界。"新时代提供着一个又一个好故事，也深情呼唤广大文艺工作者用情用力写好、演好、画好一个又一个好故事，共同唱响新征程的"山海情"。

（2021 年 12 月 22 日刊发）

谱写新奋斗的"红梅赞"

河北日报副总编辑　曹阳葵

在中国文联十一大、中国作协十大开幕式上，习近平总书记发表重要讲话，他希望广大文艺工作者坚持弘扬正道，在追求德艺双馨中成就人生价值。

为人民高歌，为时代铸魂。"立德树人的人，必先立己；铸魂培根的人，必先铸己。"说起"德艺双馨"，我们今天的话题就从河北保定籍著名艺术家阎肃说起。他从艺60多年，创作了1000多部有筋骨、有温度的精品佳作。他的歌词永远朝气蓬勃，充满正能量，读之如涓涓细流润物无声，听之如战地高歌催人前行。

在2014年10月15日召开的文艺工作座谈会上，习近平总书记和阎肃有一段发人深思的对话。阎肃在发言时说："我们也有风花雪月，但那风是'铁马秋风'、花是'战地黄花'、雪是'楼船夜雪'、月是'边关冷月'。""就是这种肝胆、这种魂魄教会我跟着走、向前行。"听过阎肃的发言后，习近平总书记幽默地说："我赞同阎肃同志的风花雪月。"

红岩上红梅开／千里冰霜脚下踩／三九严寒何所惧／一片丹心向

阳开……阎肃的"风花雪月",在他所作词的歌曲《红梅赞》里风采尽显。以德为底色,以艺为载体——雅俗共赏的歌词,让红梅忠贞不屈、凌霜傲雪的形象直抵人心。

习近平总书记说,创作要靠心血,表演要靠实力,形象要靠塑造,效益要靠品质,名声要靠德艺。对于文艺工作者来说,只有把高超艺术功力与高尚价值追求完美融合,才能以高尚的操守和文质兼美的作品,为历史存正气、为世人弘美德、为自身留清名。

中华民族伟大复兴的使命在召唤,文艺工作如何不负总书记的期望,更好发挥成风化人的作用,是一个时代课题。好的文艺作品,既要"养眼",更要"养心";"养眼"靠艺,"养心"靠德。践行总书记教诲,追求德艺双馨,广大文艺工作者一定能用昂扬的中国文艺、人民文艺、时代文艺立德树人、铸魂培根,共同谱写新奋斗的"红梅赞"。

（2021 年 12 月 24 日刊发）

把"民生工程"办成"民心工程"

河北日报副总编辑　曹阳葵

从"居家养老""日间照料"措施不断升级，万千家庭不再为"老有所养"担忧，到"三点半难题"得解，不再为放学接孩子发愁；从老旧小区更新、农村危房改造持续推进，到"上天入地"解决停车难、城乡环境大改善的故事不断上演……在"我为群众办实事"实践活动中，河北省各地各部门迅速行动，推出了一批为民惠民便民的实招硬招，实施了一批直接造福于民的项目工程，解决了一批损害群众利益的矛盾纠纷，赢得群众广泛点赞。

但同时也必须看到，有个别"民生工程"并没有真正成为"民心工程"——虽然花了钱、费了劲，但老百姓并不买账。"干部出力不讨好，群众受益不满意"，这样的"民生工程"，是典型的"好事没办实，实事没办好"。

在现实中，一些"民生工程"为什么没办成"民心工程"？具体原因可能有许多，但主要问题恐怕还是出在作风上，集中表现为官僚主义、长官意识——干什么、在哪干，全凭领导"拍脑袋""想当然";怎么干、干成啥样,都是领导说了算,或者只让专家拿方案……让"我为群众办实事",变成了"我替群众办实事""我给群众办实事"。到后来,"我"着急忙慌干的,却不是群众急难愁盼的;"我"绞尽脑汁谋划的,却不是百姓喜欢的;"我"千辛万苦完成的,却是大多数市民用不着的……

把人民的"小事情"放在心上,把人民的"大责任"扛在肩上。习近平总书记近日对党史学习教育作出重要指示,强调要认真总结这次党史学习教育的成功经验,建立常态化、长效化制度机制,不断巩固拓展党史学习教育成果。在我看来,不断巩固拓展党史学习教育成果,很重要的一点,就是继续推动"我为群众办实事"不断做深做实,而建立常态化、长效化制度机制,很重要的一个方面,就是解决好"我为群众办实事""谁说了算"这个关键问题。

（2021 年 12 月 27 日刊发）

新一年，一起向未来！

河北日报副总编辑　曹阳葵

　　当结束了一天的工作，从高高的塔吊上缓缓下来，你深情地望一眼烟波浩渺的白洋淀；当你从长长的跳台上滑跃起飞，落地后激起一片雪浪，身后的"雪如意"此刻如此高大隽秀；当脱掉防护服，垂下一头秀发，你骑上单车，沐浴在回家的晚霞中；当你举起手机对着白云拍照，当你将心仪已久的吹风机放进购物车，当你欣慰地看着宝宝开始自己吃饭……亲爱的朋友，你可知道，2021，就是因为无数微小的平凡的你而变得如此美丽、如此温暖。

　　在这辞旧迎新的美好时刻，我们在这里说一声：再见，2021！你好，2022！

　　在2021，我们坚持生命至上、举国同心、舍生忘死、尊重科学、命运与共，成功应对新冠肺炎疫情，赢得岁月静好、山河无恙；在2021，中国向世界庄严宣告，脱贫攻坚战取得全面胜利，千年梦想，[百]年奋斗，一朝梦圆；在2021，中国共产党迎来百年华诞，全民同庆、[欢腾]，百年奋斗的光辉历程和伟大成就，坚定着亿万人民走向更加光明宏大未来的信心和激情。

新故相推，日生不滞。即将到来的 2022 年，也必将成为极不平凡的一年。

在新的一年，冬奥会和冬残奥会相伴而来。第一届"家门口的奥运会"，为燕赵儿女搭建起尽享冰雪激情、展示美好形象的舞台；"精彩，非凡，卓越"，是我们的共同期盼，也将由我们一起创造。

在新的一年，加快建设现代化经济强省、美丽河北的航船乘风破浪，"六个现代化河北"锚定奋斗目标，2022，是河北人拼搏奋进、开拓更加美好未来的又一个崭新起点。

在新的一年，党的二十大将胜利召开。盛世迎盛会，伟业照千秋！以优异成绩迎接党的二十大，学习好、宣传好、贯彻好党的二十大精神，是贯穿全年的一条主线，也将是刻录在 2022 时间年轮上的历史荣光。期待我们的内心更加坚定从容，同沐普照的阳光，共担时来的风雨！让我们一起加油干，一起向未来！

（2021 年 12 月 31 日刊发）